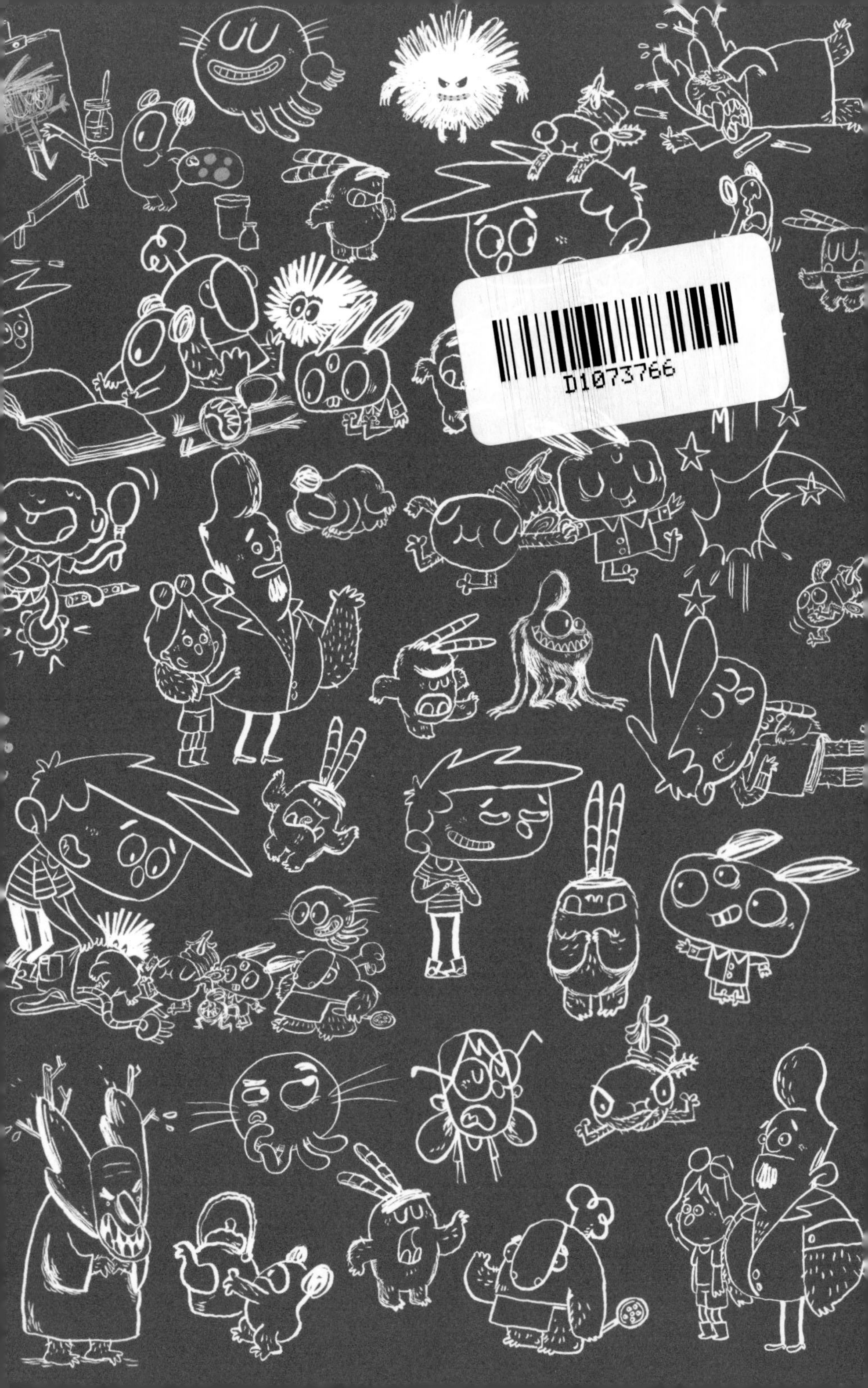

LA NOCHE DEL DR. BROT

© 2018, Jaume Copons, por el texto
© 2018, Liliana Fortuny, por las ilustraciones
© 2018, Combel Editorial, SA, por esta edición
Casp, 79 – 08013 Barcelona
Tel.: 902 107 007
combeleditorial.com
agusandmonsters.com

Autores representados por IMC Agencia Literaria SL.

Diseño de la colección: Estudi Miquel Puig

Primera edición: febrero de 2018
ISBN: 978-84-9101-301-3
Depósito legal: B-1926-2018
Printed in Spain
Impreso en Índice, SL
Fluvià, 81-87 – 08019 Barcelona

LA NOCHE DEL DR. BROT

JAUME COPONS &
LILIANA FORTUNY

COMBEL

1

TRANQUILIDAD TOTAL..., O NO

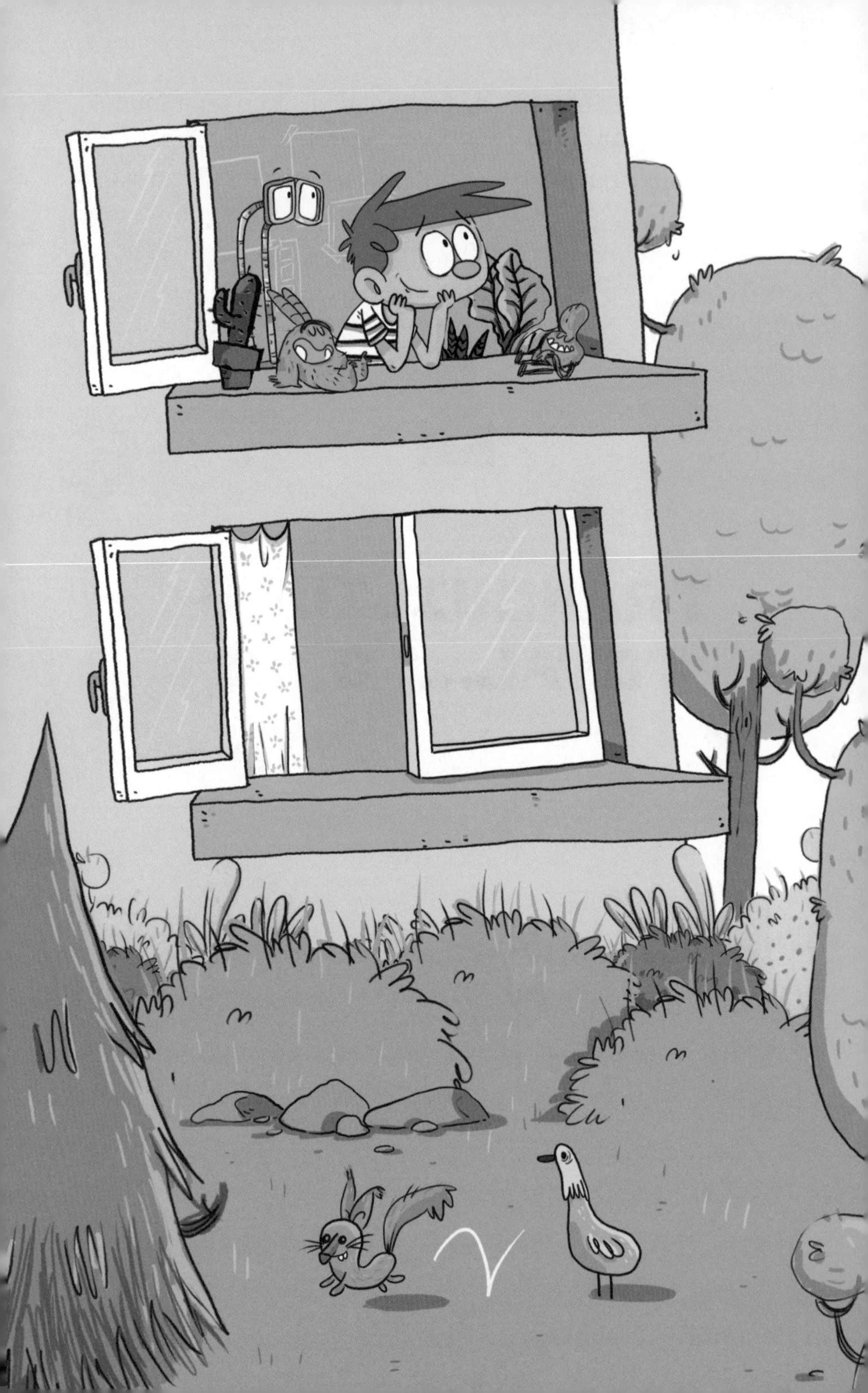

A veces se agradece un poco de tranquilidad. O, como mínimo, esto es lo que pensé aquel sábado por la tarde. Mis padres veían una película aburridísima y yo me dedicaba a mirar por la ventana. Había quedado con Lidia para que me ayudara con unos deberes de matemáticas, pero mientras esperaba que llegara la hora, disfrutaba de aquella calma.

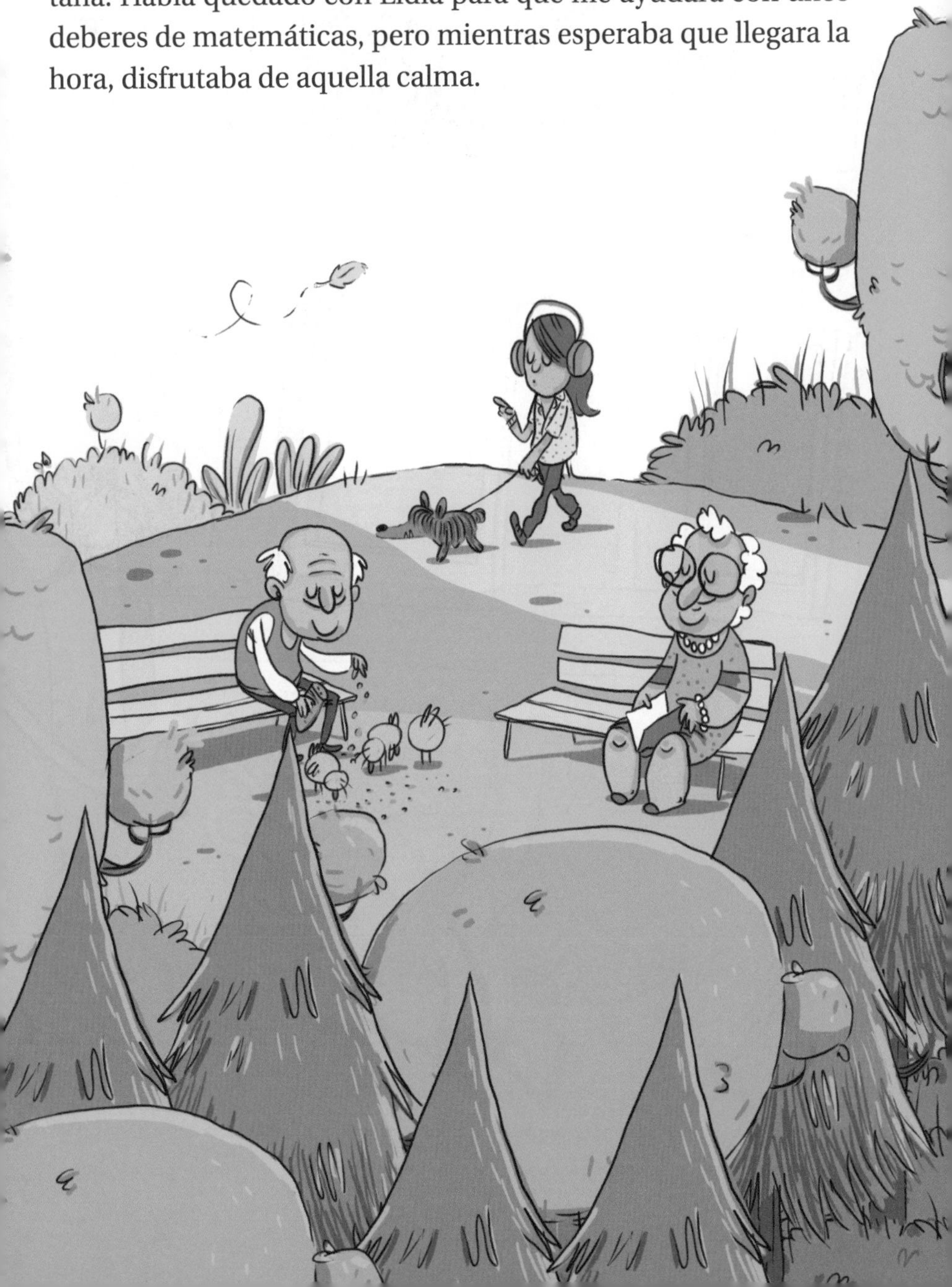

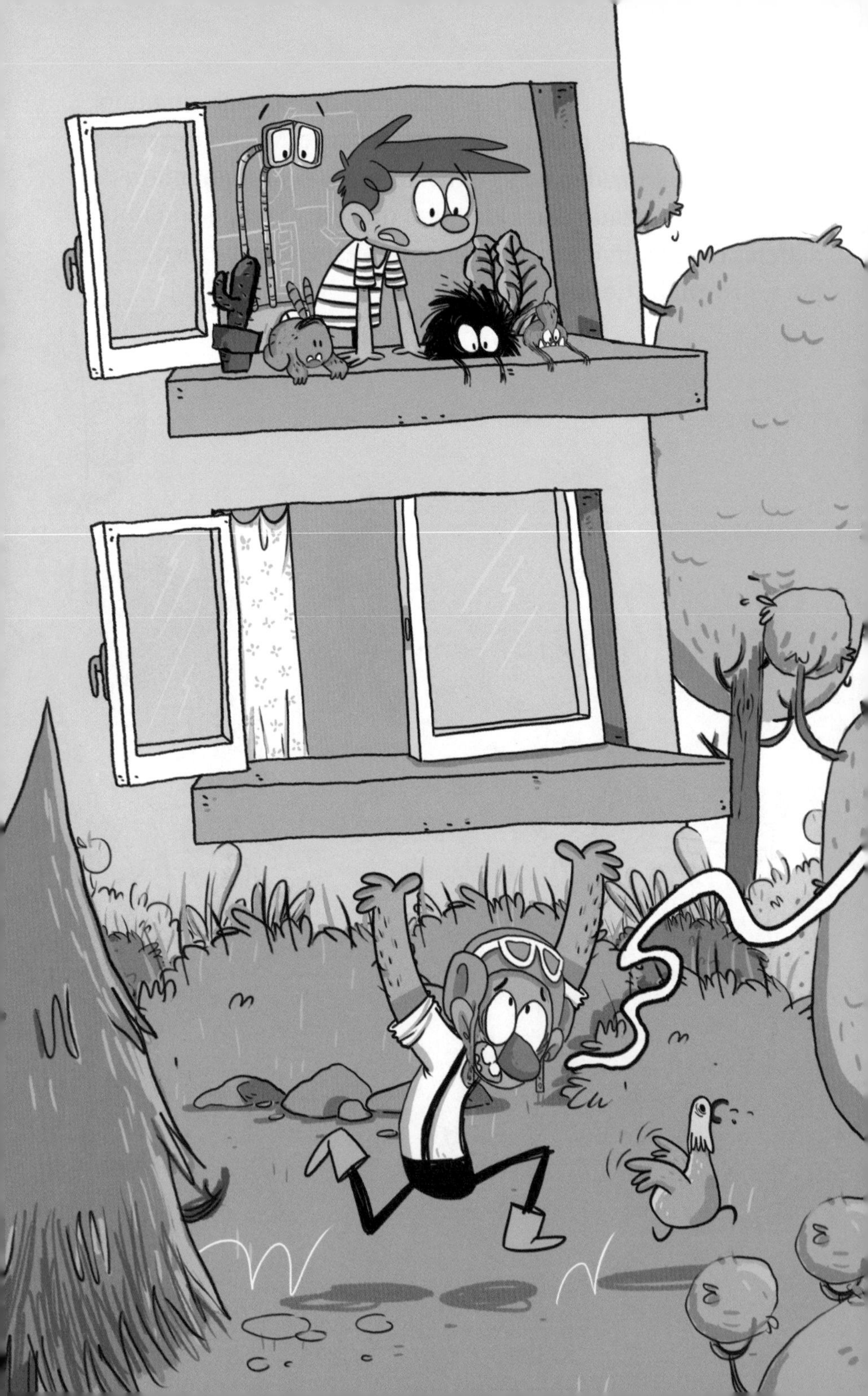

Y, de repente, toda aquella tranquilidad se esfumó. Oí unos gritos histéricos de Nap, que incansablemente cruzaba el parque pidiendo socorro. Pensé que el Dr. Brot se había enfadado con él o que había pasado cualquier otra tontería.

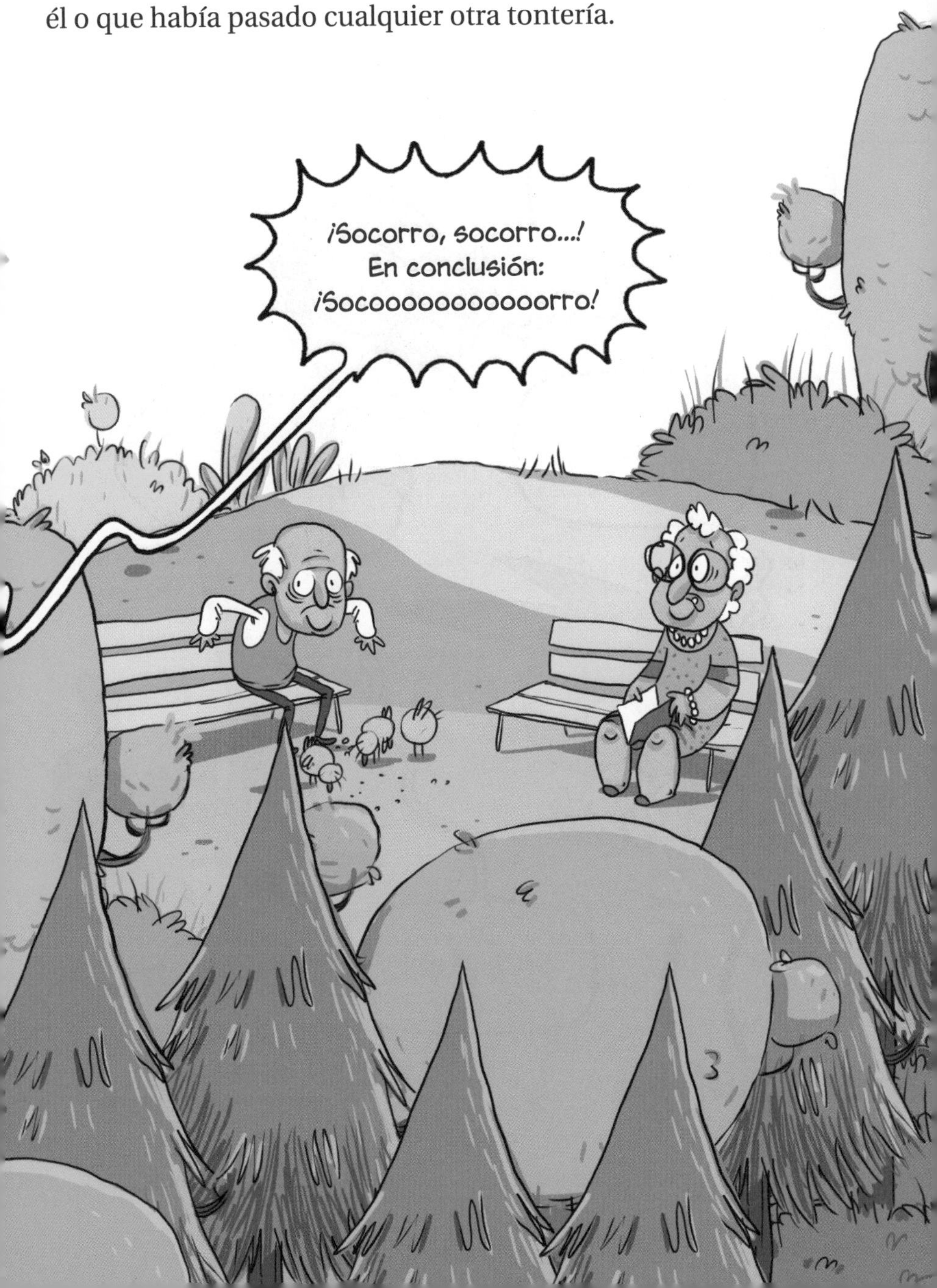
¡Socorro, socorro...!
En conclusión:
¡Socooooooooooorro!

Cuando dejé de oír gritos, agarré la bolsa de los monstruos y la de los libros, porque nunca se sabe, y, cuando ya estaba a punto de entrar en casa de Lidia, otra vez me pareció oír a Nap. O mejor dicho, eso es lo que le pareció al padre de Lidia cuando me abrió la puerta.

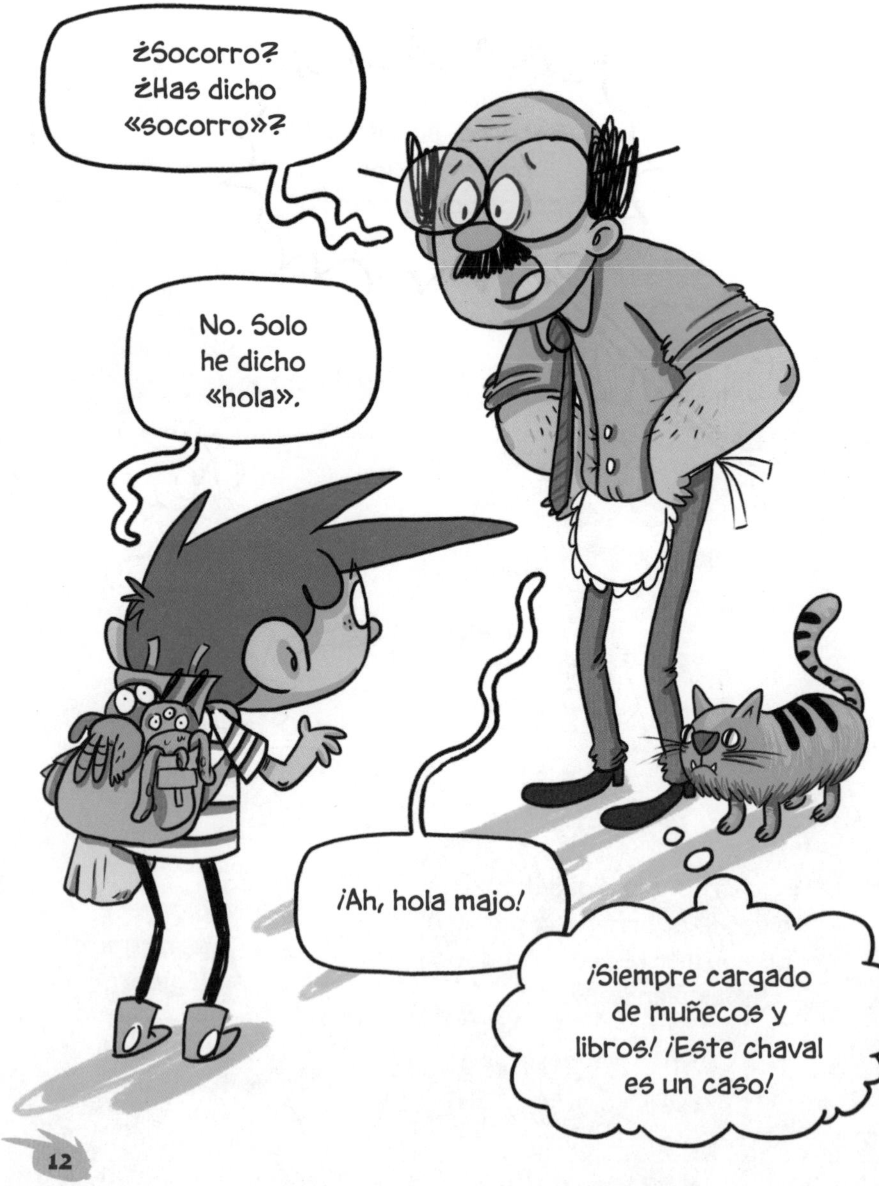
¿Socorro? ¿Has dicho «socorro»?
No. Solo he dicho «hola».
¡Ah, hola majo!
¡Siempre cargado de muñecos y libros! ¡Este chaval es un caso!

Pero no, el padre de Lidia no se había confundido. Nap seguía gritando y corriendo por el parque como si se hubiera vuelto loco.

iii Socorrooooo !!!

¡Nap está peor que nunca!

¡Sí, lleva mucho rato corriendo y gritando!

Quizá realmente tenga problemas.

Yo creo que alguien que grita «socorro» sin parar posiblemente necesita que alguien le ayude.

¡Sí, parece bastante lógico!

Aunque era frecuente que oyéramos gritos entre el Dr. Brot y Nap, aquello era diferente. Esta vez solo gritaba Nap, y parecía desesperado. Por eso decidimos bajar al parque para ver qué estaba pasando.

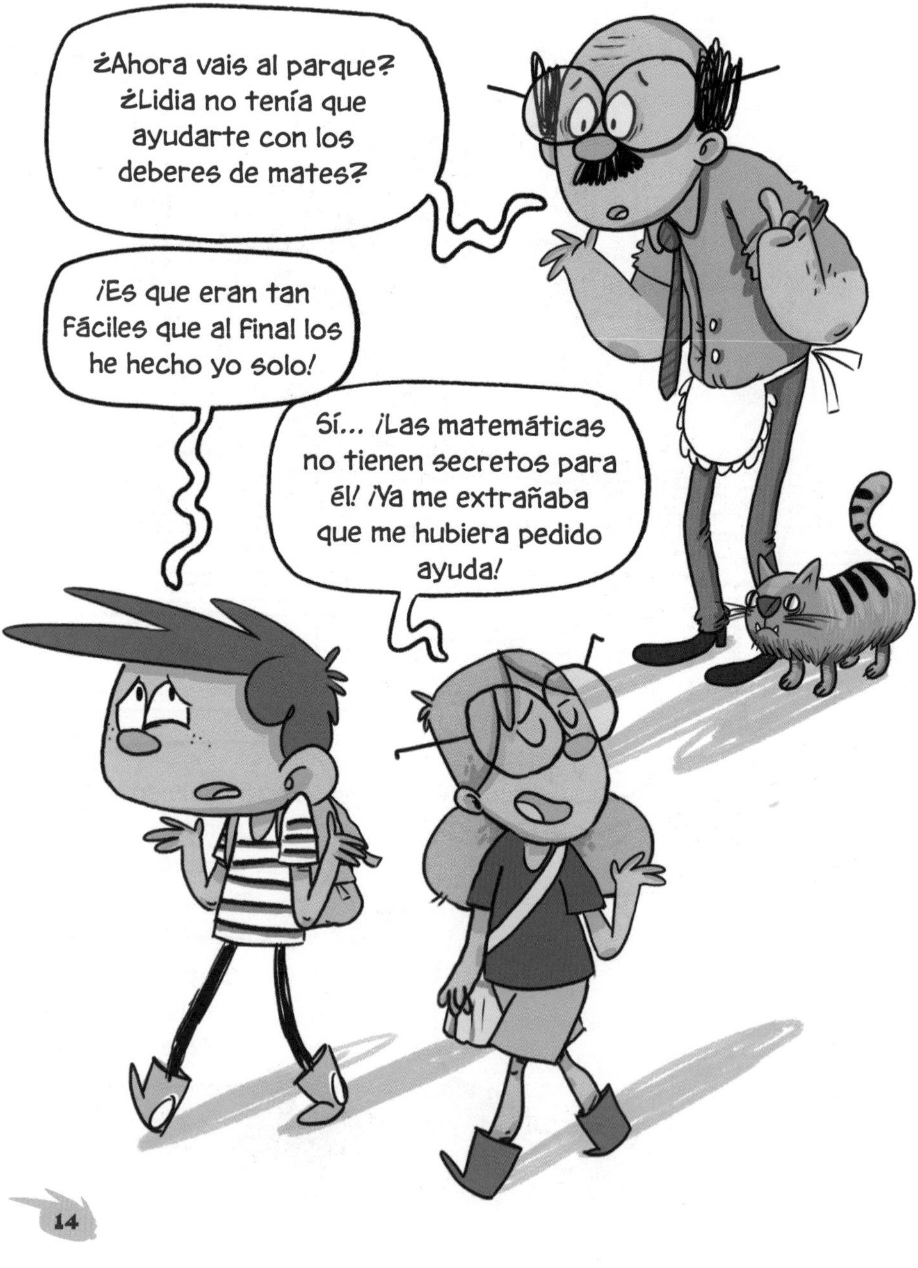
¿Ahora vais al parque? ¿Lidia no tenía que ayudarte con los deberes de mates?
¡Es que eran tan fáciles que al final los he hecho yo solo!
Sí... ¡Las matemáticas no tienen secretos para él! ¡Ya me extrañaba que me hubiera pedido ayuda!

Cuando conseguimos llegar al parque, nos pusimos a buscar a Nap, pero pese a todo el escándalo que había organizado, no lo encontramos.

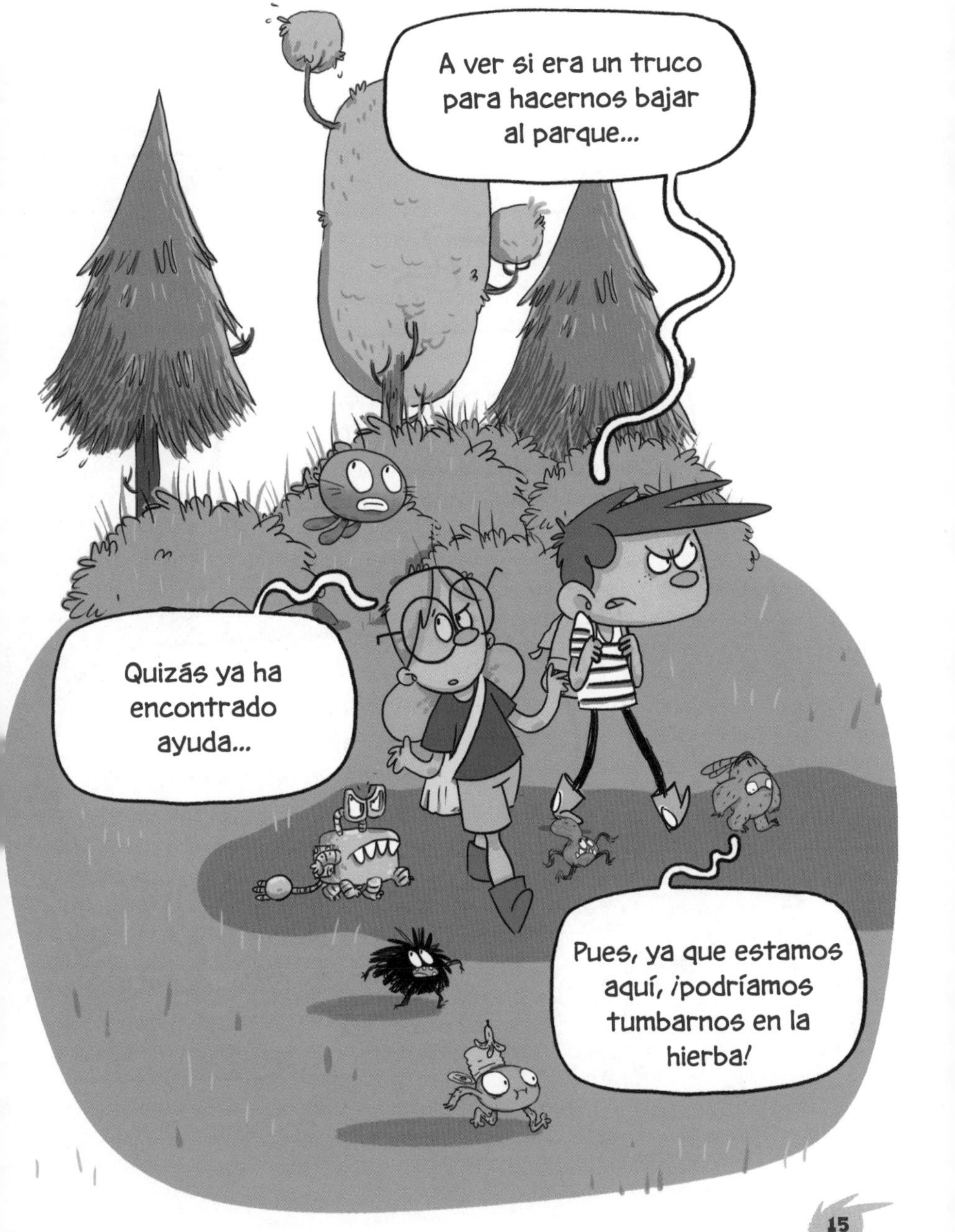
A ver si era un truco para hacernos bajar al parque...
Quizás ya ha encontrado ayuda...
Pues, ya que estamos aquí, ¡podríamos tumbarnos en la hierba!

Nos tumbamos en la hierba bajo la sombra de un árbol y, cuando metí la mano en la bolsa de los libros, saqué uno de los que nos había prestado Emma. Era un libro inmenso: *Las canciones de Bob Dylan*.

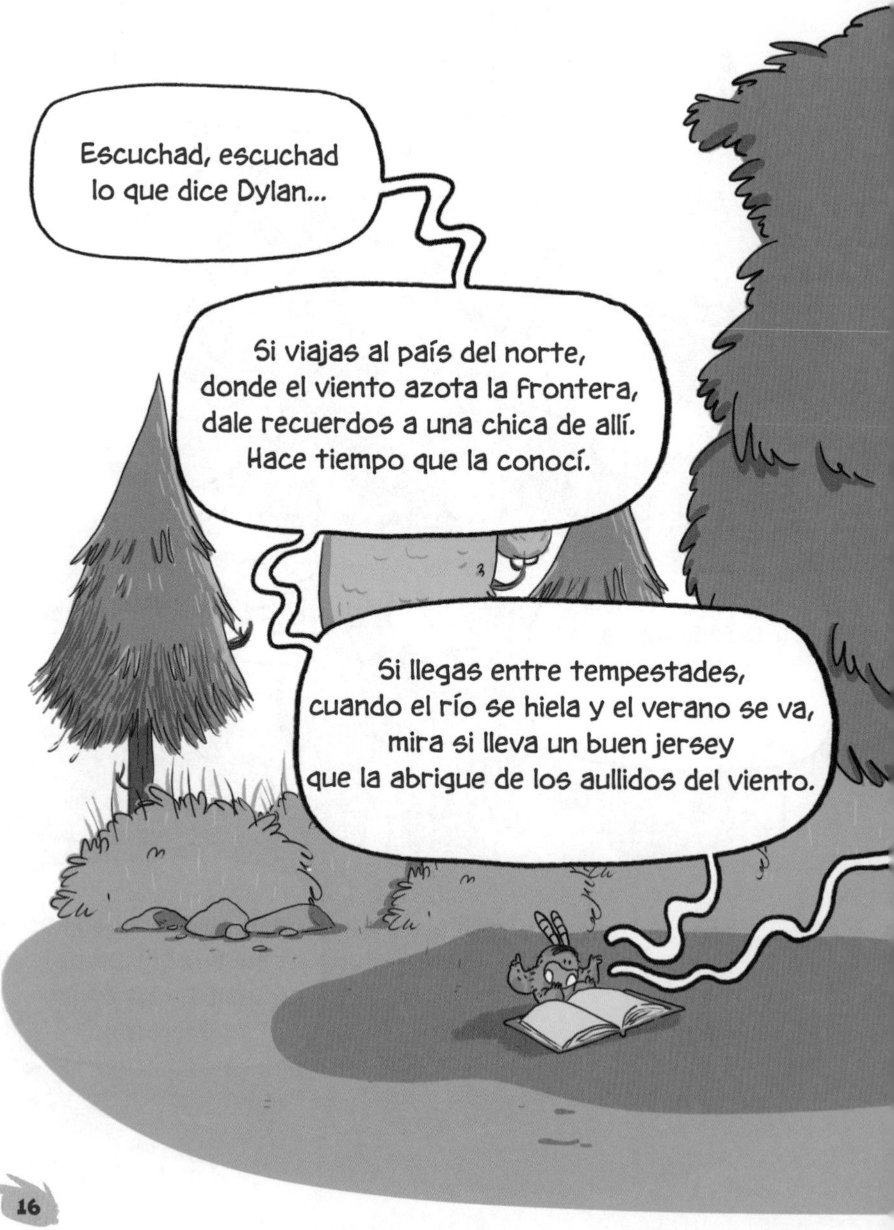
Escuchad, escuchad lo que dice Dylan...
Si viajas al país del norte, donde el viento azota la frontera, dale recuerdos a una chica de allí. Hace tiempo que la conocí.
Si llegas entre tempestades, cuando el río se hiela y el verano se va, mira si lleva un buen jersey que la abrigue de los aullidos del viento.

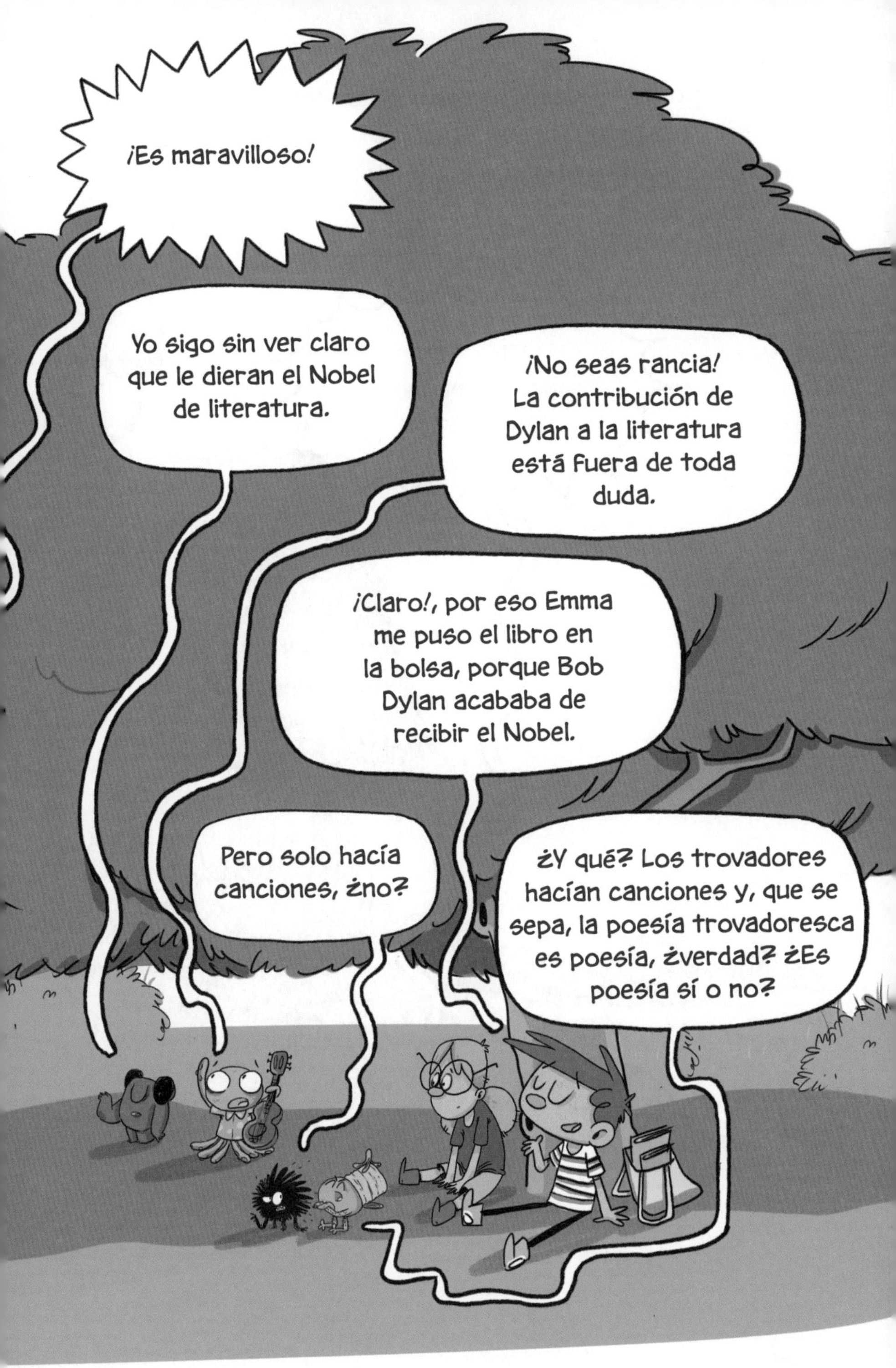
¡Es maravilloso!
Yo sigo sin ver claro que le dieran el Nobel de literatura.
¡No seas rancia! La contribución de Dylan a la literatura está fuera de toda duda.
¡Claro!, por eso Emma me puso el libro en la bolsa, porque Bob Dylan acababa de recibir el Nobel.
Pero solo hacía canciones, ¿no?
¿Y qué? Los trovadores hacían canciones y, que se sepa, la poesía trovadoresca es poesía, ¿verdad? ¿Es poesía sí o no?

Pero no pudimos leer demasiadas canciones de Bob Dylan. Nos tuvimos que levantar porque la Dra. Veter, que intentaba comunicarse con una de las ardillas del parque, encontró algo.

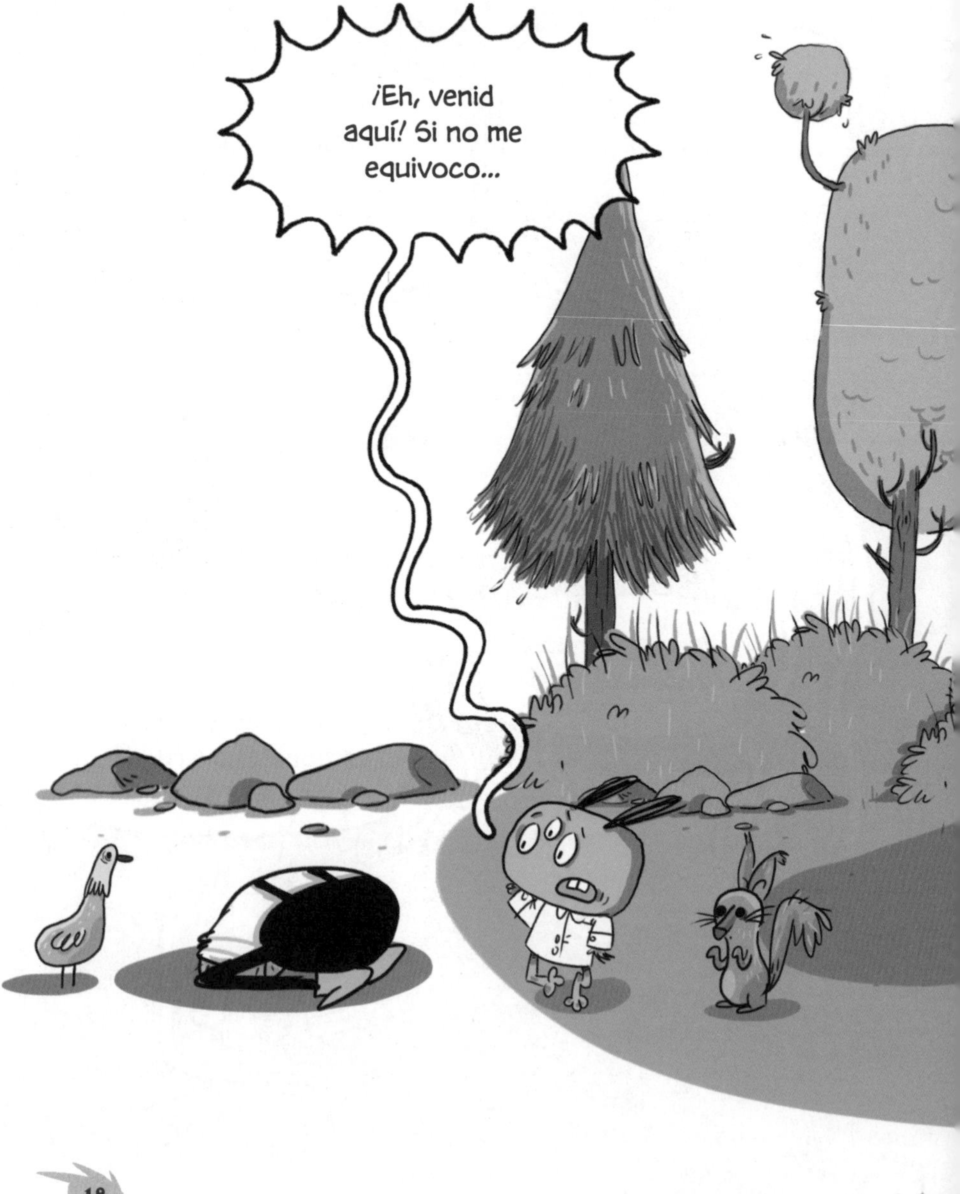
¡Eh, venid aquí! Si no me equivoco...

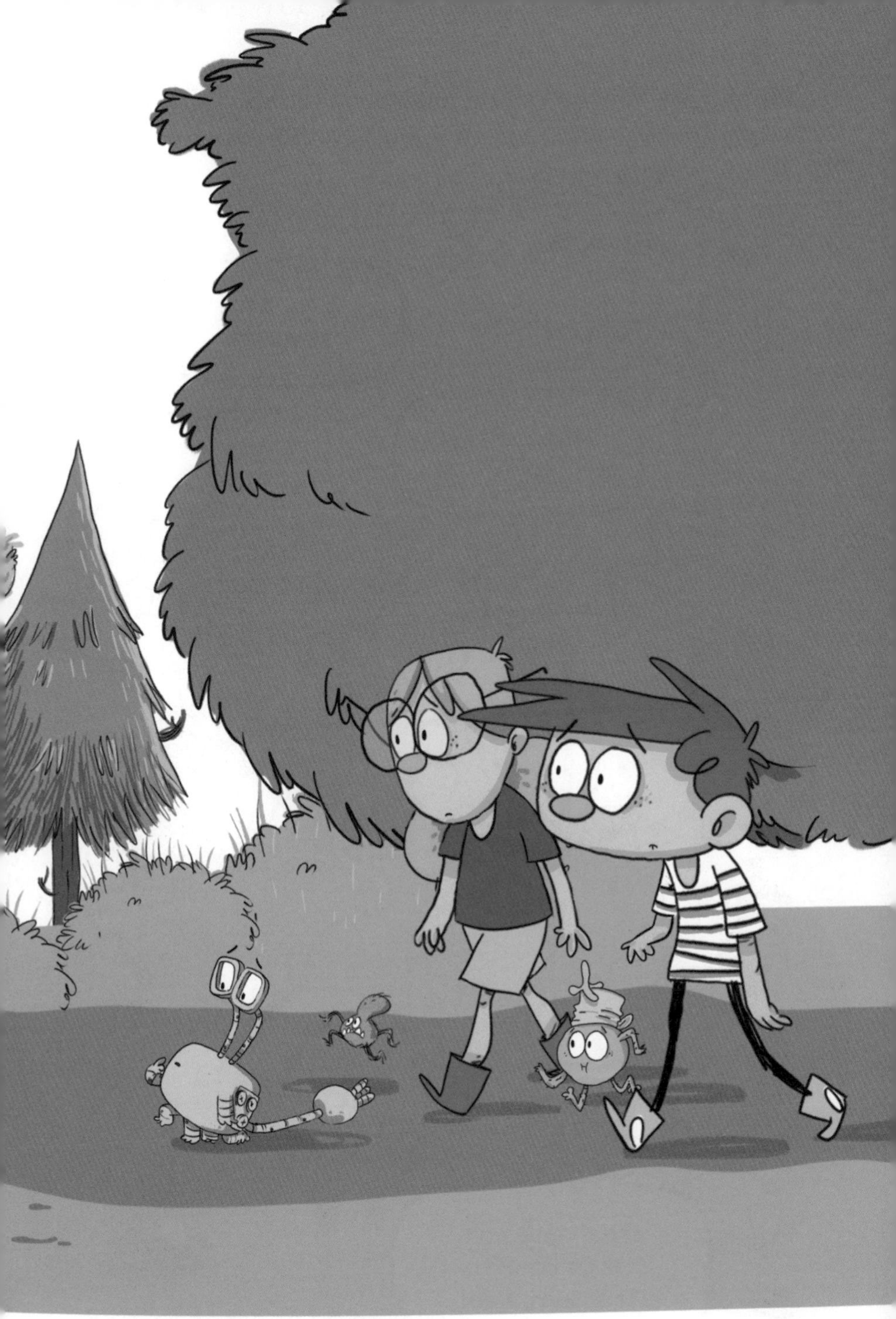

Resultó que la Dra. Veter había encontrado a Nap, que estaba tirado en el suelo llorando y balbuceando desesperadamente.

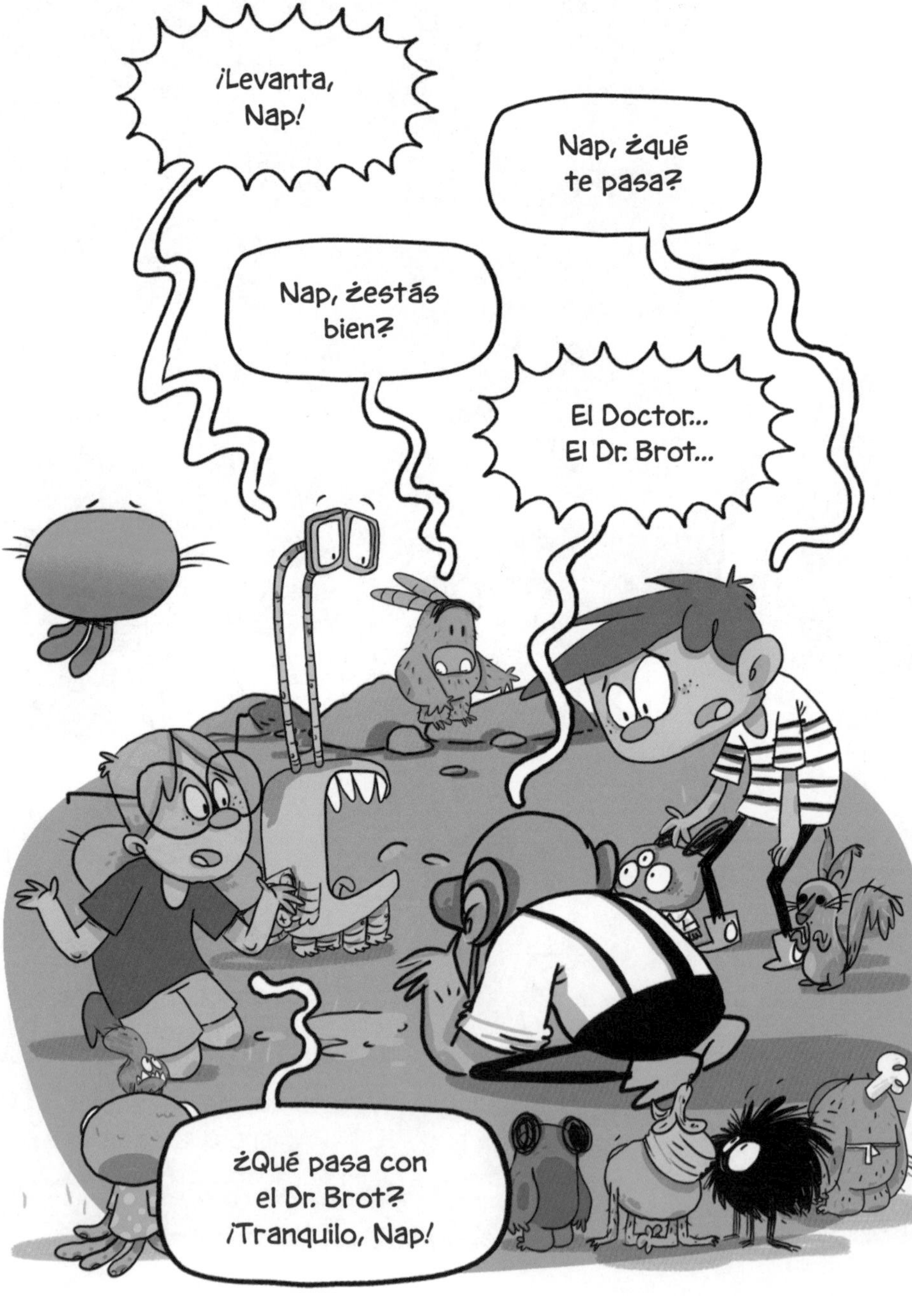
¡Levanta, Nap!
Nap, ¿qué te pasa?
Nap, ¿estás bien?
El Doctor... El Dr. Brot...
¿Qué pasa con el Dr. Brot? ¡Tranquilo, Nap!

Y resultó que el problema no era qué pasaba *con* el Doctor, sino qué le pasaba *al* Doctor. Y no fue fácil entender lo que Nap nos quería contar.

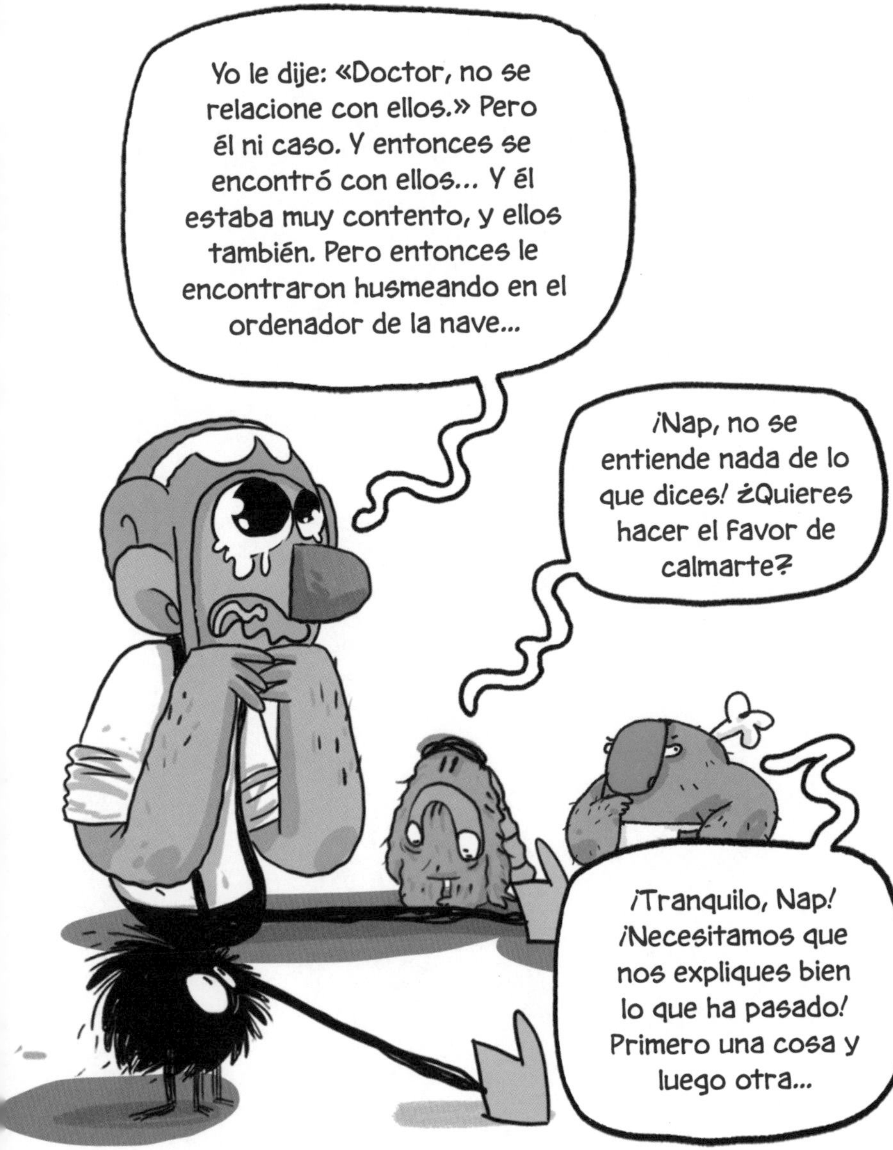
Yo le dije: «Doctor, no se relacione con ellos.» Pero él ni caso. Y entonces se encontró con ellos... Y él estaba muy contento, y ellos también. Pero entonces le encontraron husmeando en el ordenador de la nave...
¡Nap, no se entiende nada de lo que dices! ¿Quieres hacer el favor de calmarte?
¡Tranquilo, Nap! ¡Necesitamos que nos expliques bien lo que ha pasado! Primero una cosa y luego otra...

2

EL DR. BROT
Y LOS ELIANOS

Al final conseguimos que Nap se centrara un poco y nos contara más o menos ordenadamente lo que le había pasado al Dr. Brot.

EL DR. BROT Y LOS ELIANOS, UNA HISTORIA CONTADA POR NAP

Todo empezó la semana pasada, cuando el Dr. Brot construyó una antena que le permitía mandar mensajes al espacio.

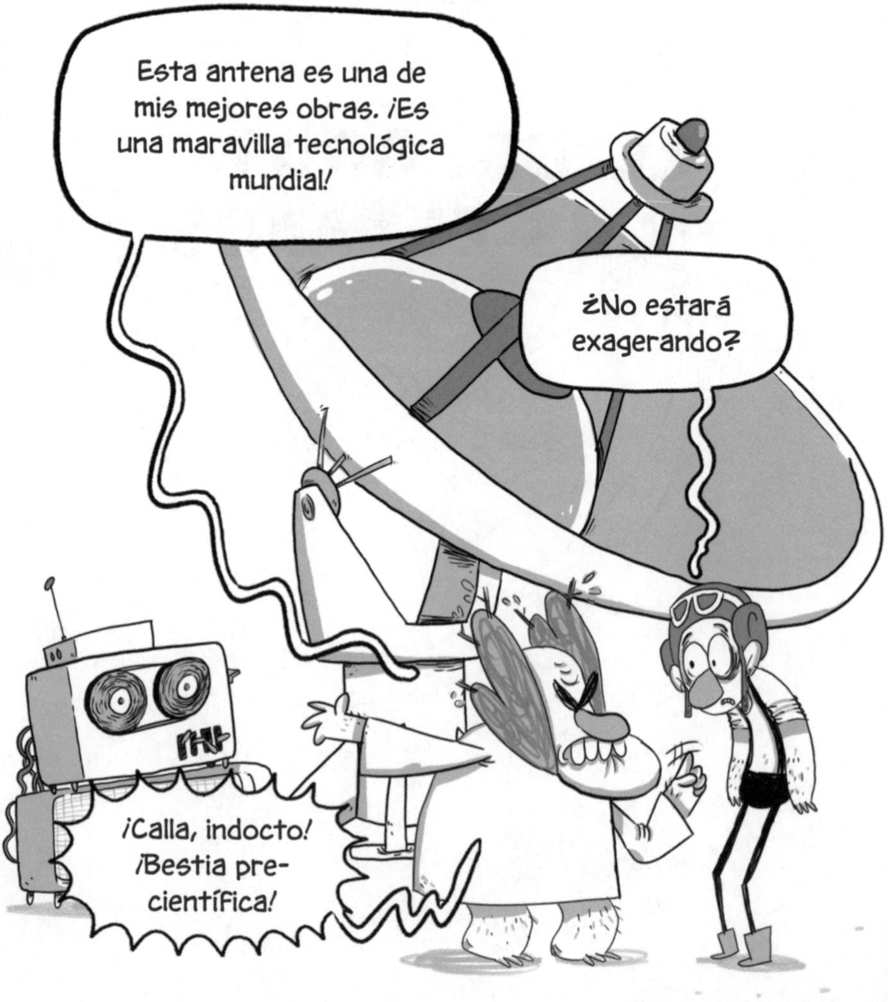
Esta antena es una de mis mejores obras. ¡Es una maravilla tecnológica mundial!
¿No estará exagerando?
¡Calla, indocto! ¡Bestia pre-científica!

Una vez terminada la antena, el Doctor intentó por todos los medios entrar en contacto con otras formas de vida. Es decir..., ¡¡¡con extraterrestres!!!

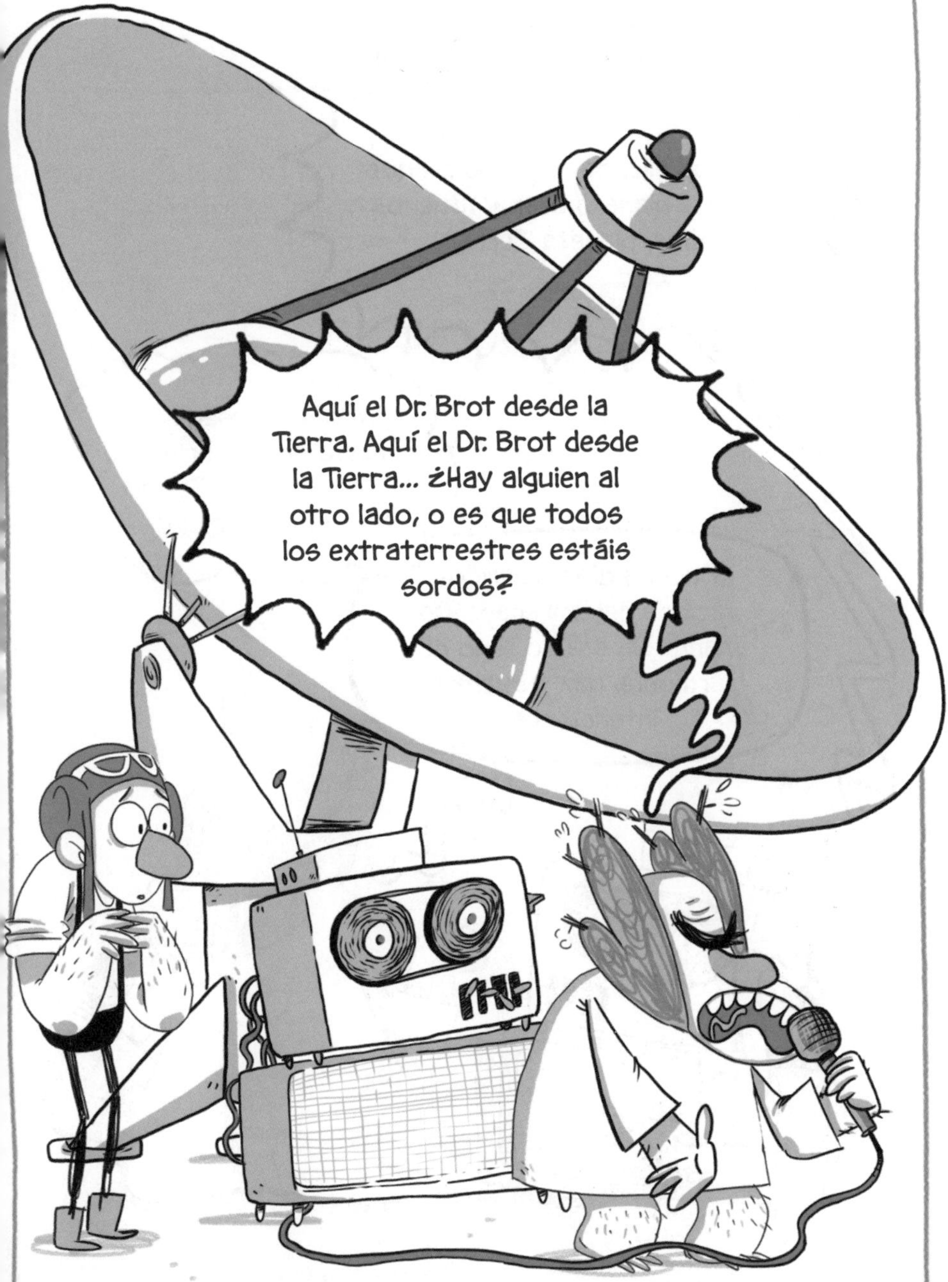
Aquí el Dr. Brot desde la Tierra. Aquí el Dr. Brot desde la Tierra... ¿Hay alguien al otro lado, o es que todos los extraterrestres estáis sordos?

Tras mucho insistir, el Doctor consiguió contactar con los elianos, los habitantes de Eliana, un planeta tan lejano que no se sabe dónde está. Al menos yo no lo sé.

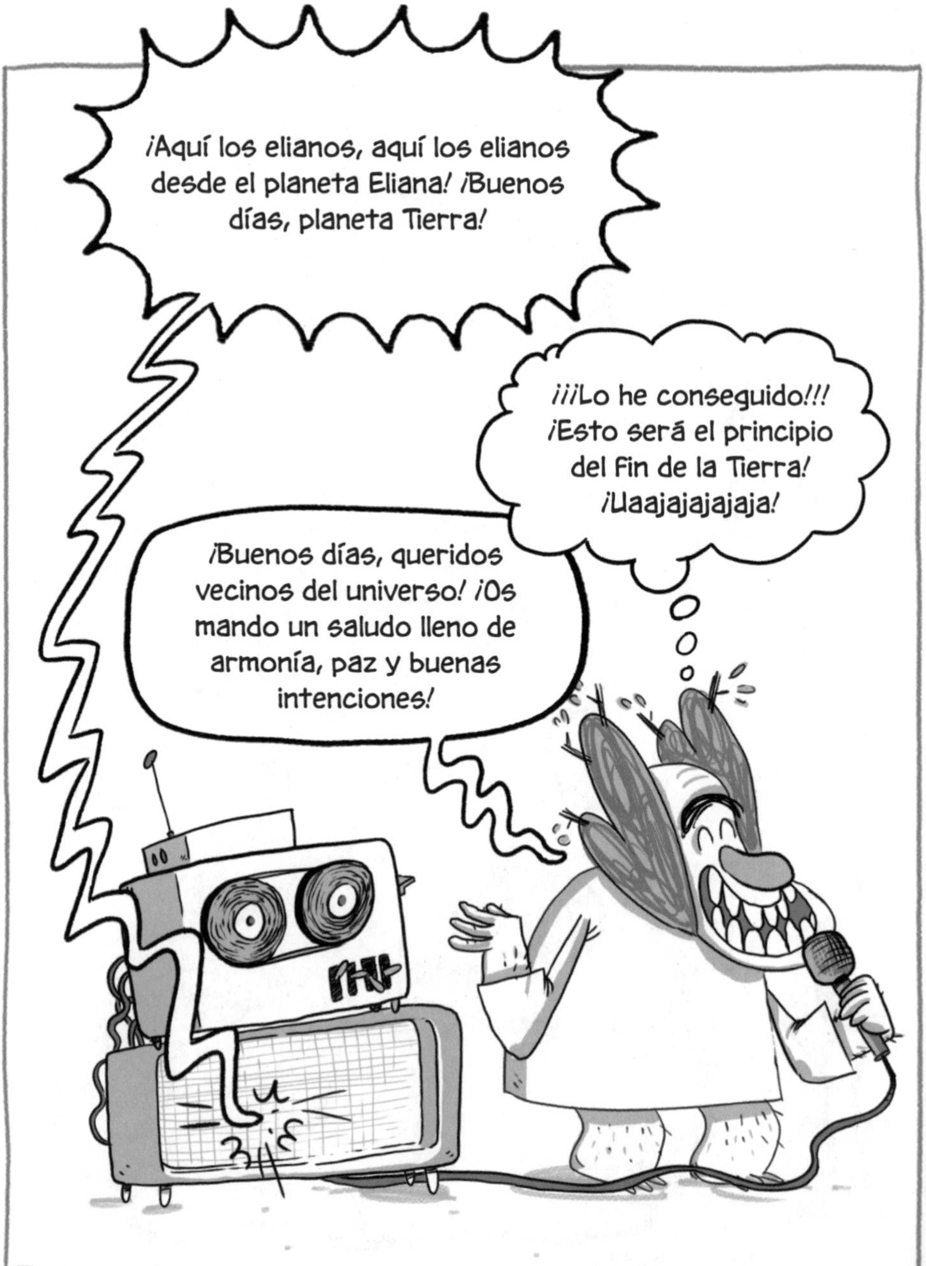
¡Aquí los elianos, aquí los elianos desde el planeta Eliana! ¡Buenos días, planeta Tierra!
¡¡¡Lo he conseguido!!! ¡Esto será el principio del fin de la Tierra! ¡Uaajajajajaja!
¡Buenos días, queridos vecinos del universo! ¡Os mando un saludo lleno de armonía, paz y buenas intenciones!

El Doctor les aseguró a los elianos que la Tierra era un lugar lleno de oportunidades laborales, alegría desbocada y bondad por un tubo. Y les dijo que lo mejor era que se encontraran en las afueras de Galerna, en la Montaña Verde.

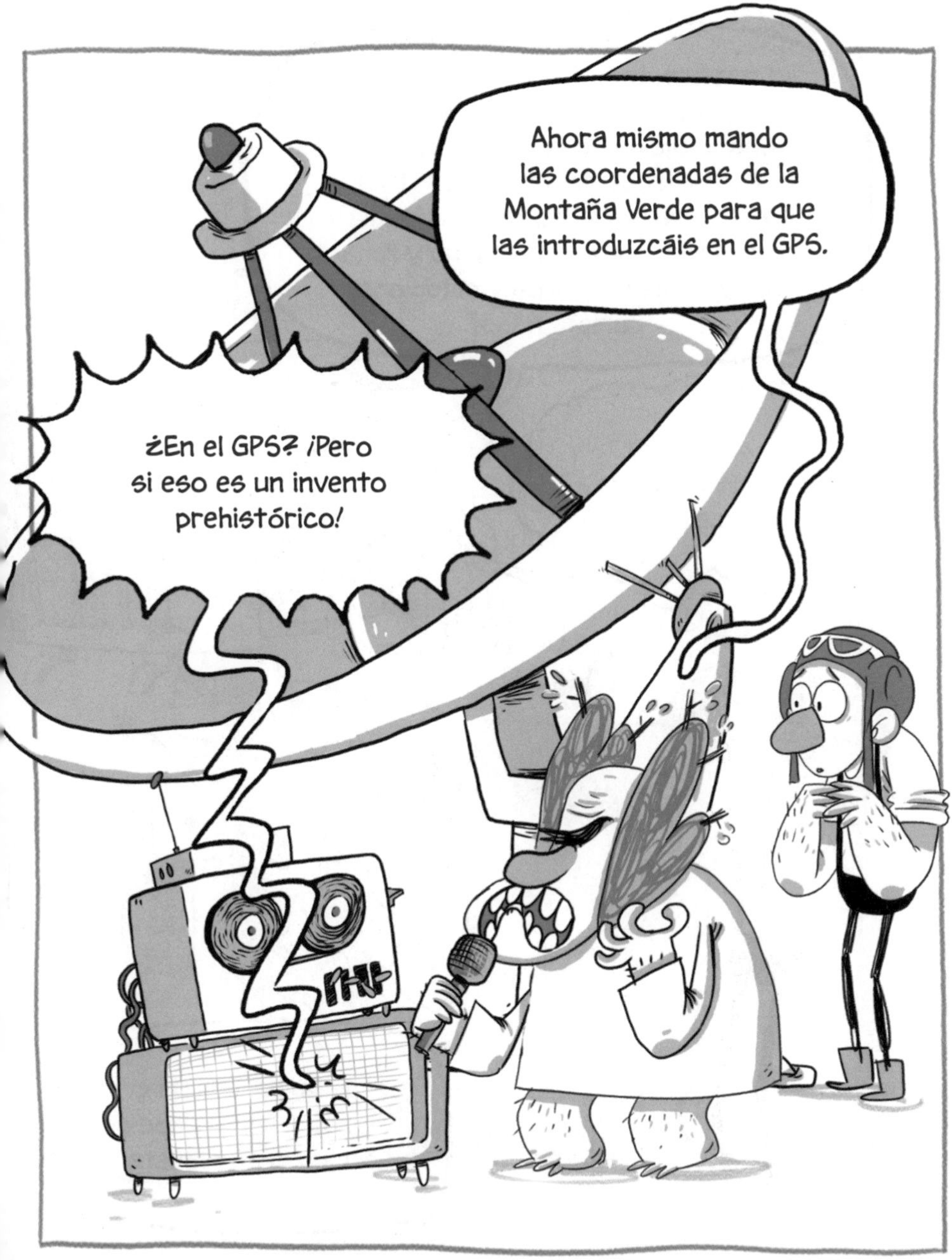
Ahora mismo mando las coordenadas de la Montaña Verde para que las introduzcáis en el GPS.
¿En el GPS? ¡Pero si eso es un invento prehistórico!

Noventa y siete horas más tarde, el Dr. Brot y yo nos encontramos en la Montaña Verde con los elianos. Fue un gran encuentro. Eran muy buena gente y, además, eran una civilización tecnológicamente muy avanzada, con una inteligencia prodigiosa.

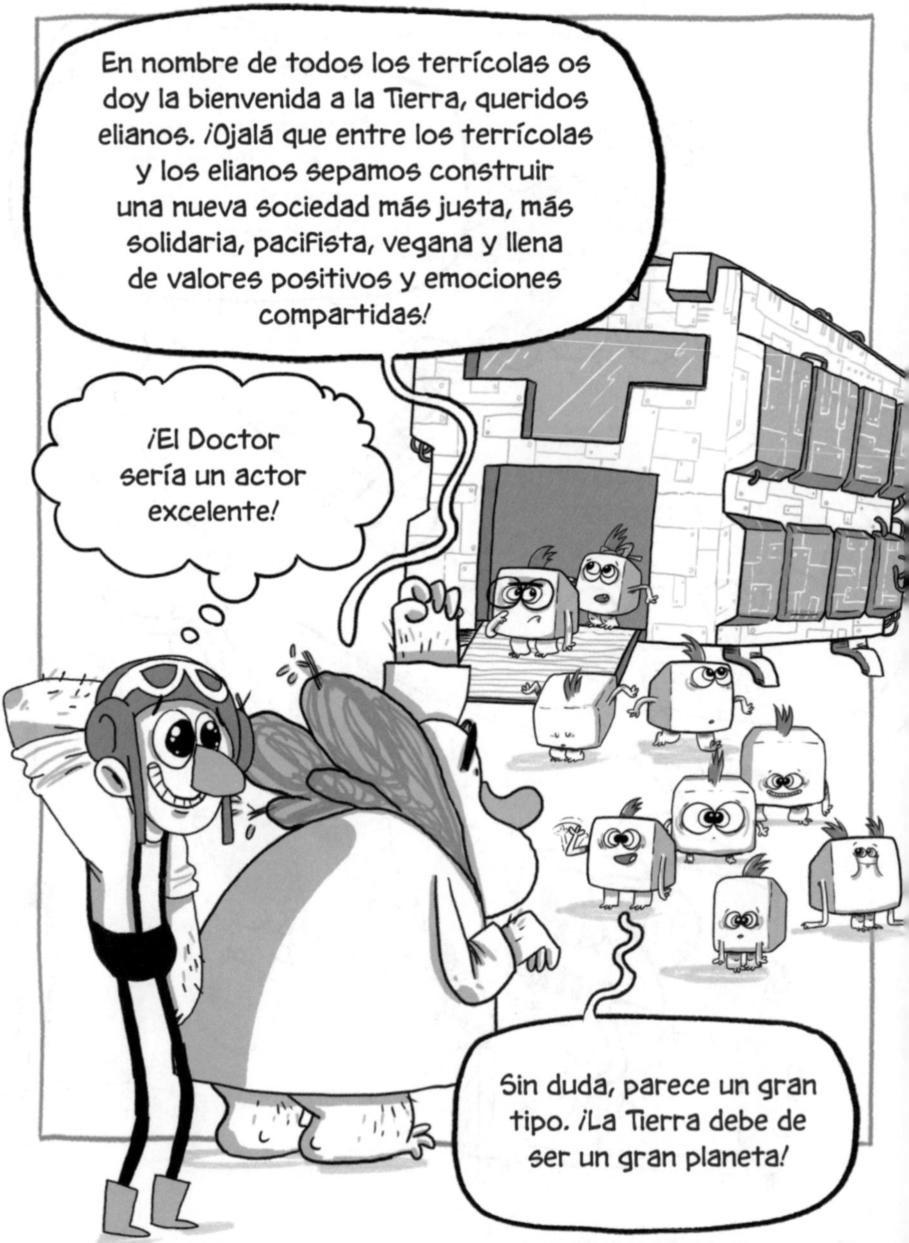
En nombre de todos los terrícolas os doy la bienvenida a la Tierra, queridos elianos. ¡Ojalá que entre los terrícolas y los elianos sepamos construir una nueva sociedad más justa, más solidaria, pacifista, vegana y llena de valores positivos y emociones compartidas!
¡El Doctor sería un actor excelente!
Sin duda, parece un gran tipo. ¡La Tierra debe de ser un gran planeta!

Y aprovechando que los elianos eran muy buena gente, el Dr. Brot los engañó completamente. Los pobres extraterrestres eran del todo sinceros y abrieron sus corazones al Doctor. Y él, como era de esperar, se aprovechó.

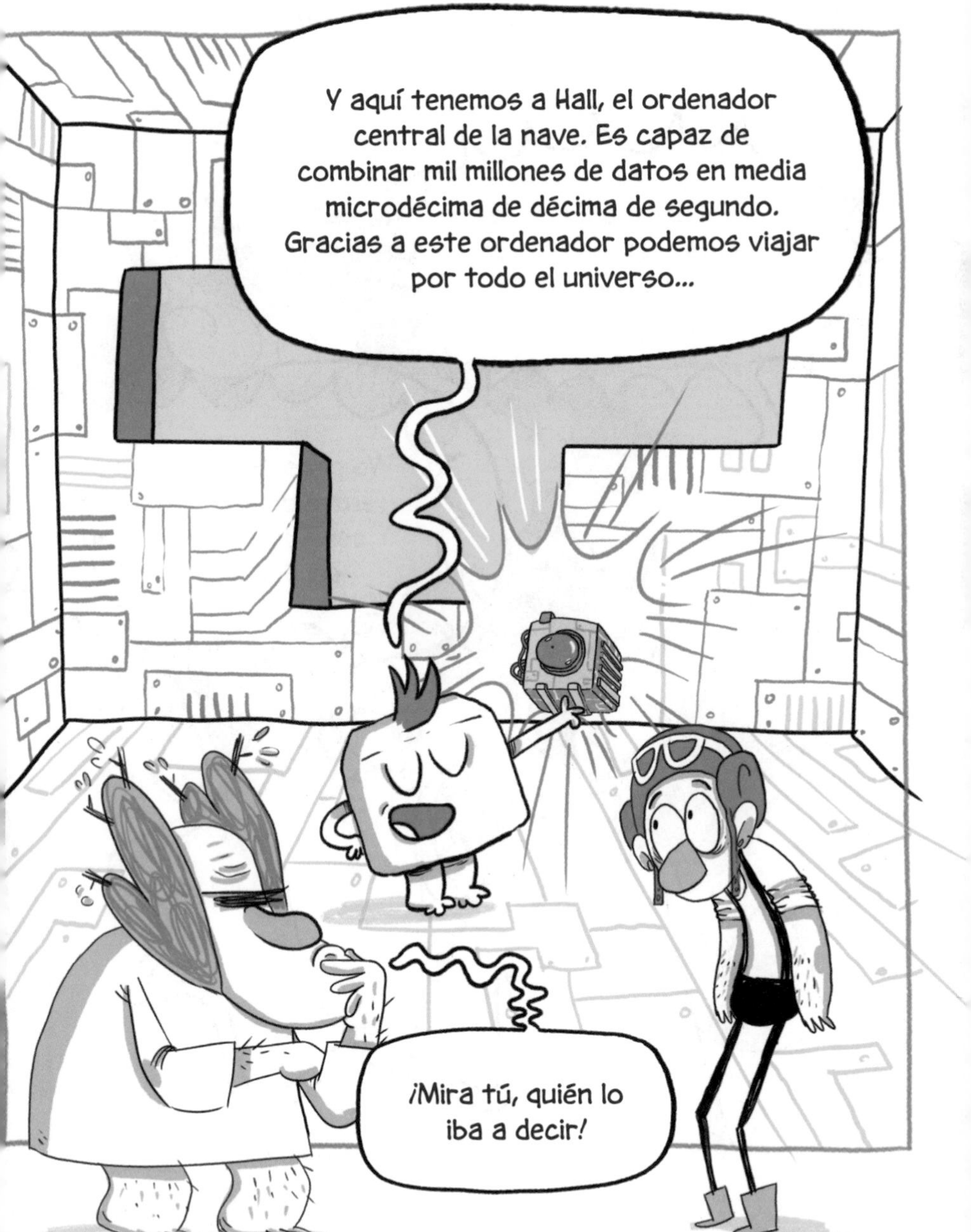
Y aquí tenemos a Hall, el ordenador central de la nave. Es capaz de combinar mil millones de datos en media microdécima de décima de segundo. Gracias a este ordenador podemos viajar por todo el universo...
¡Mira tú, quién lo iba a decir!

Tan pronto como vio aquel ordenador, el Doctor pensó en llevárselo para crear un terrible virus informático con potencia suficiente para bloquear el mundo entero: los horarios, los calendarios, las redes sociales, las facturas, las cuentas bancarias, los correos electrónicos, las notas de los alumnos... Todo quedaría irremediablemente perdido para siempre y el mundo se convertiría en un caos.

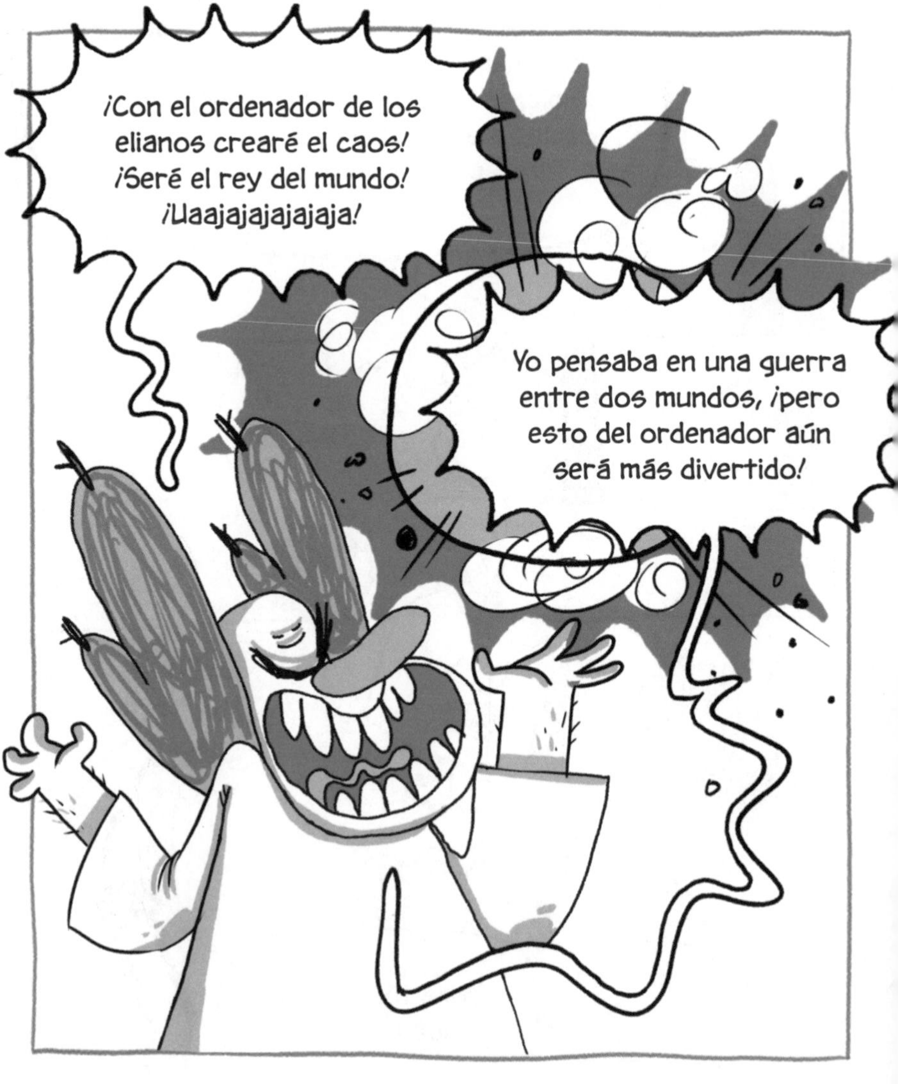
¡Con el ordenador de los elianos crearé el caos! ¡Seré el rey del mundo! ¡Uaajajajajajaja!
Yo pensaba en una guerra entre dos mundos, ¡pero esto del ordenador aún será más divertido!

Aquella noche, cuando pensó que los elianos dormían, el Doctor intentó robar el ordenador, pero el propio ordenador avisó a los elianos que, como es normal, no se lo tomaron nada bien.

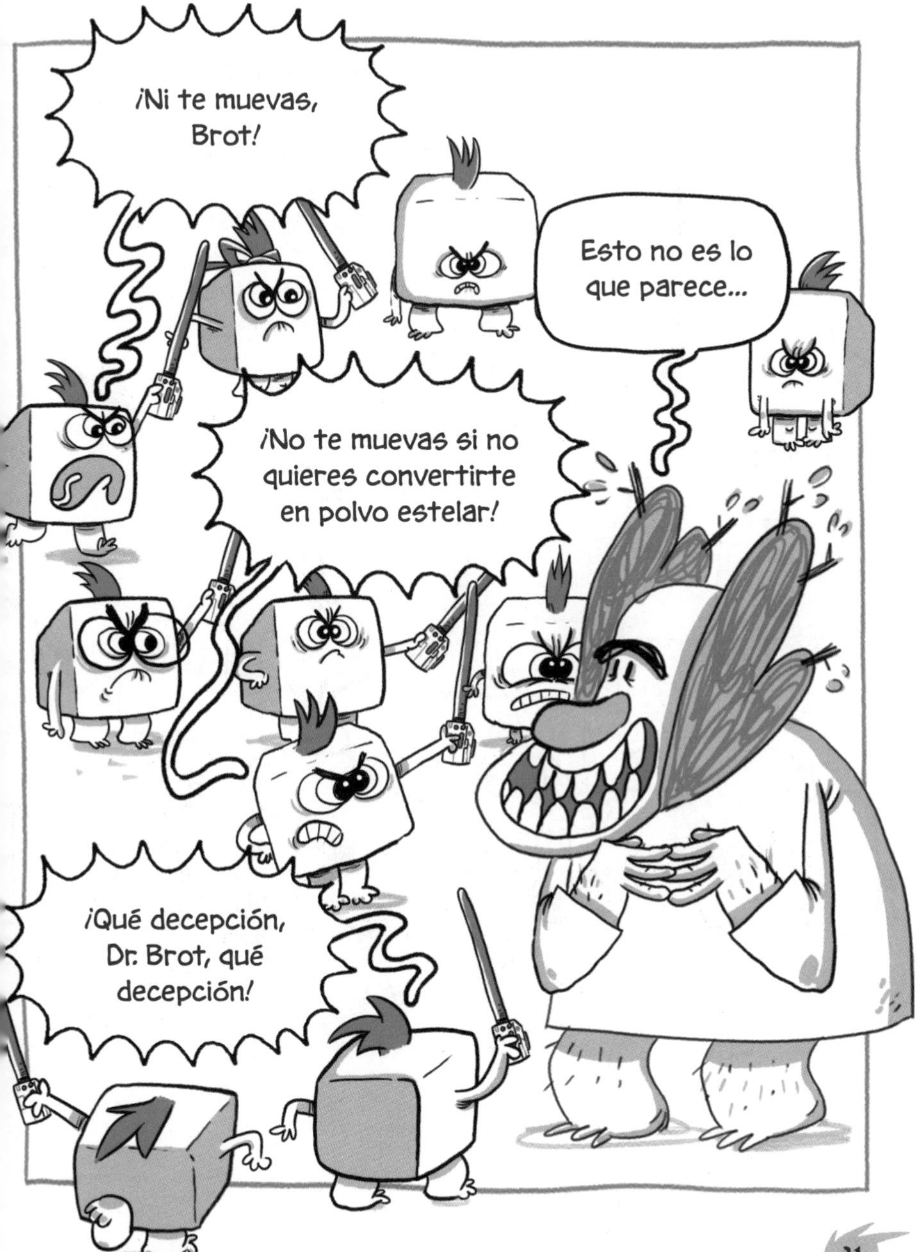
¡Ni te muevas, Brot!
Esto no es lo que parece...
¡No te muevas si no quieres convertirte en polvo estelar!
¡Qué decepción, Dr. Brot, qué decepción!

Los elianos son muy buena gente. Son confiados y te lo dan todo, pero cuando los engañas y les amenazas, aplican unos castigos terribles. Y el Doctor fue juzgado inmediatamente y se dictó sentencia. ¡Y así estamos!

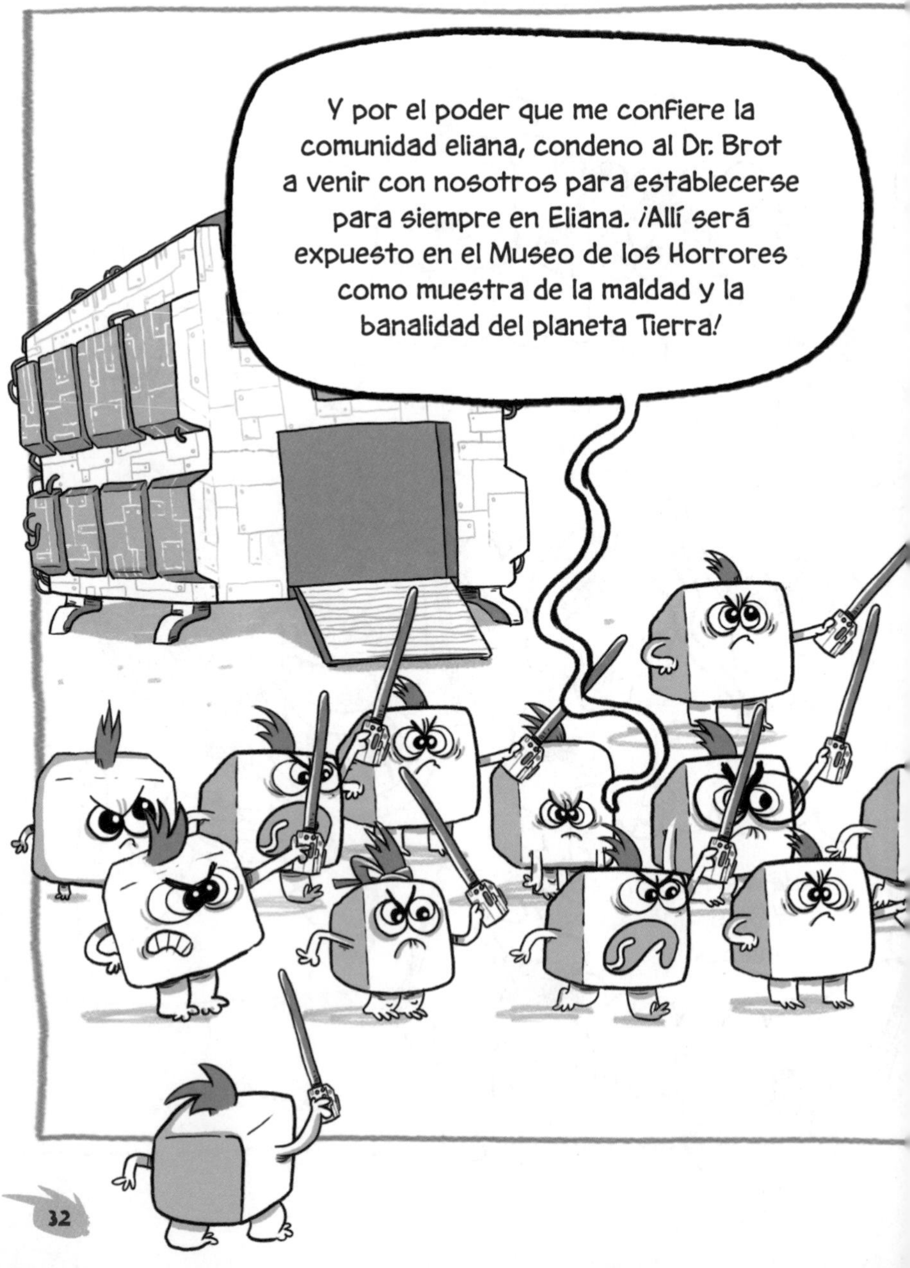
Y por el poder que me confiere la comunidad eliana, condeno al Dr. Brot a venir con nosotros para establecerse para siempre en Eliana. ¡Allí será expuesto en el Museo de los Horrores como muestra de la maldad y la banalidad del planeta Tierra!

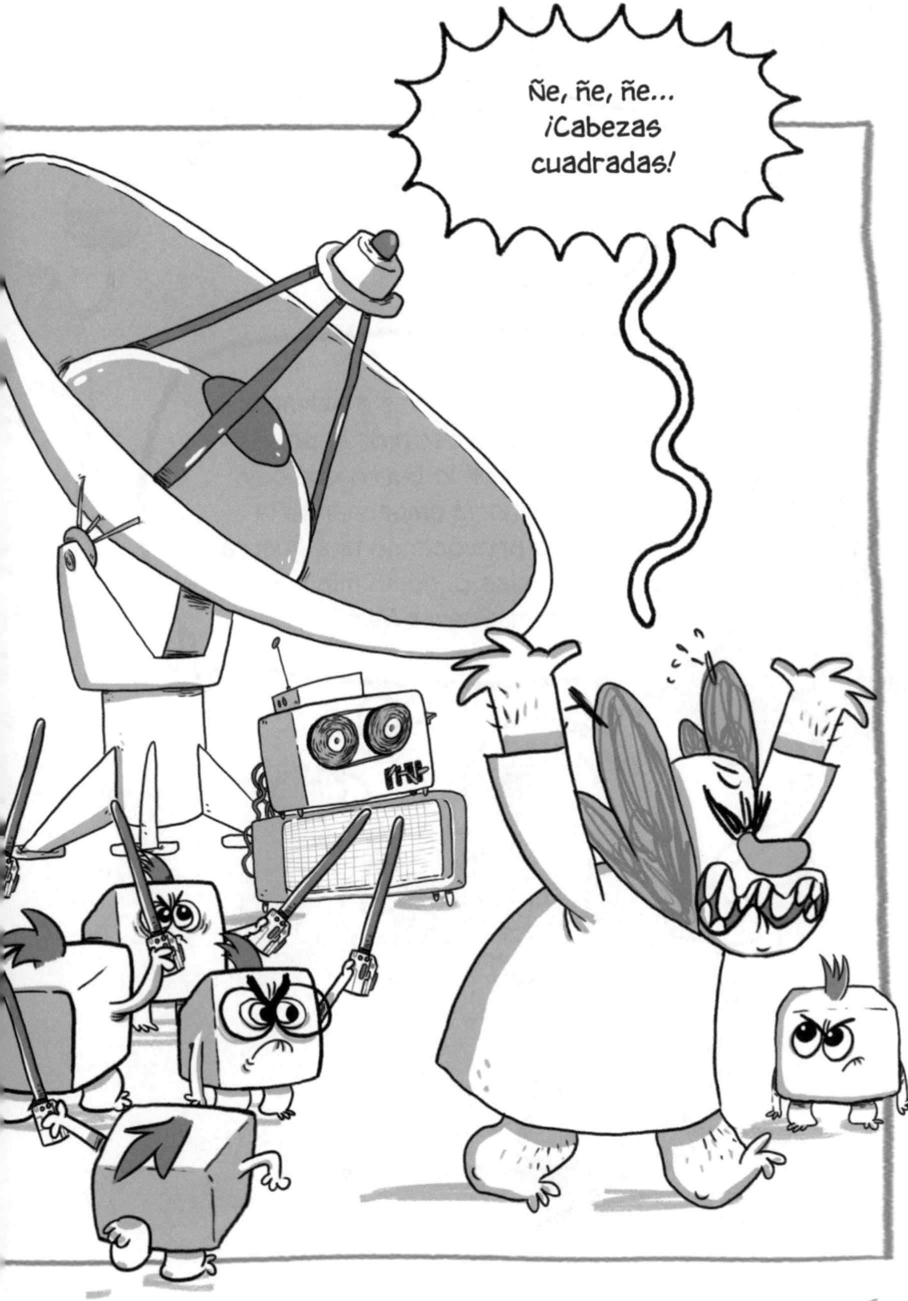
Ñe, ñe, ñe... ¡Cabezas cuadradas!

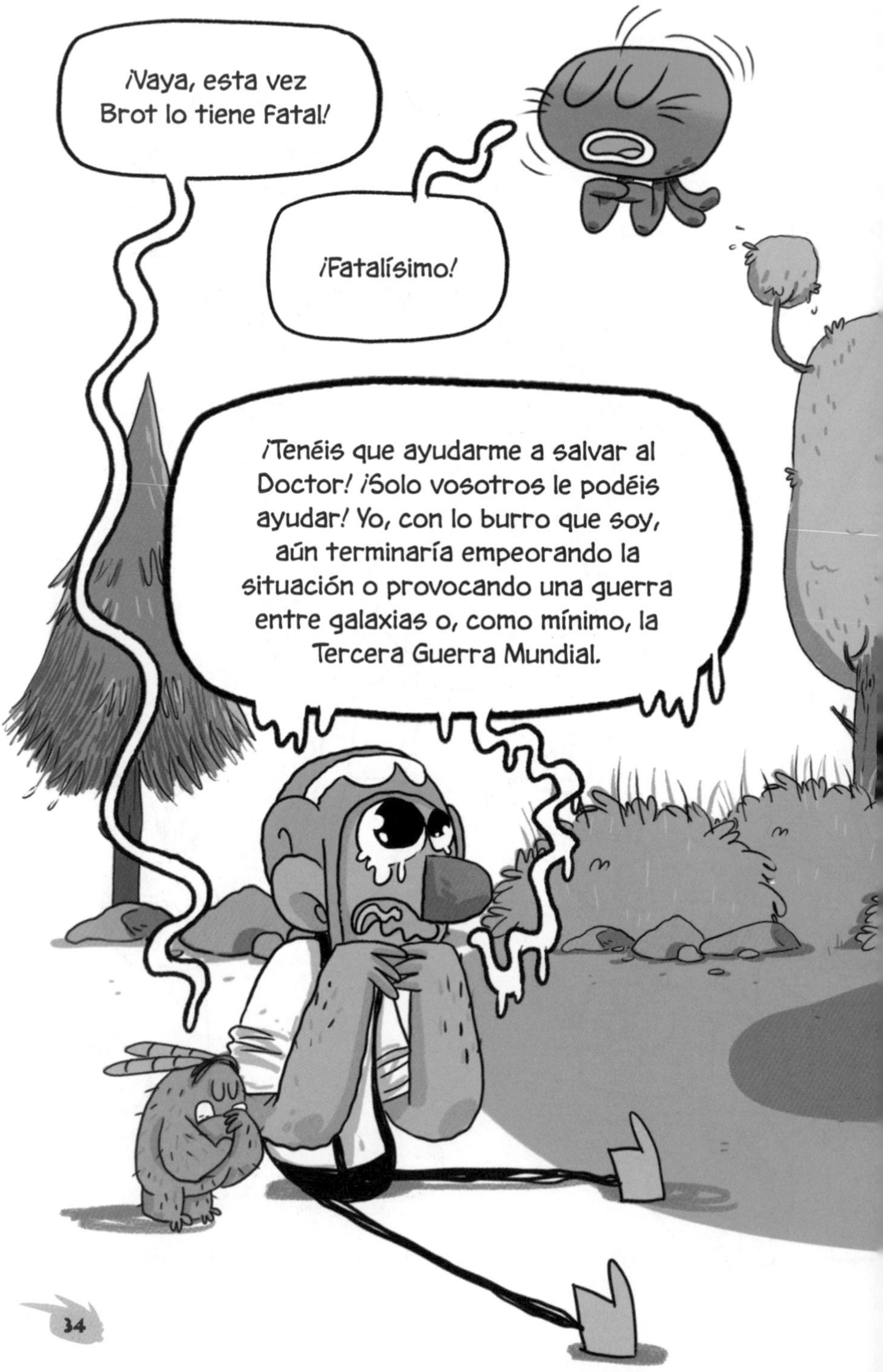
¡Vaya, esta vez Brot lo tiene fatal!
¡Fatalísimo!
¡Tenéis que ayudarme a salvar al Doctor! ¡Solo vosotros le podéis ayudar! Yo, con lo burro que soy, aún terminaría empeorando la situación o provocando una guerra entre galaxias o, como mínimo, la Tercera Guerra Mundial.

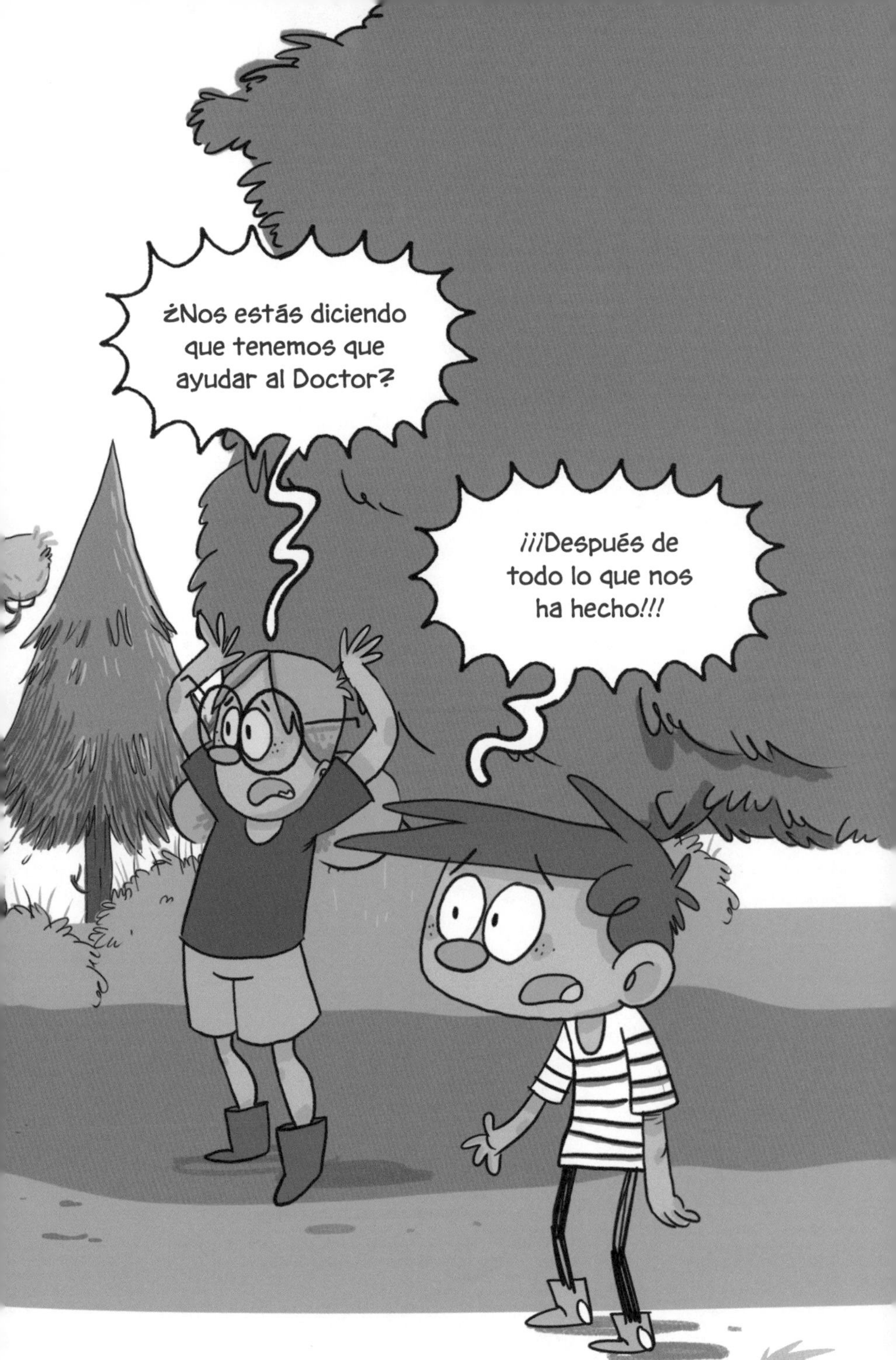
¿Nos estás diciendo que tenemos que ayudar al Doctor?
¡¡¡Después de todo lo que nos ha hecho!!!

3

¿AYUDAR AL DR. BROT?

De entrada, Lidia y yo éramos reacios a ayudar al Dr. Brot. Había sido él quien había echado de su casa a los monstruos y, siempre que había tenido la oportunidad, había intentado borrarnos del mapa. ¿Y ahora teníamos que ayudarle?

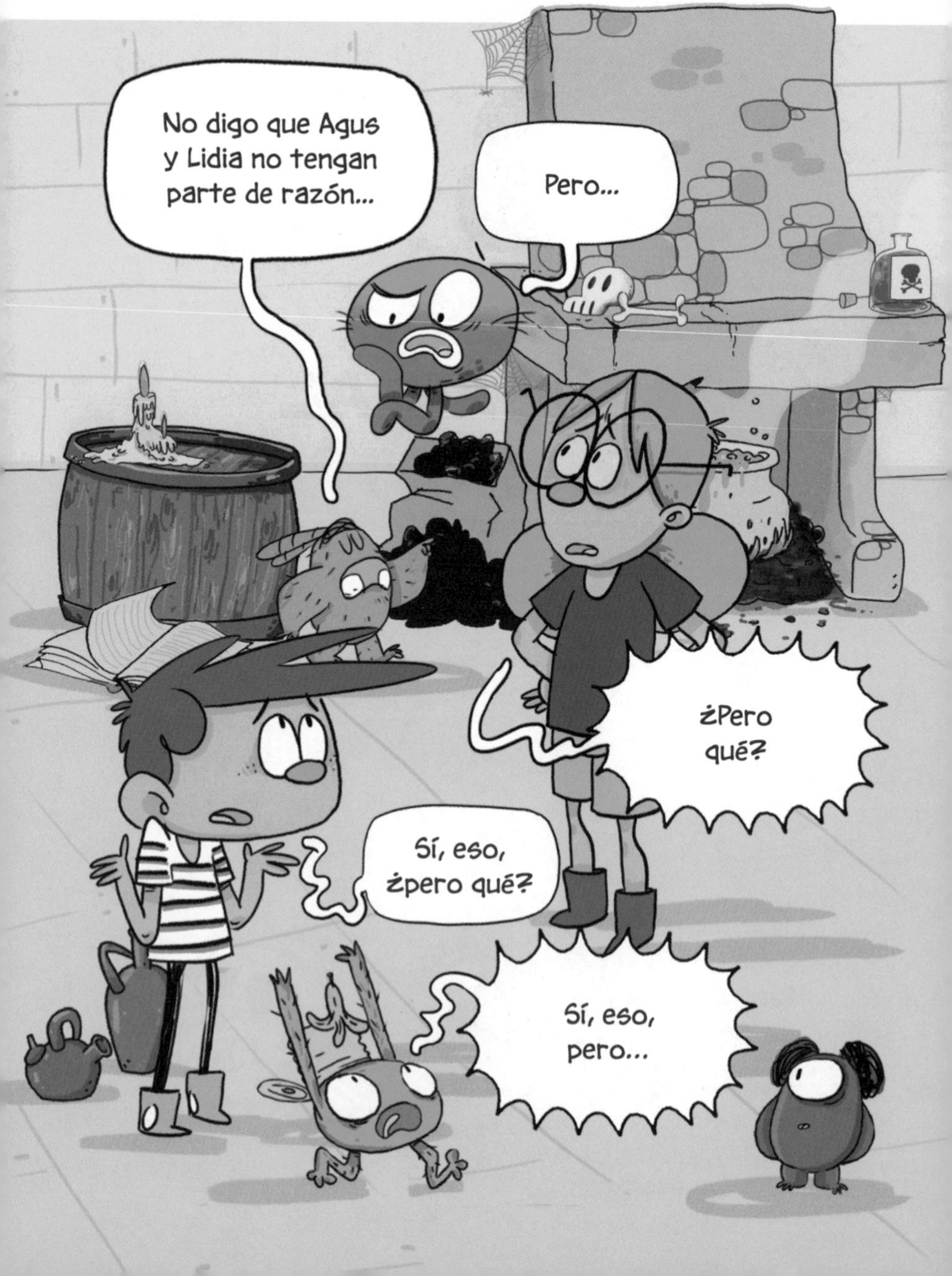

No digo que Agus y Lidia no tengan parte de razón...
Pero...
¿Pero qué?
Sí, eso, ¿pero qué?
Sí, eso, pero...

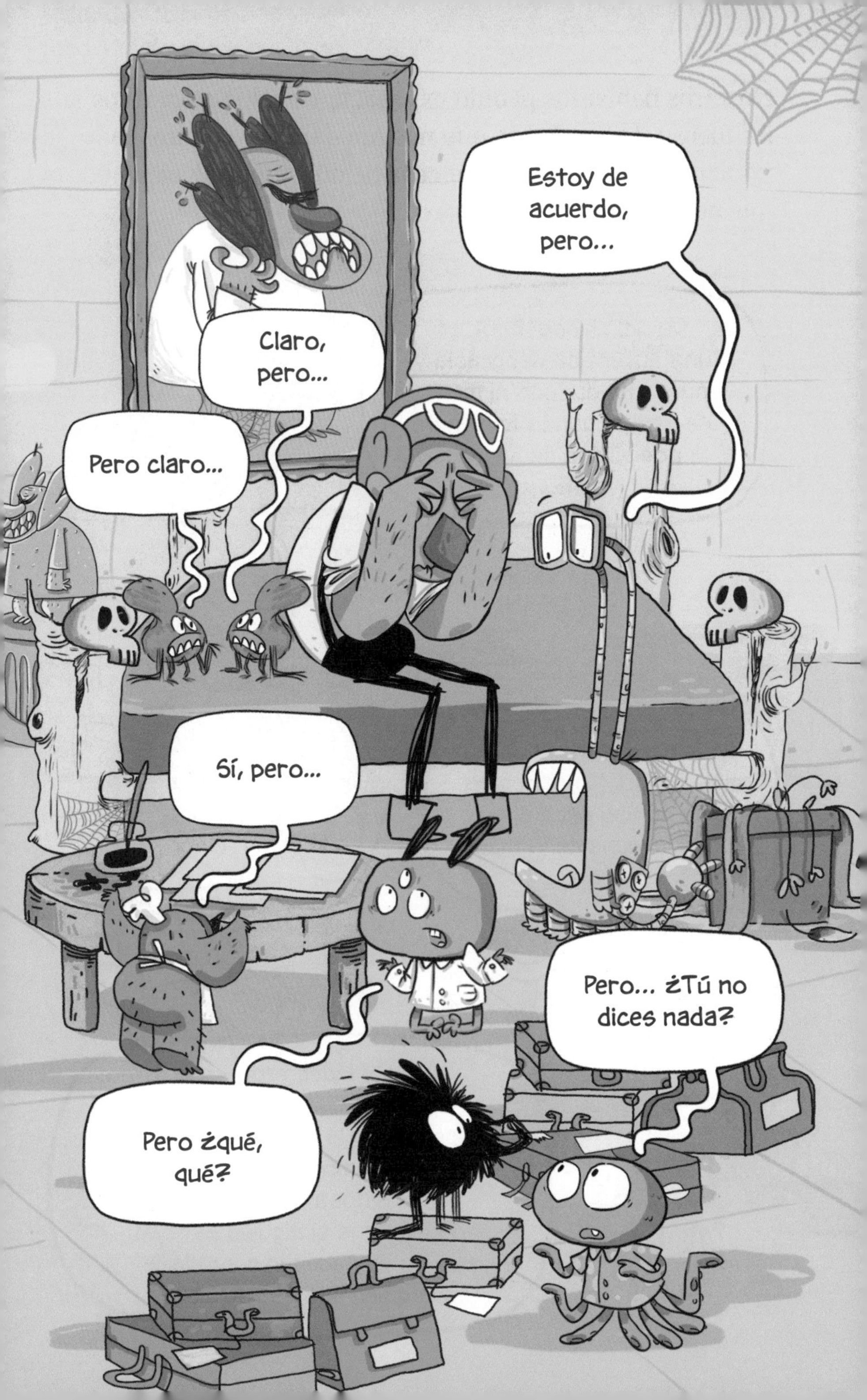
Estoy de acuerdo, pero...
Claro, pero...
Pero claro...
Sí, pero...
Pero... ¿Tú no dices nada?
Pero ¿qué, qué?

Nosotros habíamos pedido explicaciones y los monstruos nos las dieron. La verdad es que nos quedamos a cuadros, porque podíamos esperar cualquier cosa de nuestros amigos menos lo que nos dijeron.

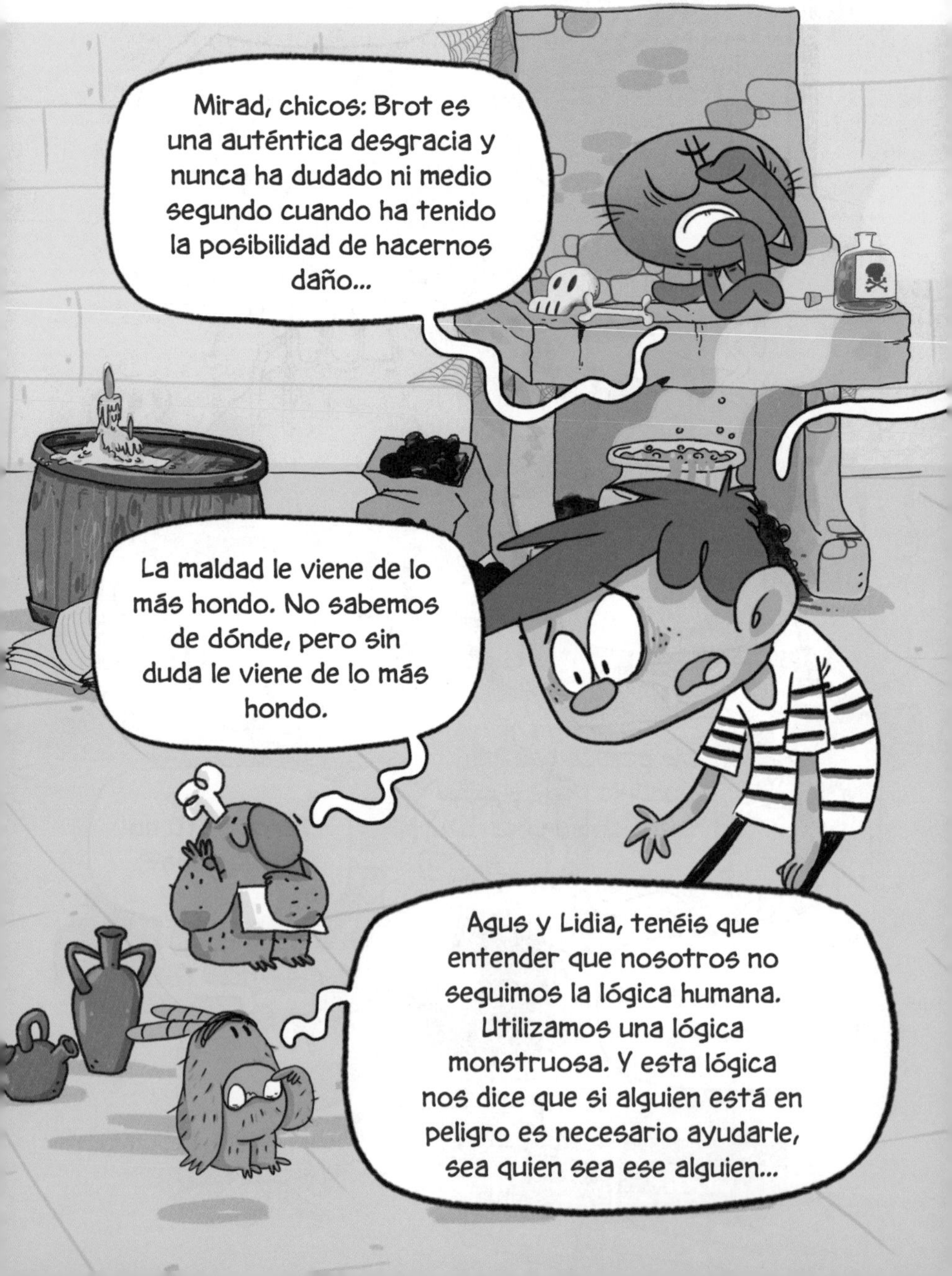
Mirad, chicos: Brot es una auténtica desgracia y nunca ha dudado ni medio segundo cuando ha tenido la posibilidad de hacernos daño...
La maldad le viene de lo más hondo. No sabemos de dónde, pero sin duda le viene de lo más hondo.
Agus y Lidia, tenéis que entender que nosotros no seguimos la lógica humana. Utilizamos una lógica monstruosa. Y esta lógica nos dice que si alguien está en peligro es necesario ayudarle, sea quien sea ese alguien...

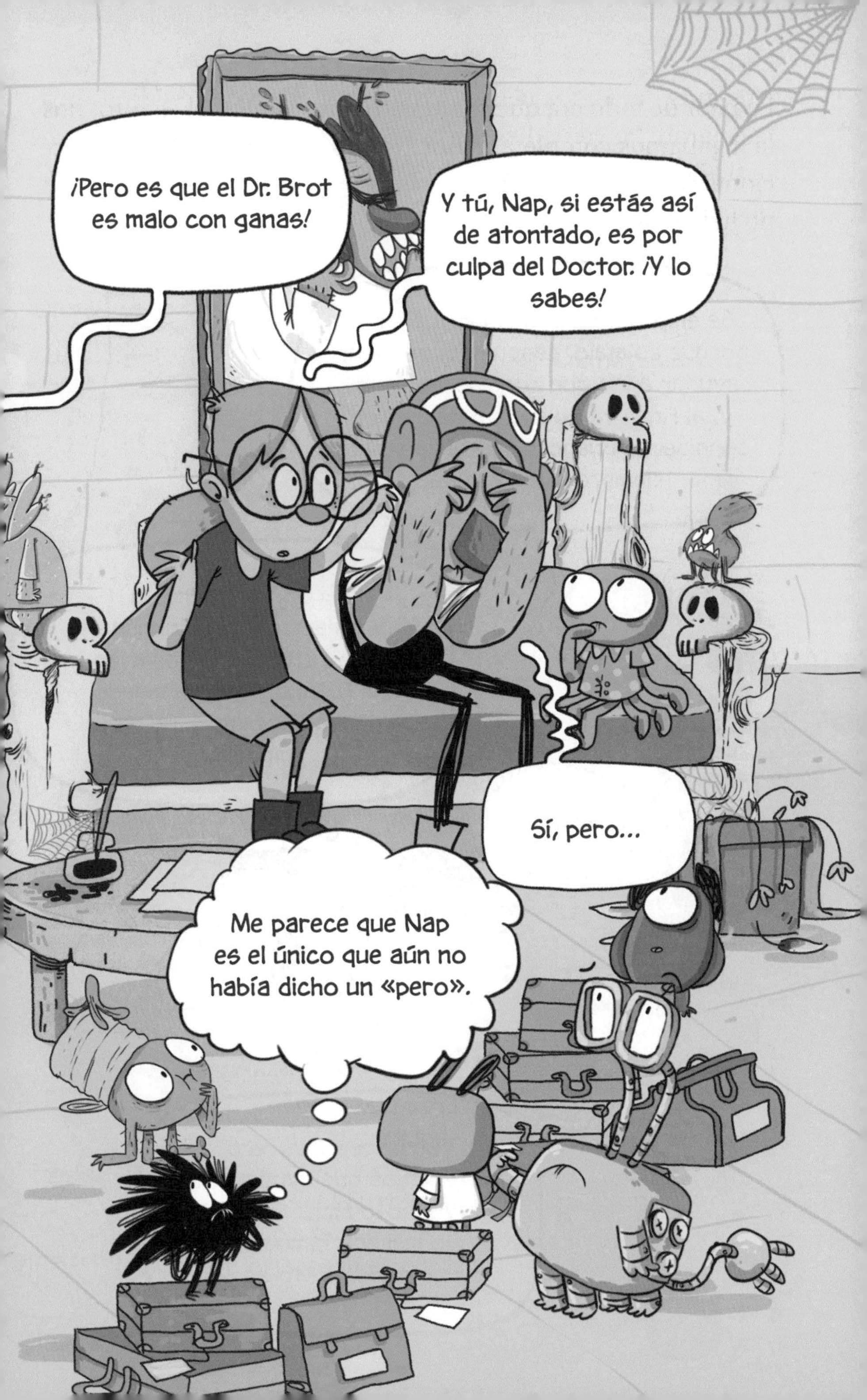
¡Pero es que el Dr. Brot es malo con ganas!
Y tú, Nap, si estás así de atontado, es por culpa del Doctor. ¡Y lo sabes!
Sí, pero...
Me parece que Nap es el único que aún no había dicho un «pero».

Lo peor de todo era que si intentábamos ayudar al Dr. Brot nos la jugábamos completamente. No sabíamos cómo iban a reaccionar los elianos, pero aun así los monstruos insistían en que no había otro camino.

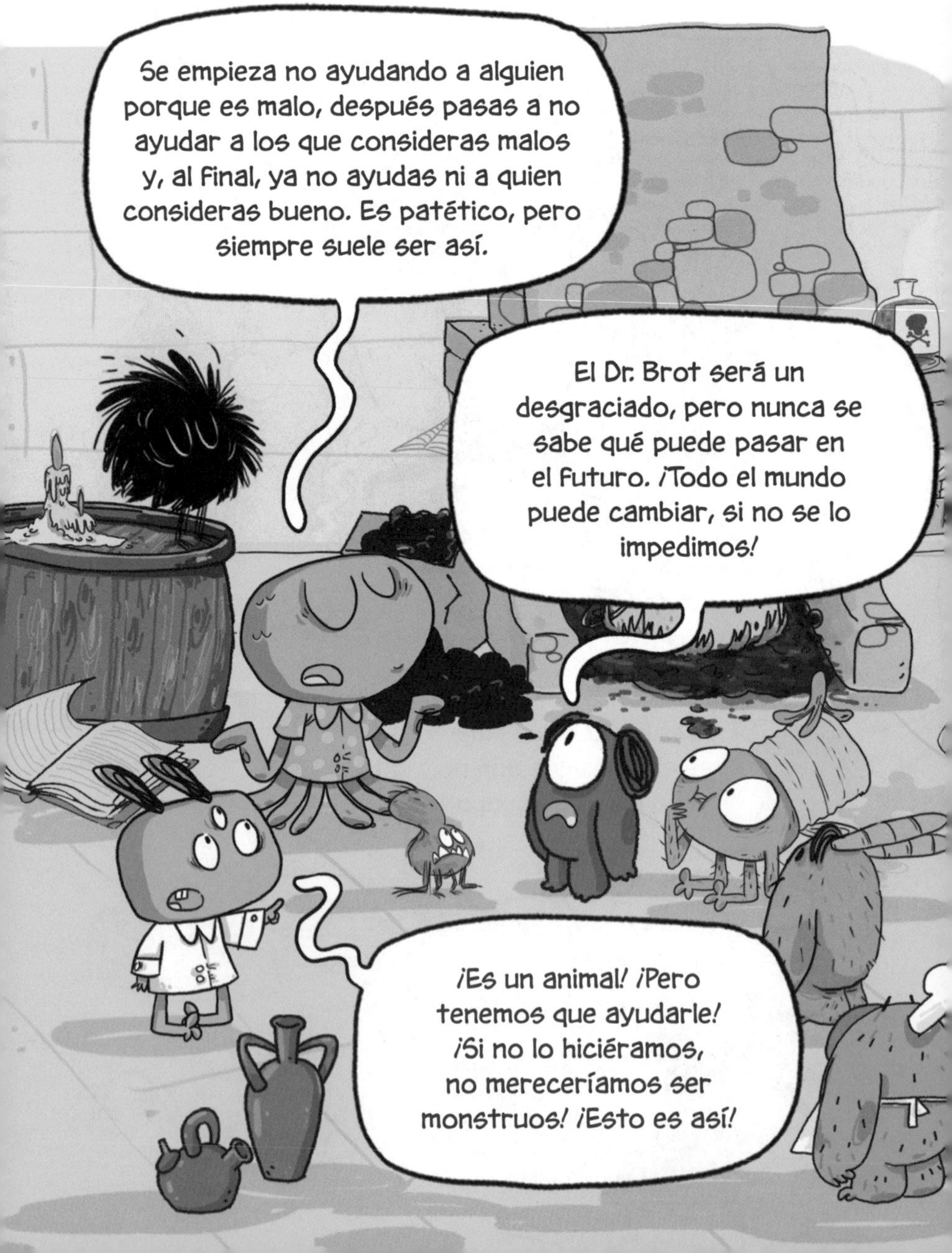
Se empieza no ayudando a alguien porque es malo, después pasas a no ayudar a los que consideras malos y, al final, ya no ayudas ni a quien consideras bueno. Es patético, pero siempre suele ser así.
El Dr. Brot será un desgraciado, pero nunca se sabe qué puede pasar en el futuro. ¡Todo el mundo puede cambiar, si no se lo impedimos!
¡Es un animal! ¡Pero tenemos que ayudarle! ¡Si no lo hiciéramos, no mereceríamos ser monstruos! ¡Esto es así!

Todos los monstruos tenían claro que era necesario ayudar al Dr. Brot, y entonces nos tocó hablar a nosotros. Y, aunque era una decisión difícil, a poco que lo pensaras ya te dabas cuenta de que si los humanos hiciéramos como los monstruos, nuestro planeta sería un lugar mucho mejor.

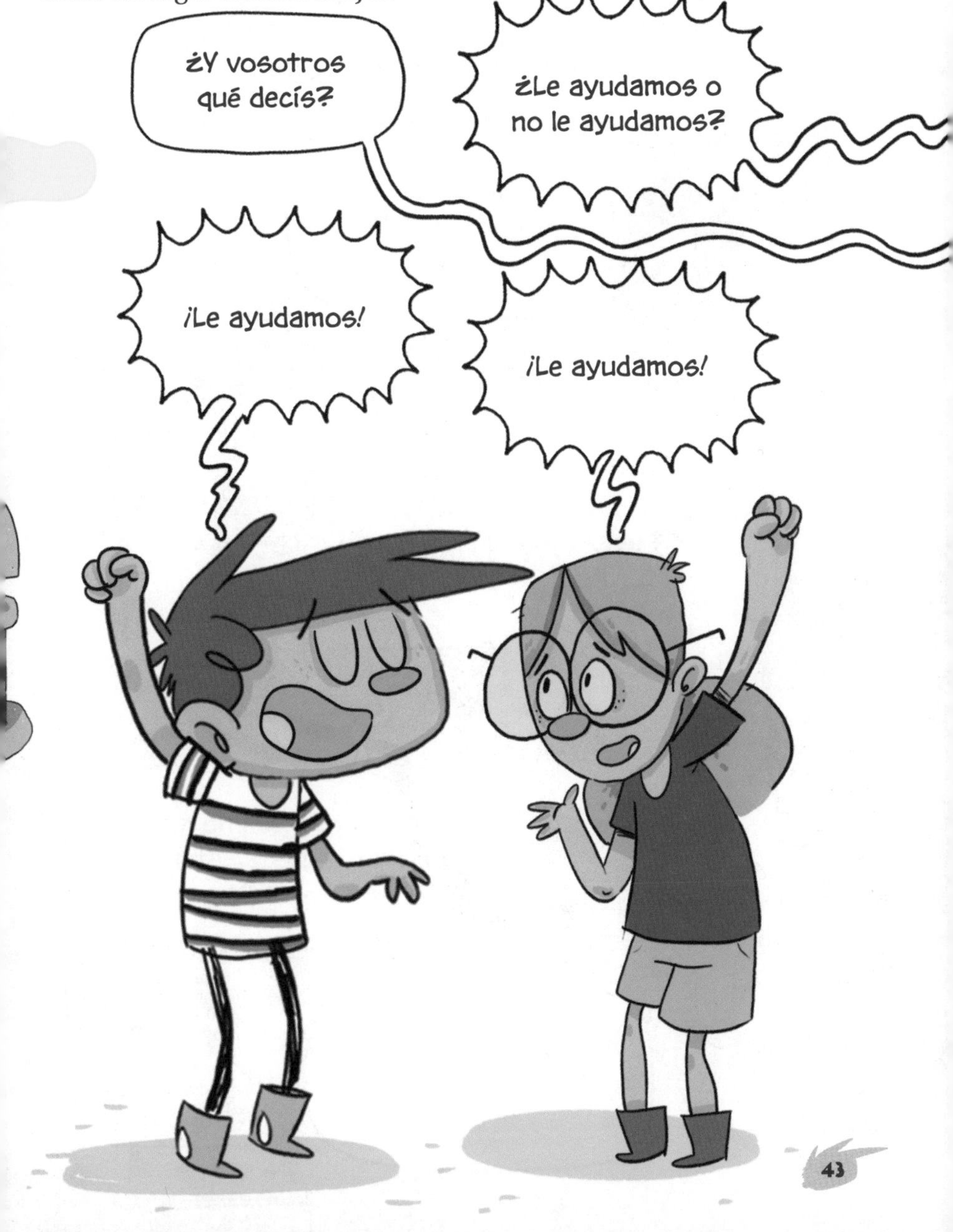
¿Y vosotros qué decís?
¿Le ayudamos o no le ayudamos?
¡Le ayudamos!
¡Le ayudamos!

Rápidamente acordamos que aquella misma noche Hole haría un agujero hasta el parque. Allí recogeríamos a Nap y nos iríamos a la Montaña Verde para implorar a los elianos que liberasen al Dr. Brot. Éramos conscientes del riesgo, pero ¿qué otra cosa podíamos hacer?

Y, a todo esto, Roll se quedó a hacer compañía a Nap, que estaba afectadísimo por la pérdida del Doctor.

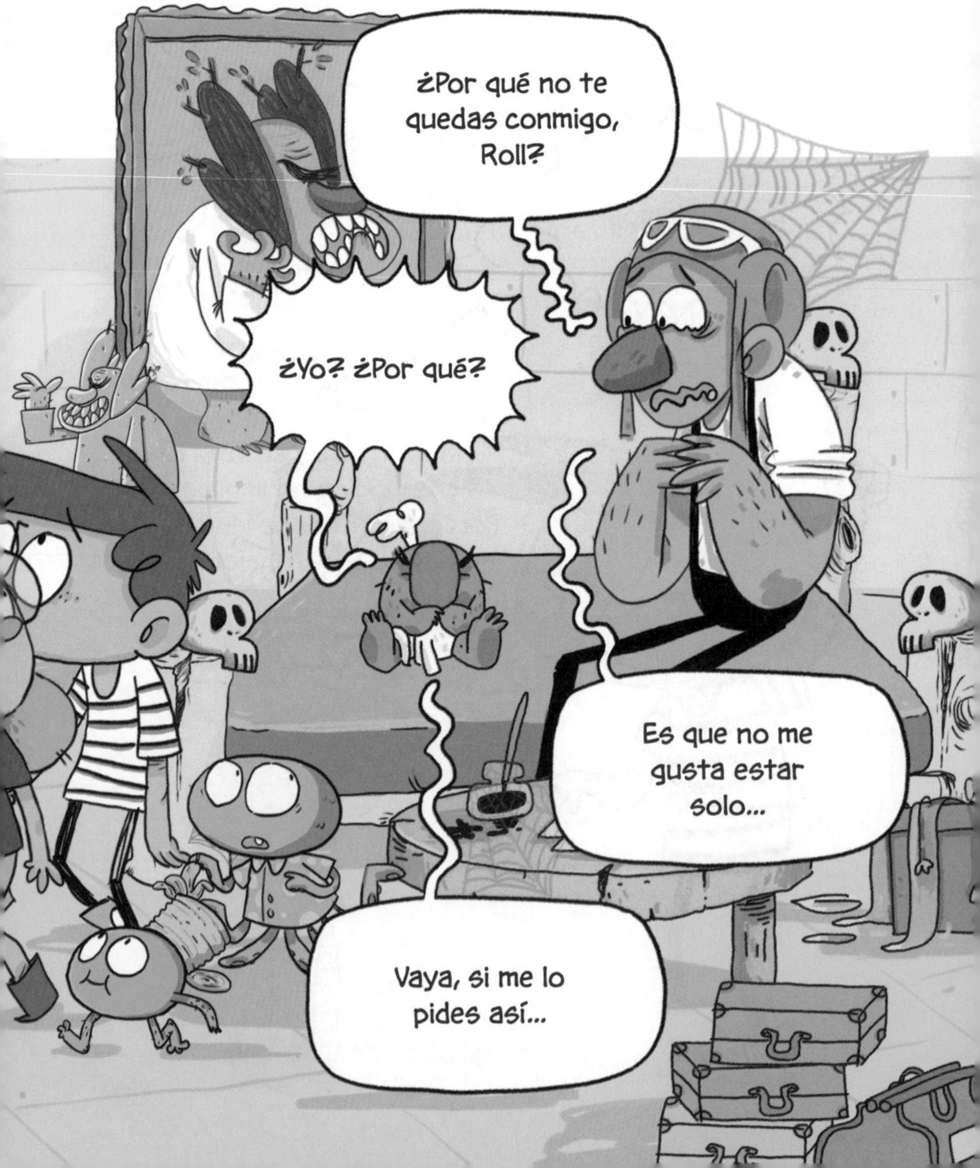
¿Por qué no te quedas conmigo, Roll?
¿Yo? ¿Por qué?
Es que no me gusta estar solo...
Vaya, si me lo pides así...

Una vez en casa, el Sr. Flat buscó un libro en el interior de Emmo, *El libro de todos los seres que existen,* para ver si hablaba de los elianos. Lo único que encontró fue una breve referencia de un monje del siglo XI que aseguraba que los elianos eran básicamente buenos y aplicaban una lógica muy estricta en todas sus decisiones.

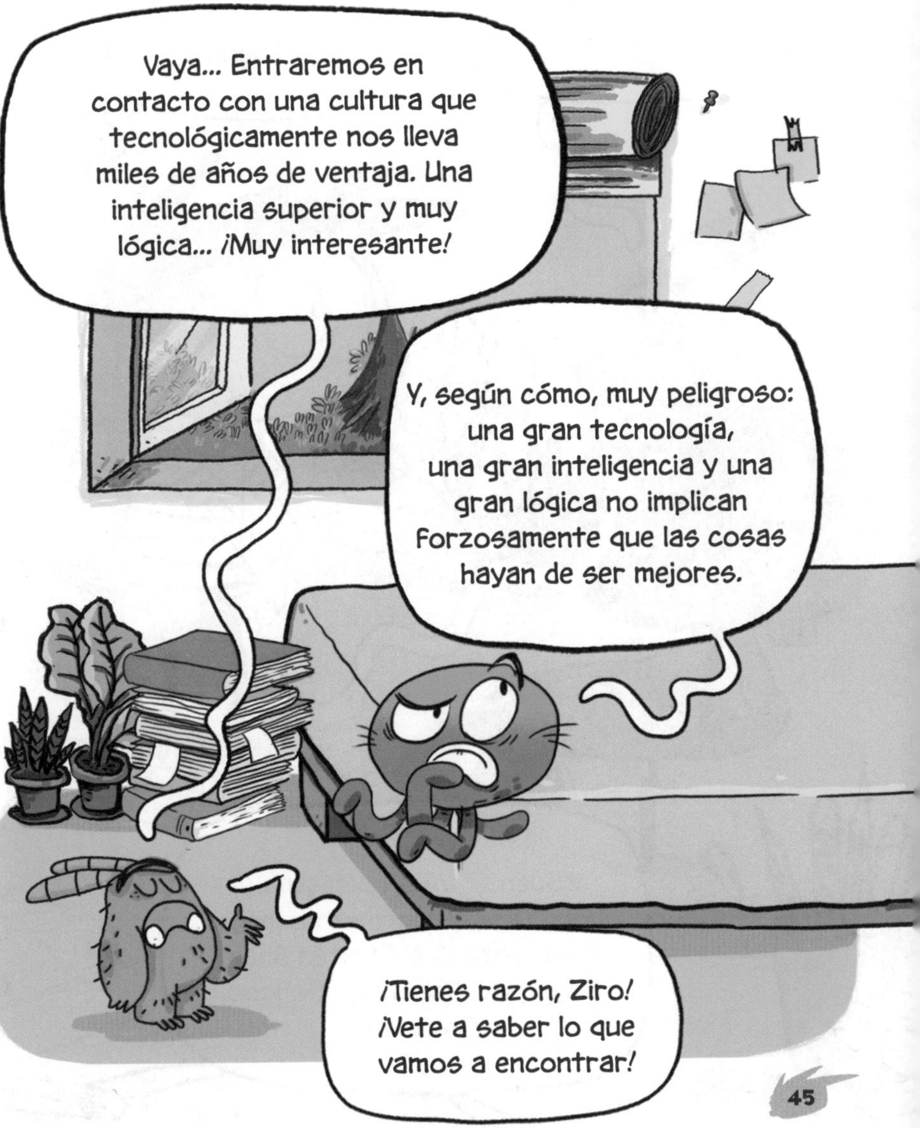
Vaya... Entraremos en contacto con una cultura que tecnológicamente nos lleva miles de años de ventaja. Una inteligencia superior y muy lógica... ¡Muy interesante!
Y, según cómo, muy peligroso: una gran tecnología, una gran inteligencia y una gran lógica no implican forzosamente que las cosas hayan de ser mejores.
¡Tienes razón, Ziro! ¡Vete a saber lo que vamos a encontrar!

Como teníamos que esperar a que nuestros padres estuvieran durmiendo, busqué entre los libros que aquella semana me había prestado Emma y saqué uno que había escogido yo.

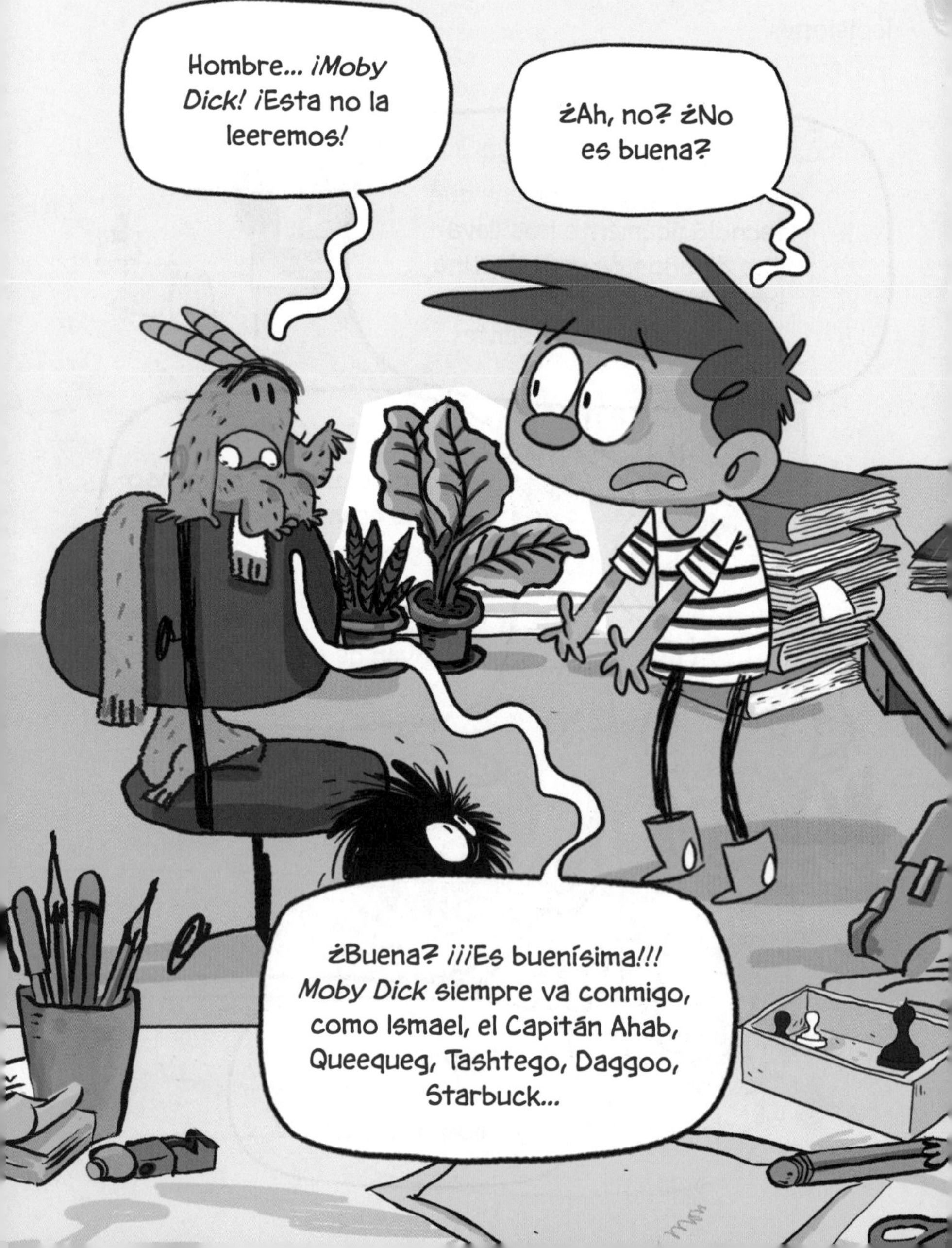
Hombre... *¡Moby Dick!* ¡Esta no la leeremos!
¿Ah, no? ¿No es buena?
¿Buena? ¡¡¡Es buenísima!!! *Moby Dick* siempre va conmigo, como Ismael, el Capitán Ahab, Queequeg, Tashtego, Daggoo, Starbuck...

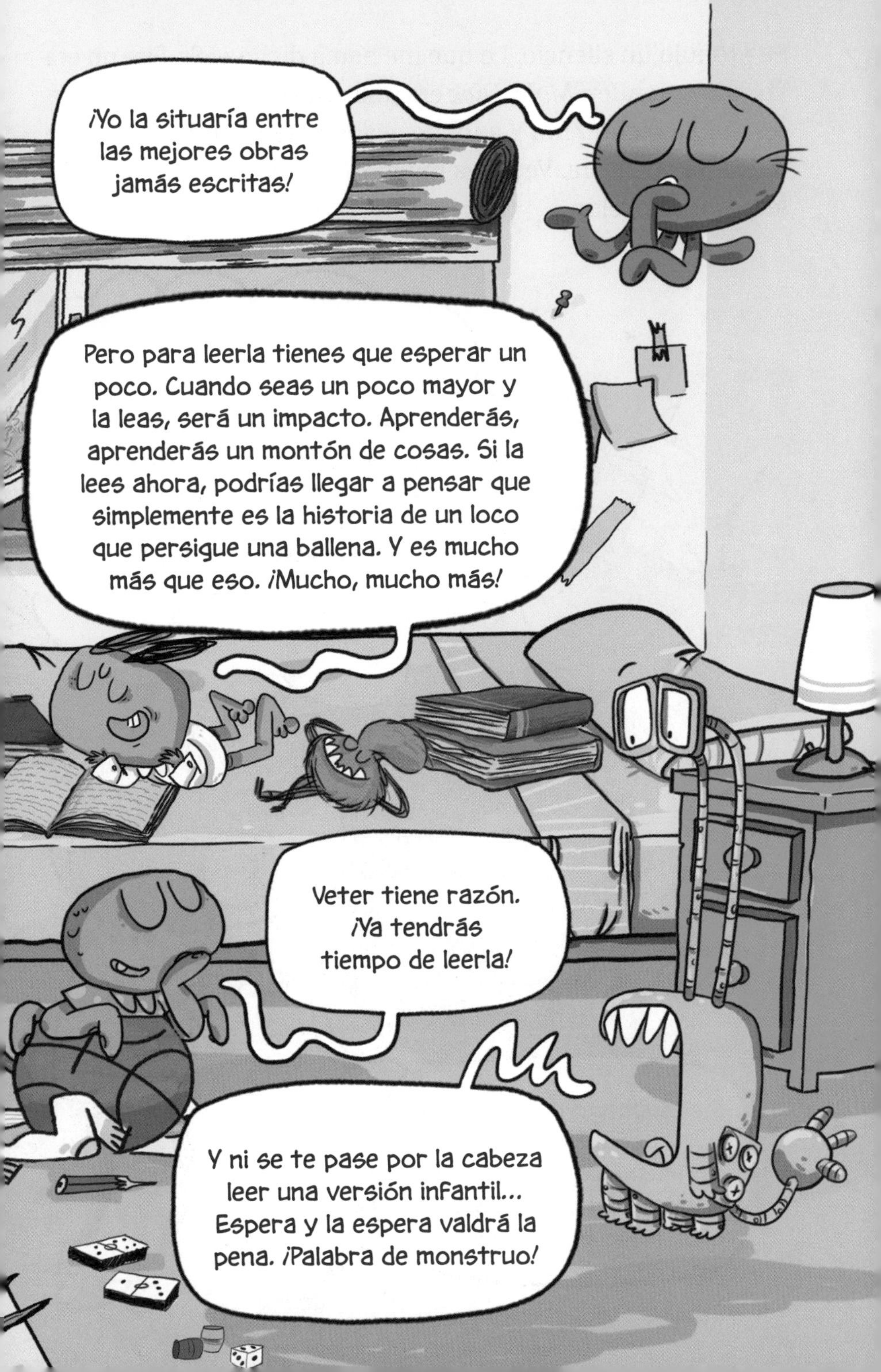
¡Yo la situaría entre las mejores obras jamás escritas!
Pero para leerla tienes que esperar un poco. Cuando seas un poco mayor y la leas, será un impacto. Aprenderás, aprenderás un montón de cosas. Si la lees ahora, podrías llegar a pensar que simplemente es la historia de un loco que persigue una ballena. Y es mucho más que eso. ¡Mucho, mucho más!
Veter tiene razón. ¡Ya tendrás tiempo de leerla!
Y ni se te pase por la cabeza leer una versión infantil... Espera y la espera valdrá la pena. ¡Palabra de monstruo!

Se produjo un silencio. Lo que me había dicho el Sr. Flat no era fácil de entender: *Moby Dick* era una gran obra, entre las mejores, había dicho Ziro. Y aunque acabé entendiendo lo que me había dicho la Dra. Veter, ya me moría de ganas de ponerme a leer aquel novelón.

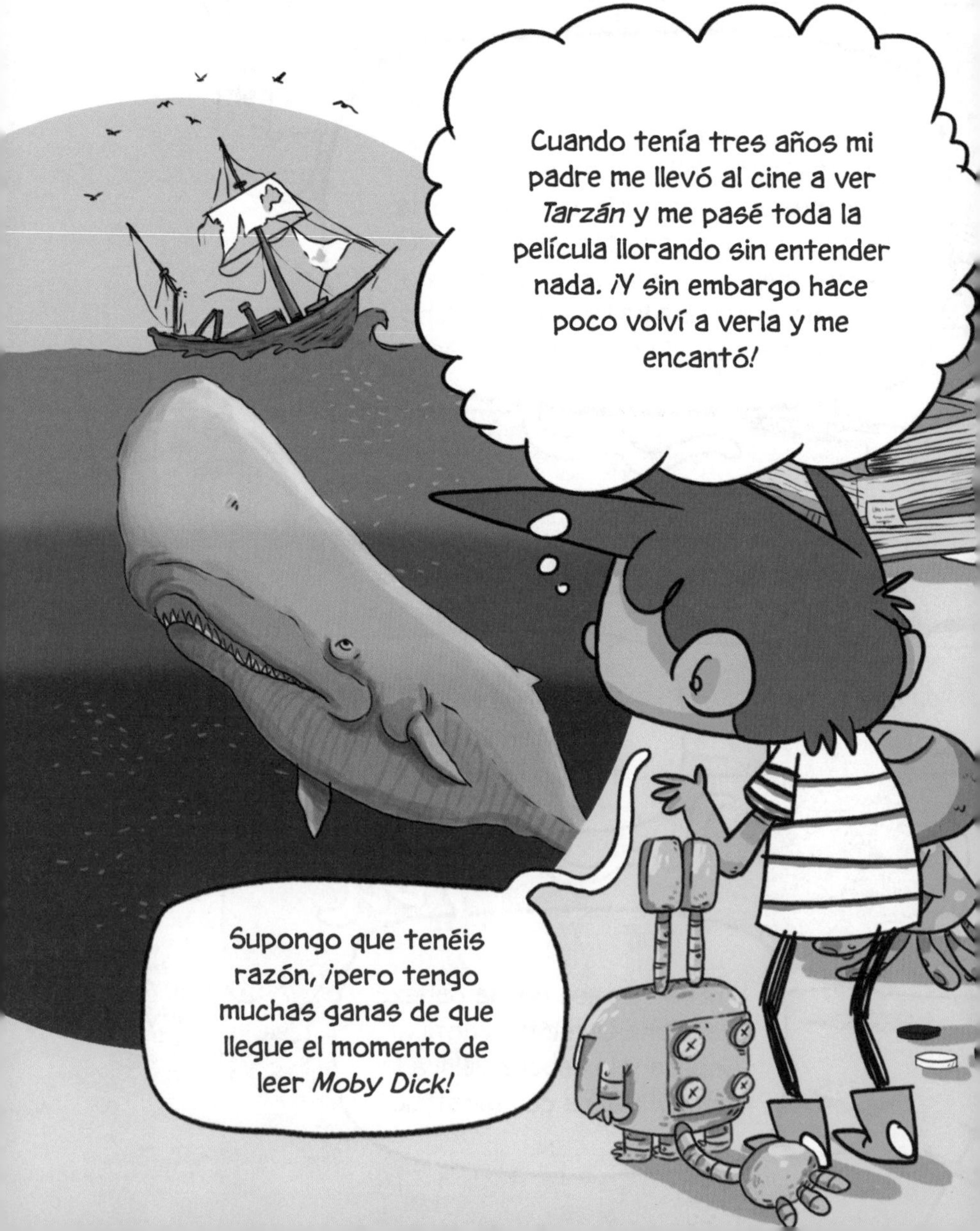
Cuando tenía tres años mi padre me llevó al cine a ver *Tarzán* y me pasé toda la película llorando sin entender nada. ¡Y sin embargo hace poco volví a verla y me encantó!
Supongo que tenéis razón, ¡pero tengo muchas ganas de que llegue el momento de leer *Moby Dick*!

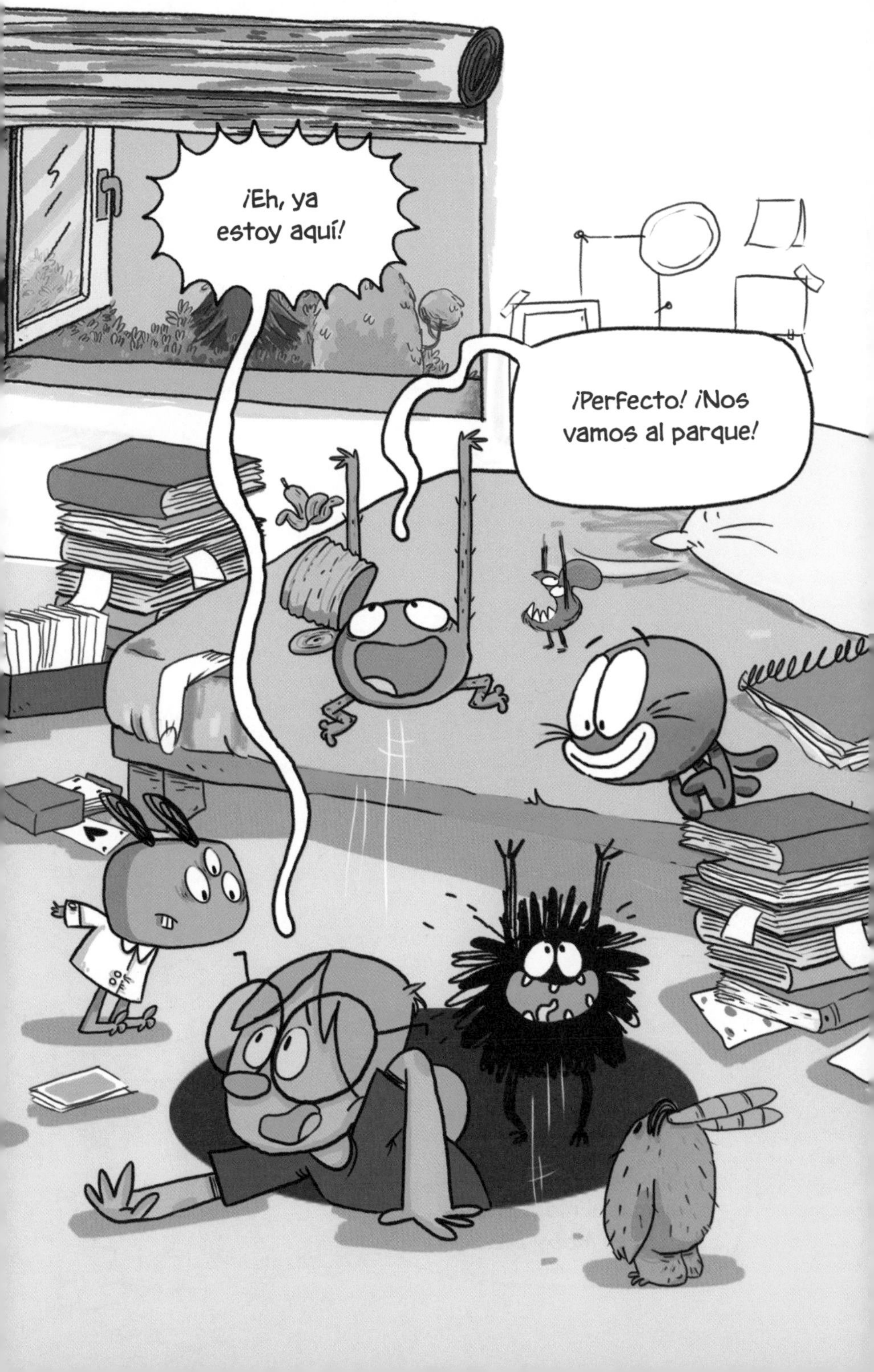
¡Eh, ya estoy aquí!
¡Perfecto! ¡Nos vamos al parque!

4

LA MONTAÑA VERDE

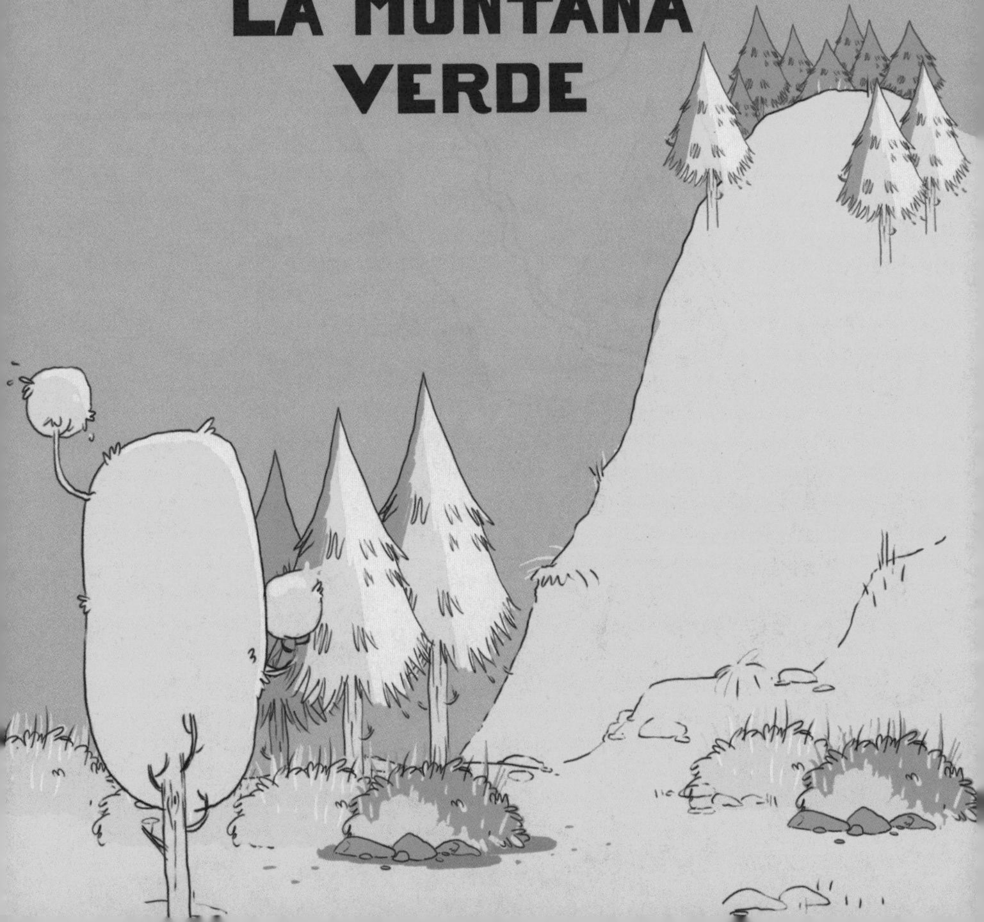

Pasamos a buscar a Nap y Roll por el parque y nos dirigimos a la Montaña Verde. Fue una auténtica excursión nocturna.

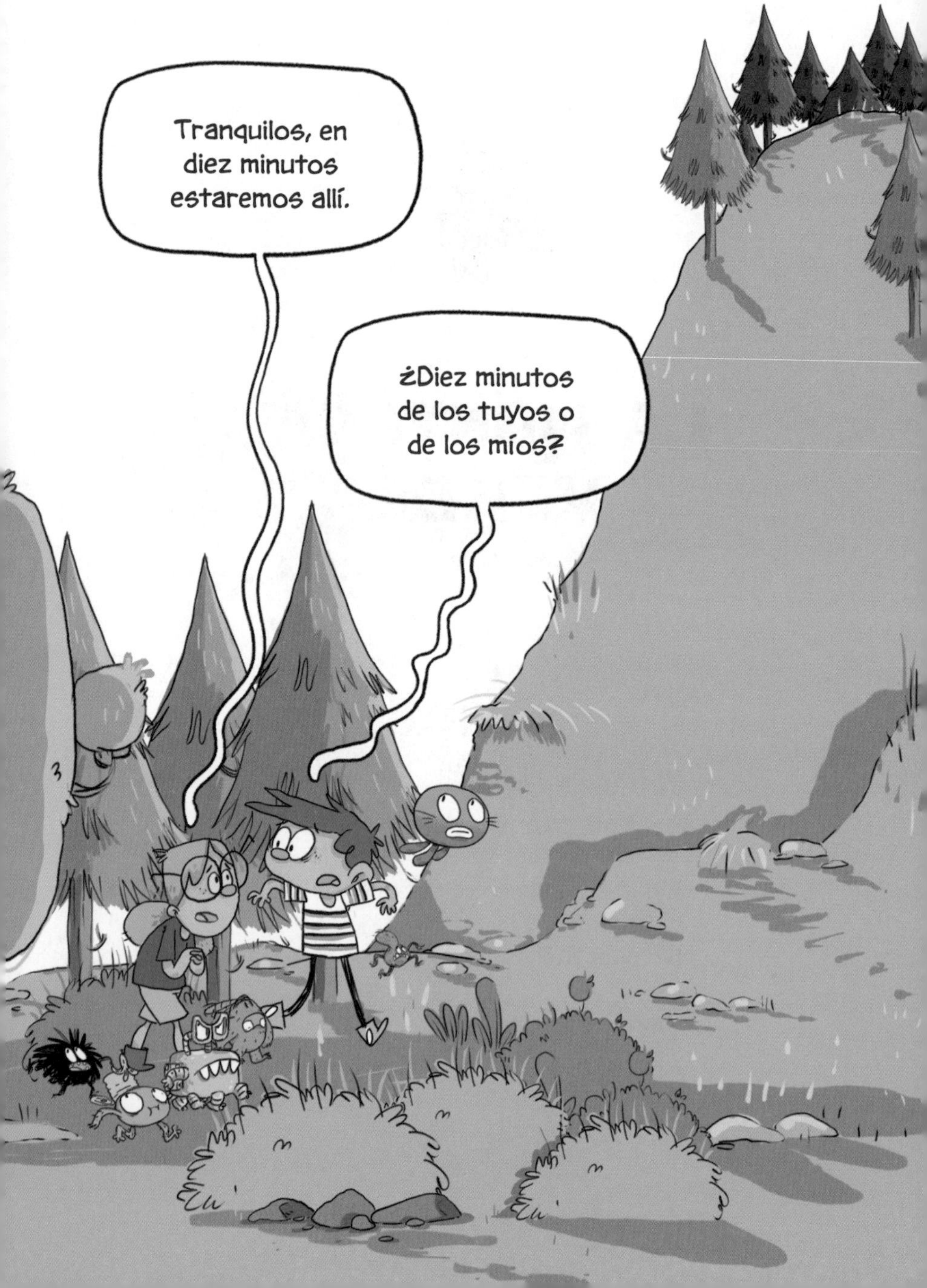
Tranquilos, en diez minutos estaremos allí.
¿Diez minutos de los tuyos o de los míos?

No. No fueron diez minutos. Fue una hora y media larga, pero al final llegamos a la cima de la montaña. Y, en efecto, allí, debajo de un árbol, encontramos un objeto muy extraño. ¡Era la nave de los elianos!

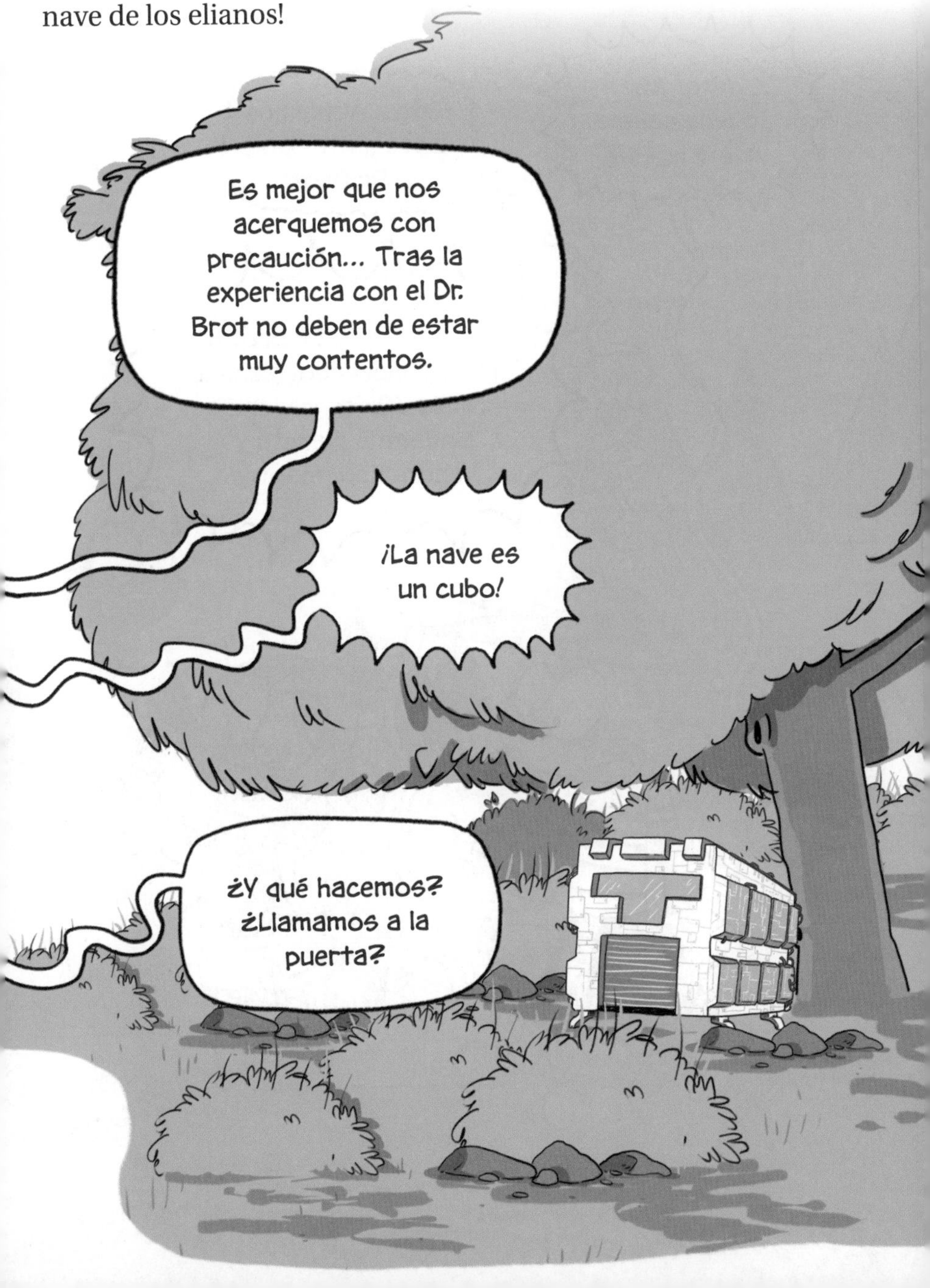
Es mejor que nos acerquemos con precaución... Tras la experiencia con el Dr. Brot no deben de estar muy contentos.
¡La nave es un cubo!
¿Y qué hacemos? ¿Llamamos a la puerta?

No fue necesario llamar a la puerta. De repente, nos vimos rodeados por los elianos. Realmente la experiencia con el Dr. Brot los había puesto a la defensiva.

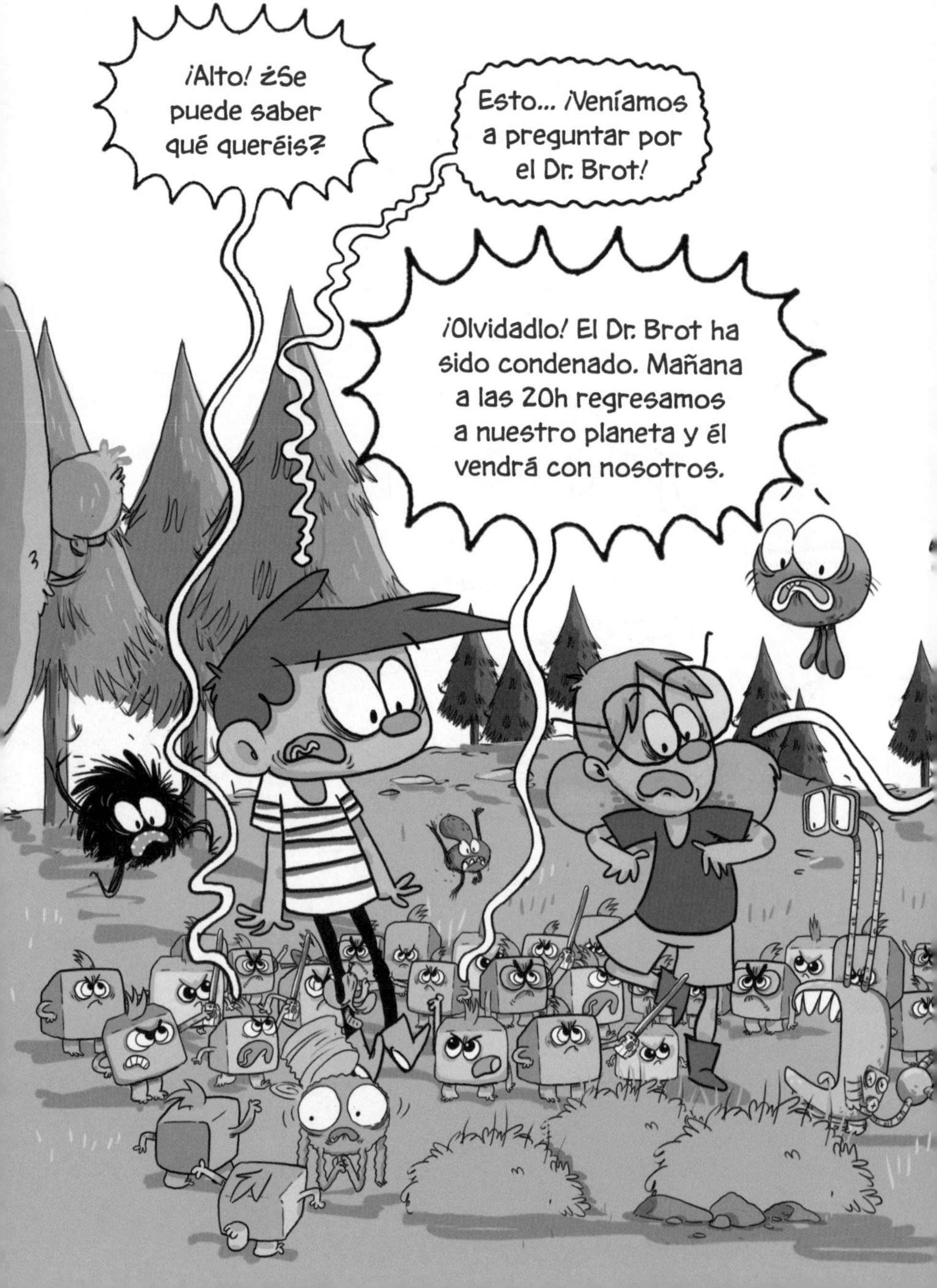
¡Alto! ¿Se puede saber qué queréis?
Esto... ¡Veníamos a preguntar por el Dr. Brot!
¡Olvidadlo! El Dr. Brot ha sido condenado. Mañana a las 20h regresamos a nuestro planeta y él vendrá con nosotros.

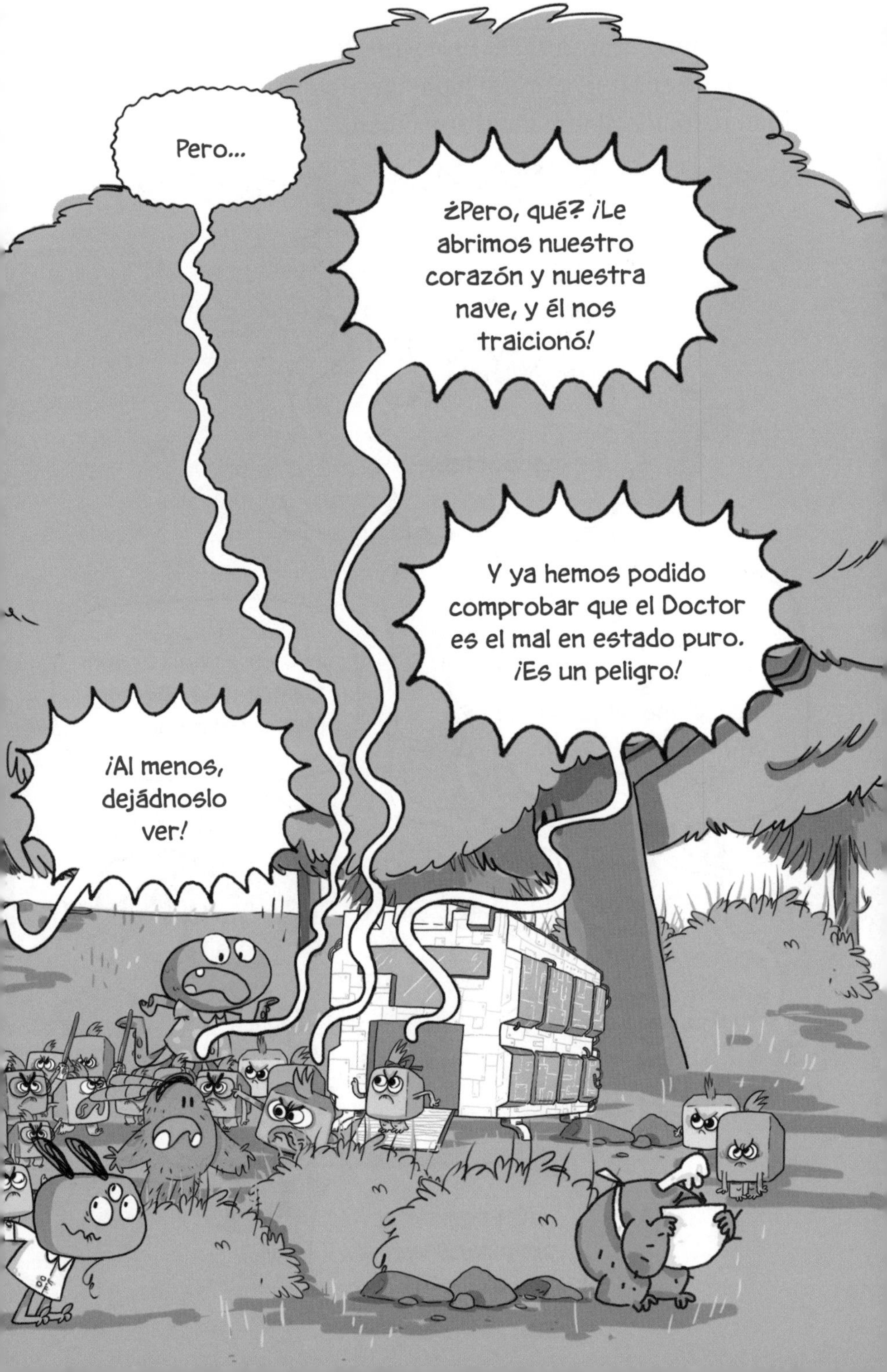
Pero...
¿Pero, qué? ¡Le abrimos nuestro corazón y nuestra nave, y él nos traicionó!
Y ya hemos podido comprobar que el Doctor es el mal en estado puro. ¡Es un peligro!
¡Al menos, dejádnoslo ver!

Los elianos sacaron al Dr. Brot y nos lo dejaron ver, pero la sorpresa fue enorme, porque para hacerlo entrar en la nave lo habían reducido al tamaño de un eliano.

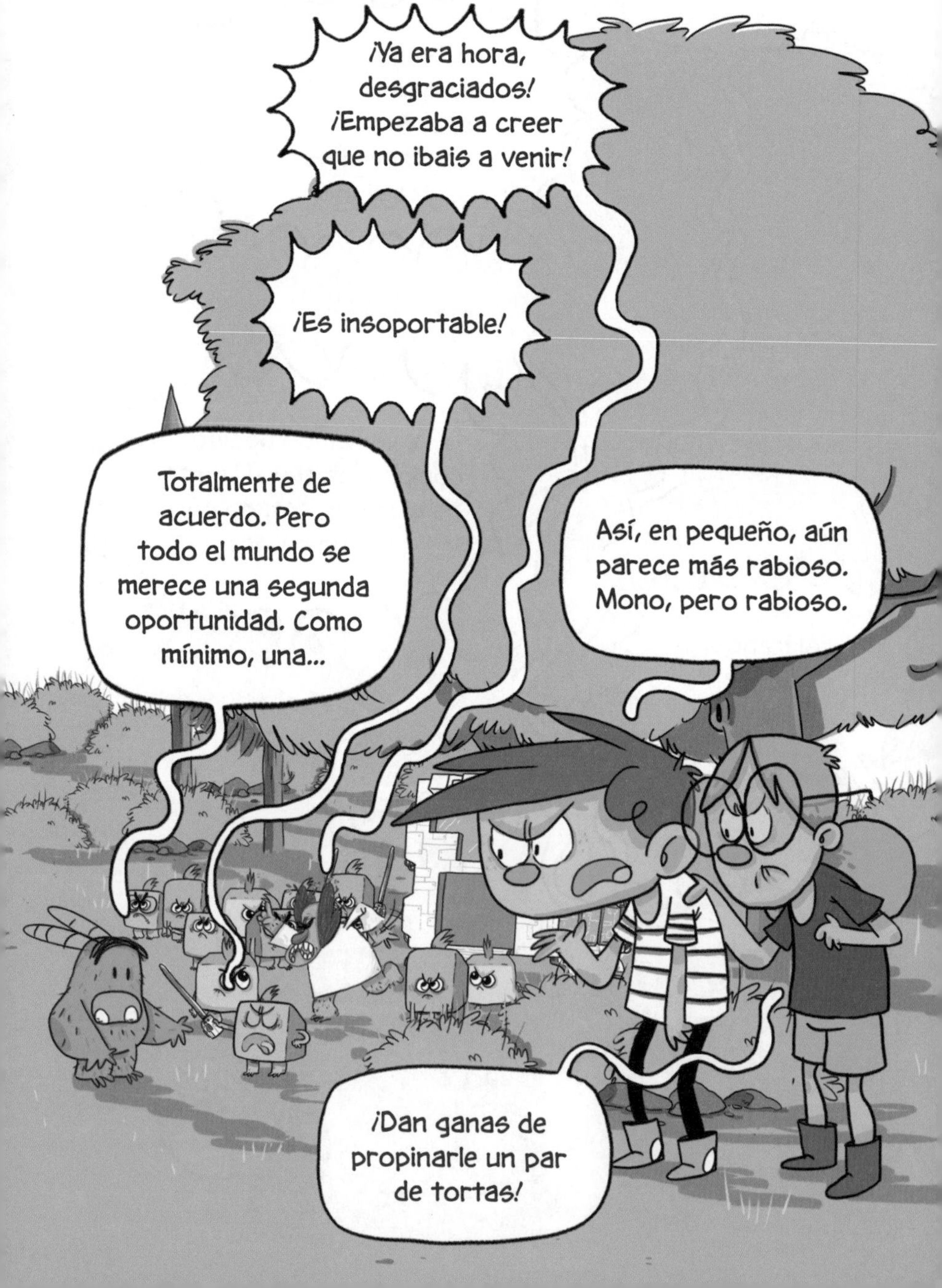

¡Ya era hora, desgraciados! ¡Empezaba a creer que no ibais a venir!
¡Es insoportable!
Totalmente de acuerdo. Pero todo el mundo se merece una segunda oportunidad. Como mínimo, una...
Así, en pequeño, aún parece más rabioso. Mono, pero rabioso.
¡Dan ganas de propinarle un par de tortas!

Por suerte, los elianos se dieron cuenta de que nosotros no éramos como el Doctor. Pero, aun así, no tenían intención de liberarlo.

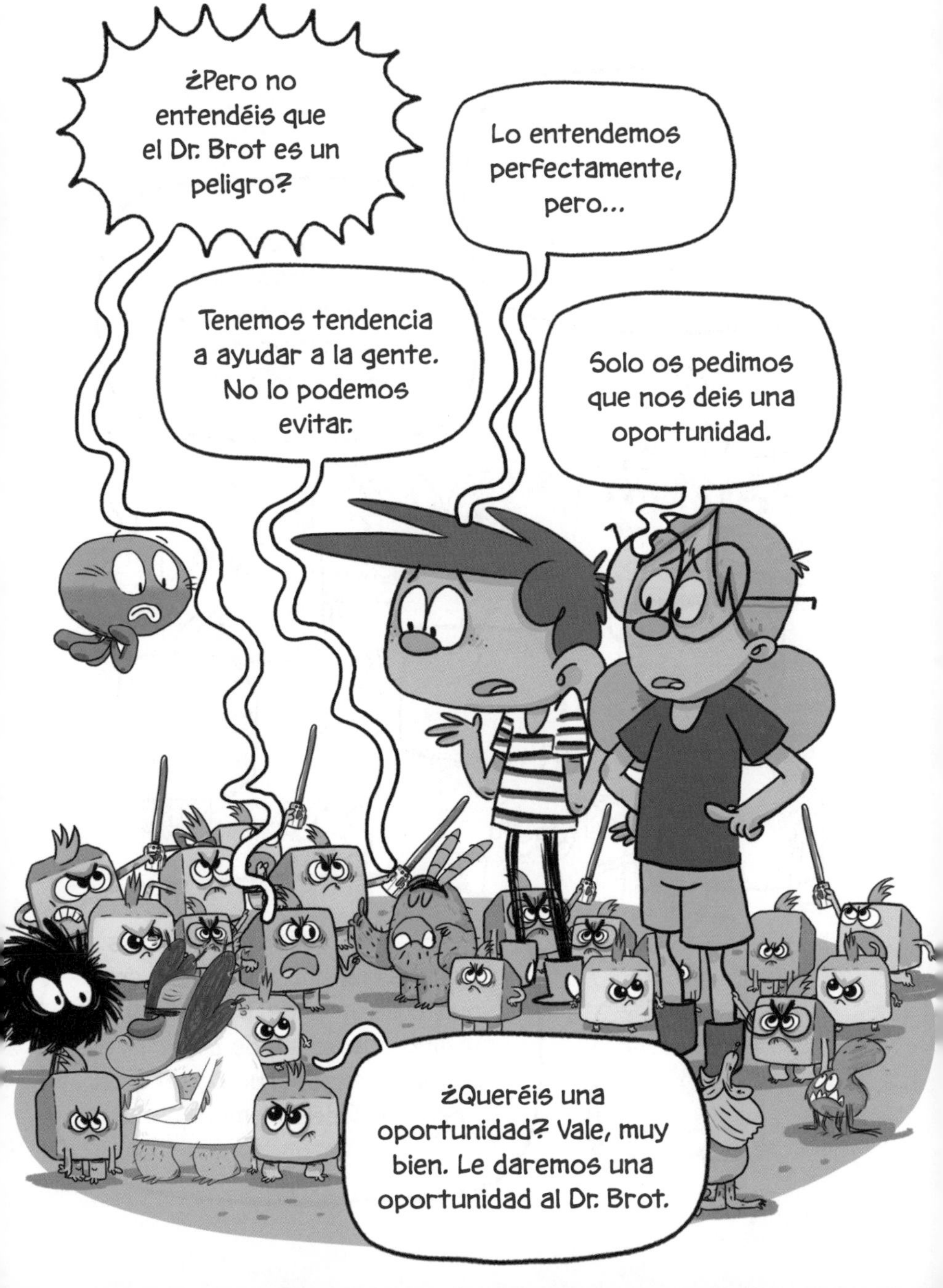

¿Pero no entendéis que el Dr. Brot es un peligro?
Lo entendemos perfectamente, pero...
Tenemos tendencia a ayudar a la gente. No lo podemos evitar.
Solo os pedimos que nos deis una oportunidad.
¿Queréis una oportunidad? Vale, muy bien. Le daremos una oportunidad al Dr. Brot.

Y entonces uno de los elianos nos dejó planchados. Realmente eran lo bastante inteligentes para dar una oportunidad al Dr. Brot y, a la vez, que esa oportunidad fuera muy difícil de cumplir, por no decir imposible.

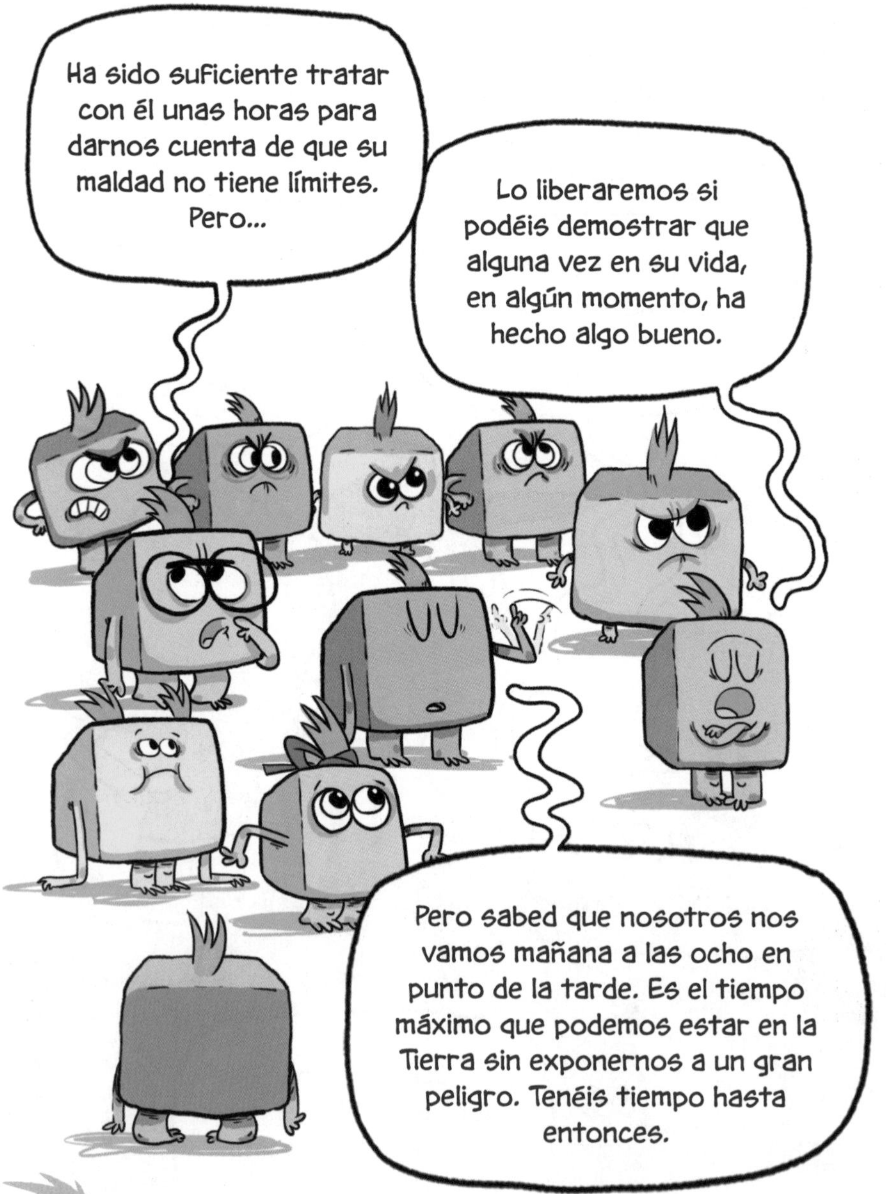
Ha sido suficiente tratar con él unas horas para darnos cuenta de que su maldad no tiene límites. Pero...
Lo liberaremos si podéis demostrar que alguna vez en su vida, en algún momento, ha hecho algo bueno.
Pero sabed que nosotros nos vamos mañana a las ocho en punto de la tarde. Es el tiempo máximo que podemos estar en la Tierra sin exponernos a un gran peligro. Tenéis tiempo hasta entonces.

Una hora y media más tarde, cuando regresamos a casa del Dr. Brot, seguíamos totalmente perplejos. Nap desapareció un rato y creímos que nos estaba preparando algo para beber y comer, pero en realidad había ido a buscar un material que podía sernos muy útil.

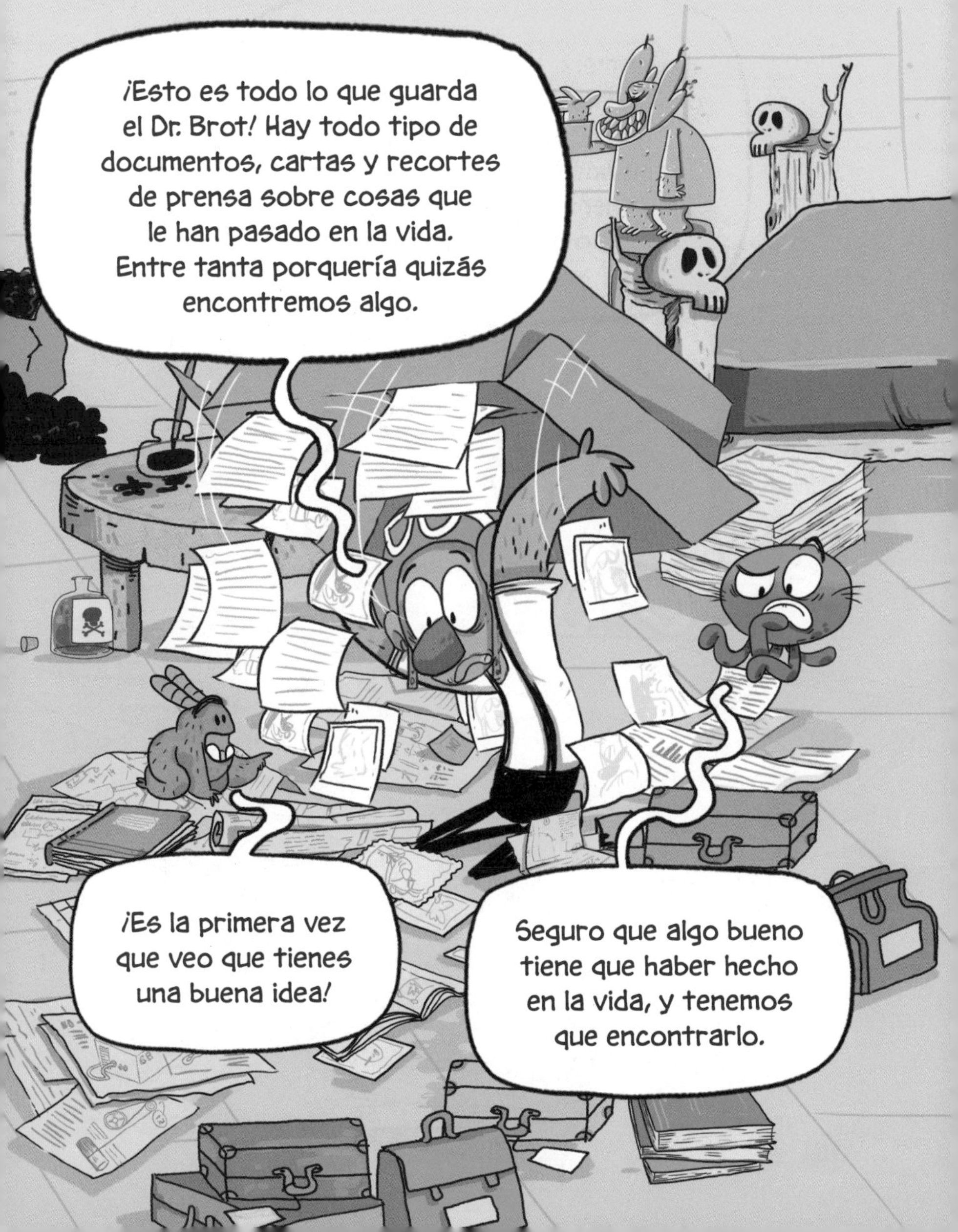
¡Esto es todo lo que guarda el Dr. Brot! Hay todo tipo de documentos, cartas y recortes de prensa sobre cosas que le han pasado en la vida. Entre tanta porquería quizás encontremos algo.
¡Es la primera vez que veo que tienes una buena idea!
Seguro que algo bueno tiene que haber hecho en la vida, y tenemos que encontrarlo.

Los documentos y materiales que guardaba el Dr. Brot estaban completamente desordenados. Tenía fotografías, boletines de notas de cuando iba a la escuela, sus trabajos de la universidad, artículos de periódicos y revistas...

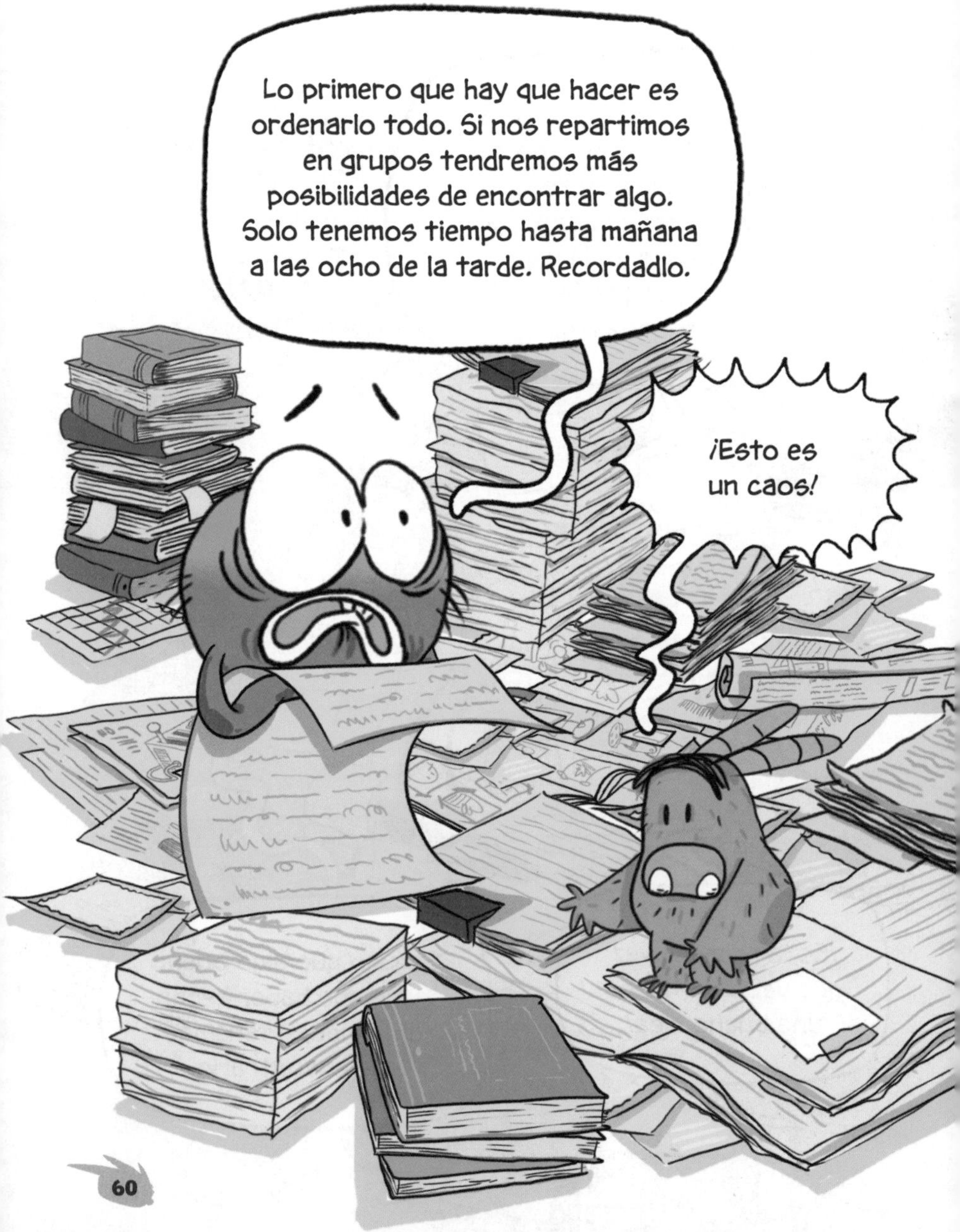
Lo primero que hay que hacer es ordenarlo todo. Si nos repartimos en grupos tendremos más posibilidades de encontrar algo. Solo tenemos tiempo hasta mañana a las ocho de la tarde. Recordadlo.
¡Esto es un caos!

Hicimos lo que sugería Ziro. Formamos grupos de tres y nos repartimos el material. A Lidia le tocó con Ziro y la Dra. Veter, a mí con el Sr. Flat y Emmo. Pintaca formó otro grupo con Hole y Octosol y Nap se juntó con Roll, Brex y Drílocks.

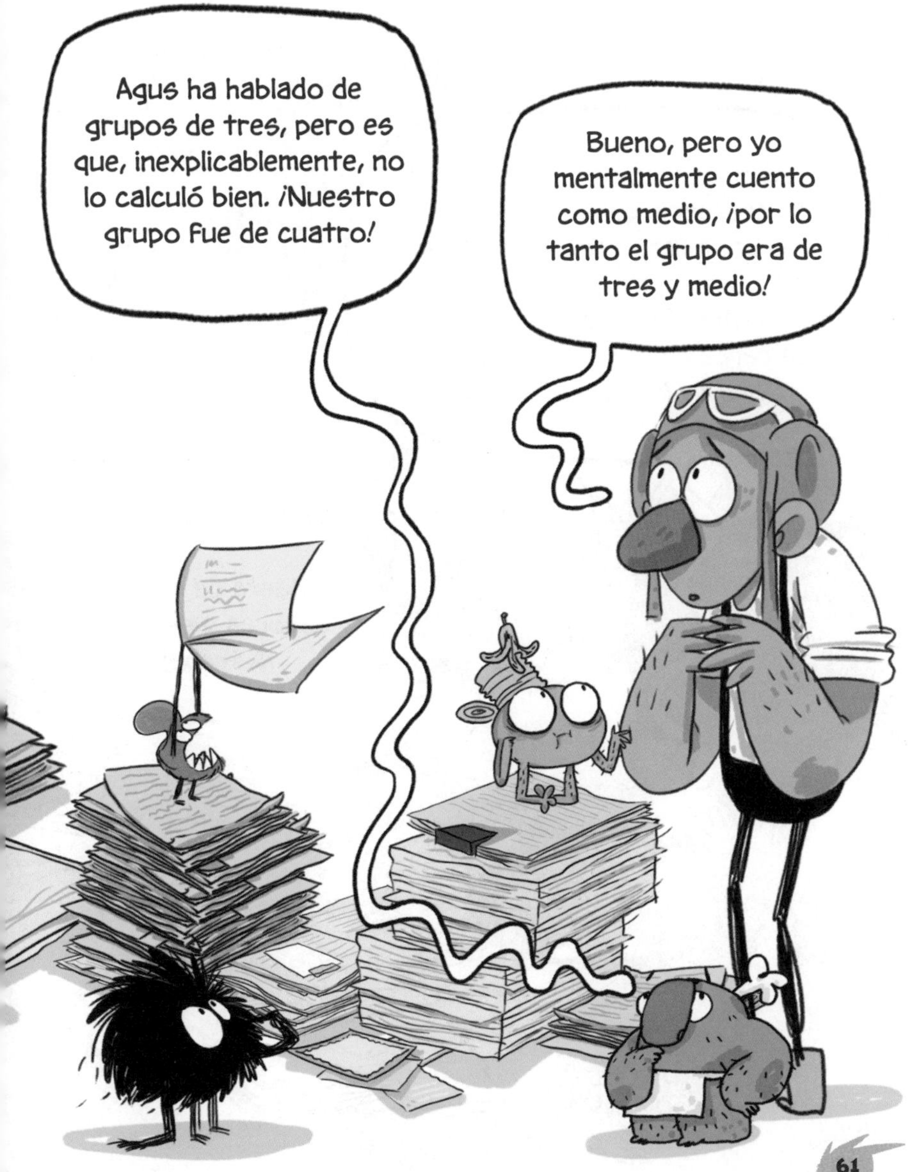
Agus ha hablado de grupos de tres, pero es que, inexplicablemente, no lo calculó bien. ¡Nuestro grupo fue de cuatro!
Bueno, pero yo mentalmente cuento como medio, ¡por lo tanto el grupo era de tres y medio!

Todos nos dimos cuenta de que, además de servir para salvar al Dr. Brot, toda aquella información era una posibilidad única para saber más cosas de él. ¿Por qué era tan malo? ¿Por qué había echado a los monstruos del libro en el que vivían? ¿Por qué los odiaba tanto? ¿Cómo había conseguido que Nap, que era el mejor mago del *Libro de los monstruos*, se uniera a él? Muchos porqués, demasiados.

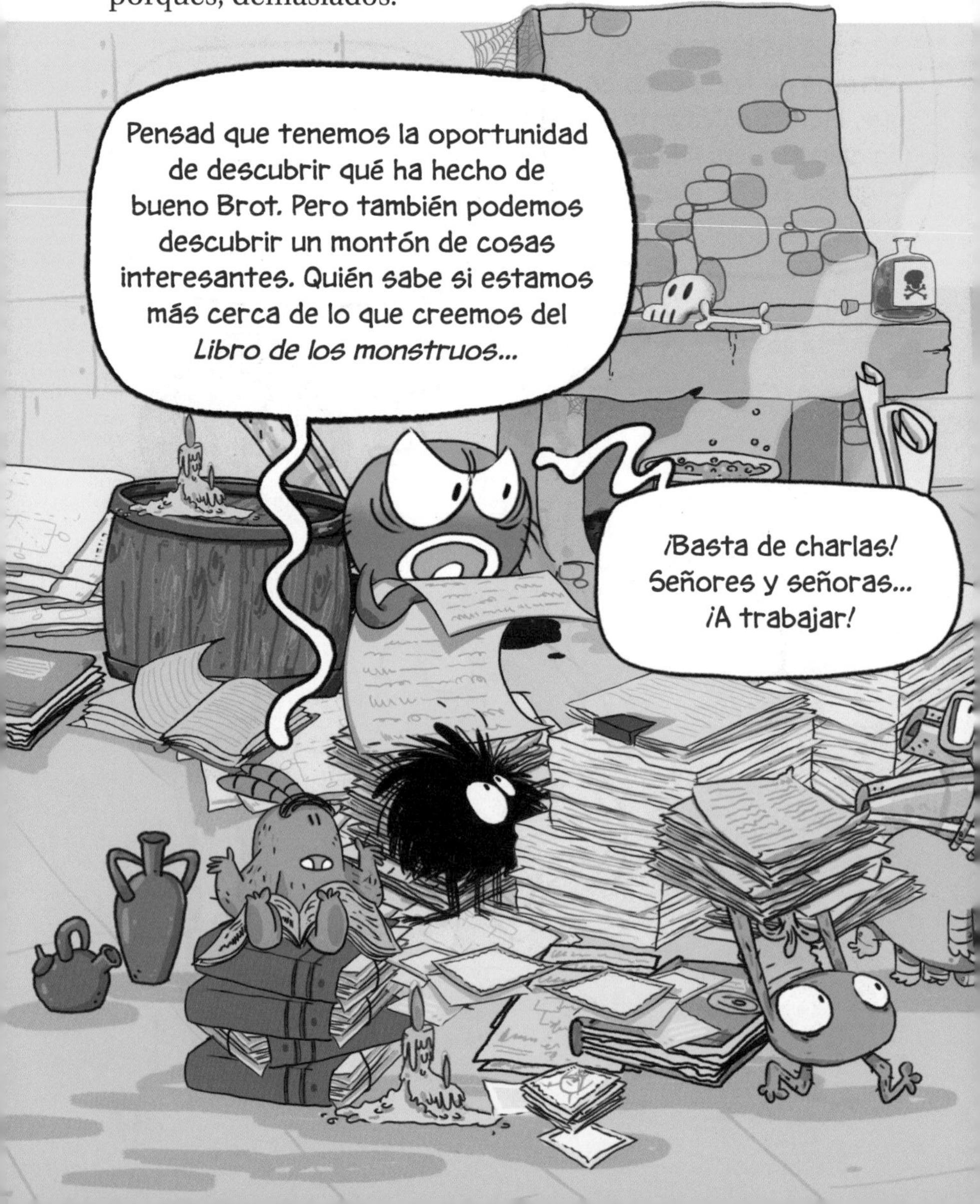
Pensad que tenemos la oportunidad de descubrir qué ha hecho de bueno Brot. Pero también podemos descubrir un montón de cosas interesantes. Quién sabe si estamos más cerca de lo que creemos del *Libro de los monstruos*...
¡Basta de charlas! Señores y señoras... ¡A trabajar!

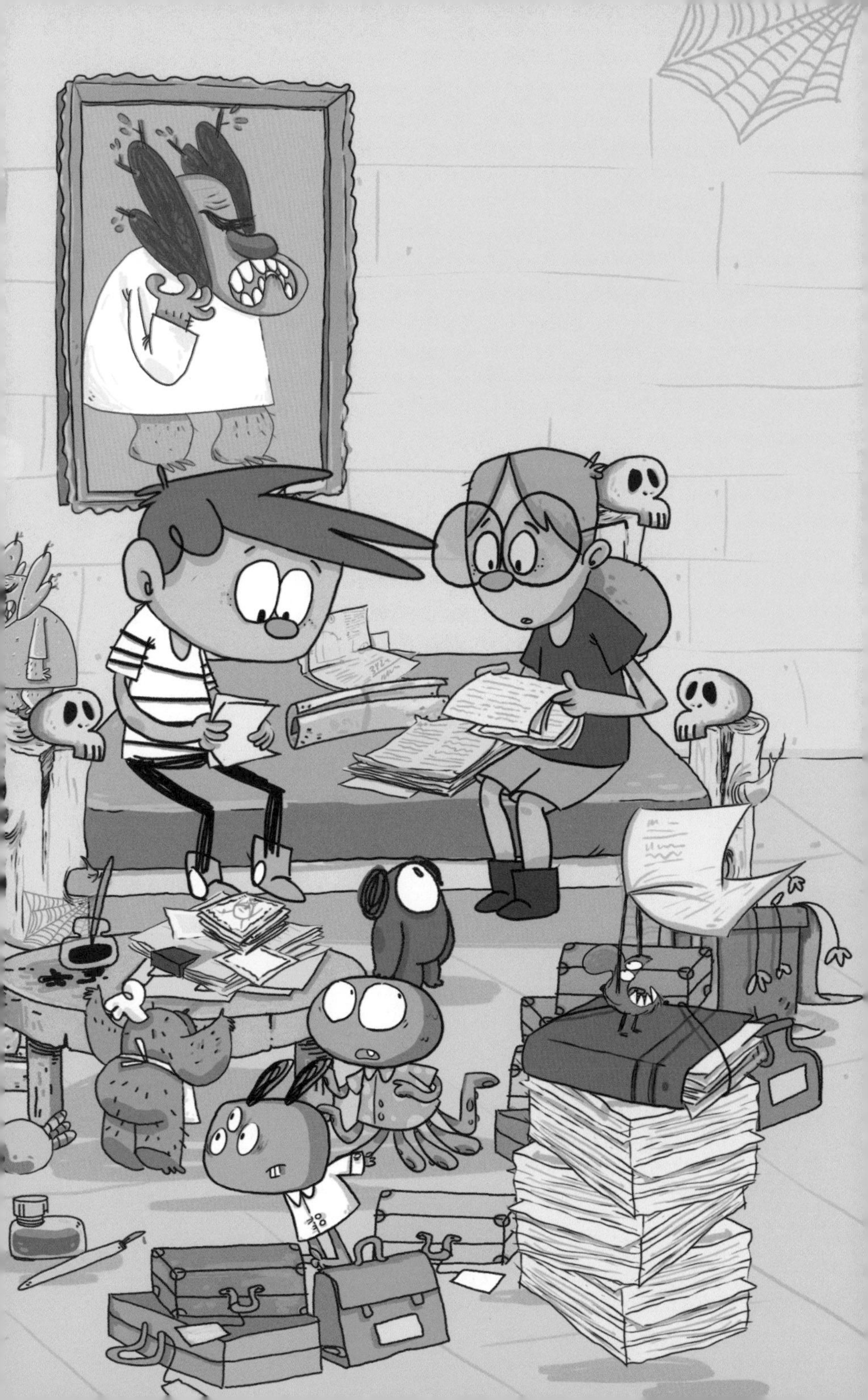

5

LO QUE SABEMOS DEL DR. BROT (I)

LO QUE DESCUBRIÓ EL GRUPO DE ZIRO, LIDIA Y LA DRA. VETER

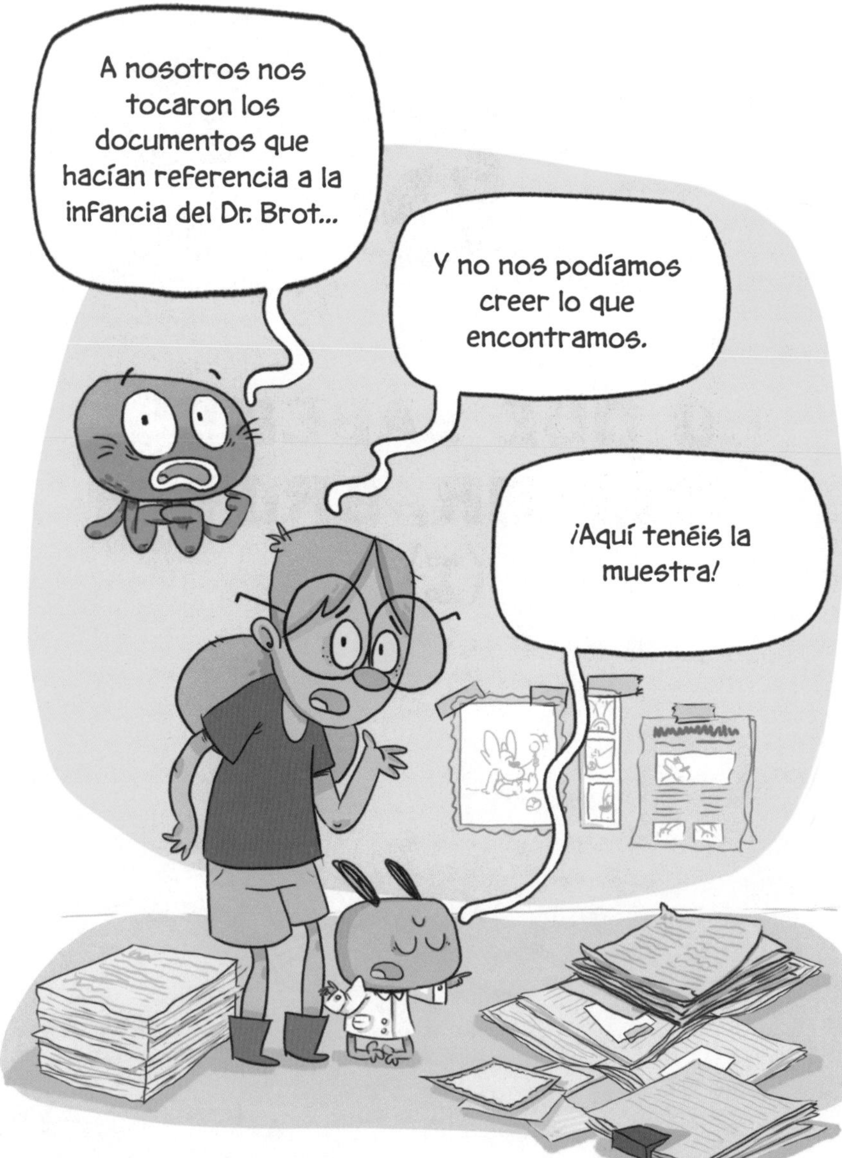
A nosotros nos tocaron los documentos que hacían referencia a la infancia del Dr. Brot...
Y no nos podíamos creer lo que encontramos.
¡Aquí tenéis la muestra!

La primera noticia que tenemos de cuando el Dr. Brot iba a la escuela es de su primer curso. Parece ser que su maestra lo ridiculizó ante sus compañeros.

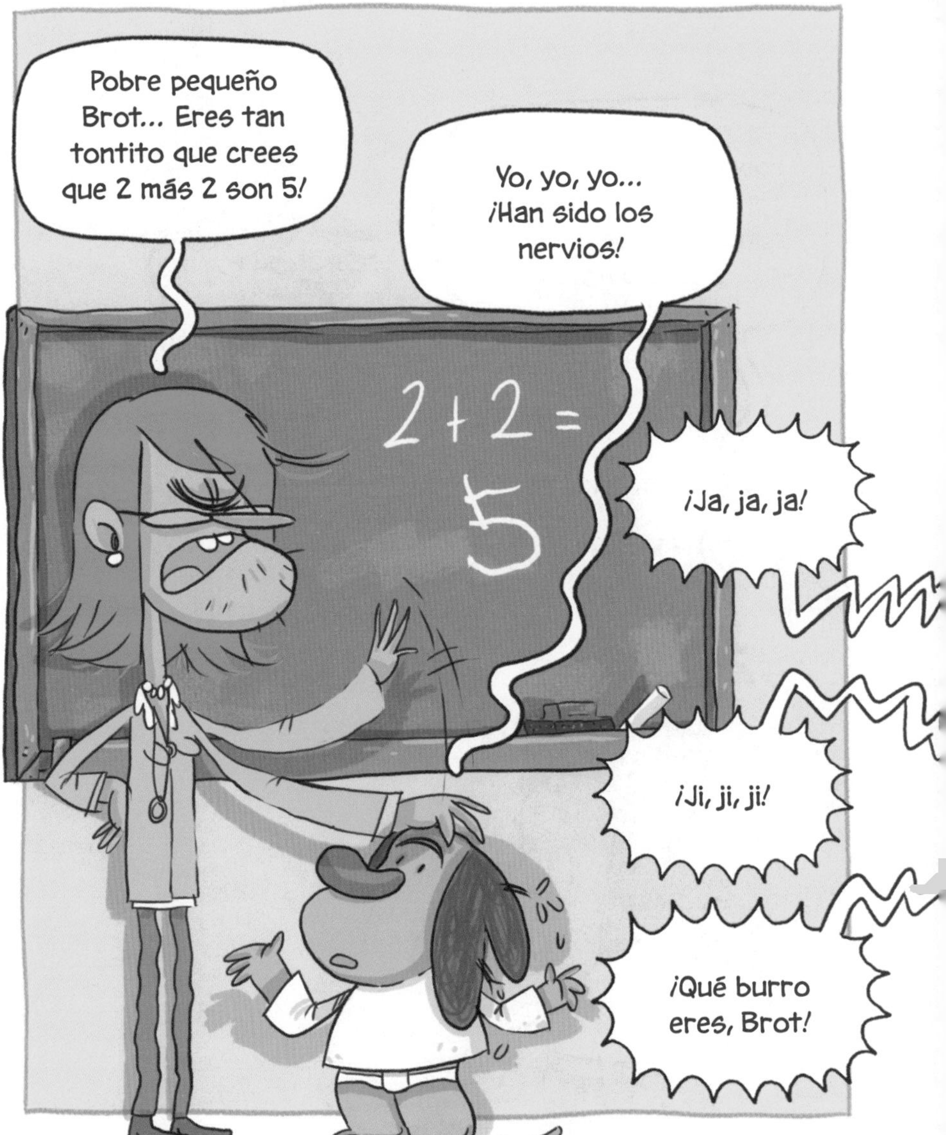
Pobre pequeño Brot... Eres tan tontito que crees que 2 más 2 son 5!
Yo, yo, yo... ¡Han sido los nervios!
2 + 2 =
5
¡Ja, ja, ja!
¡Ji, ji, ji!
¡Qué burro eres, Brot!

Aquel mismo día, a la hora del patio, inexplicablemente aquella maestra pisó una piel de plátano, salió disparada y se empotró contra un árbol.

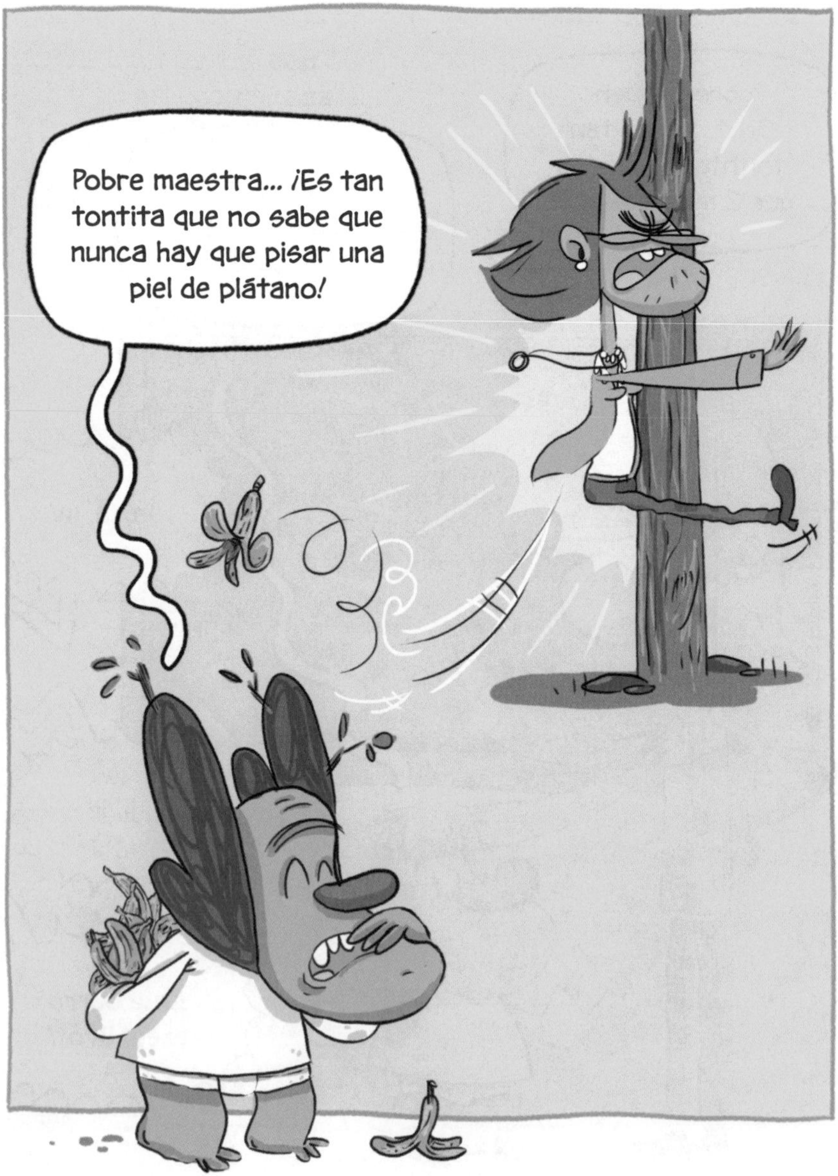
Pobre maestra... ¡Es tan tontita que no sabe que nunca hay que pisar una piel de plátano!

Dos años más tarde, a final de curso, el pequeño Brot robó el examen final. Y algunos de sus compañeros le exigieron que se lo entregara con todas las respuestas.

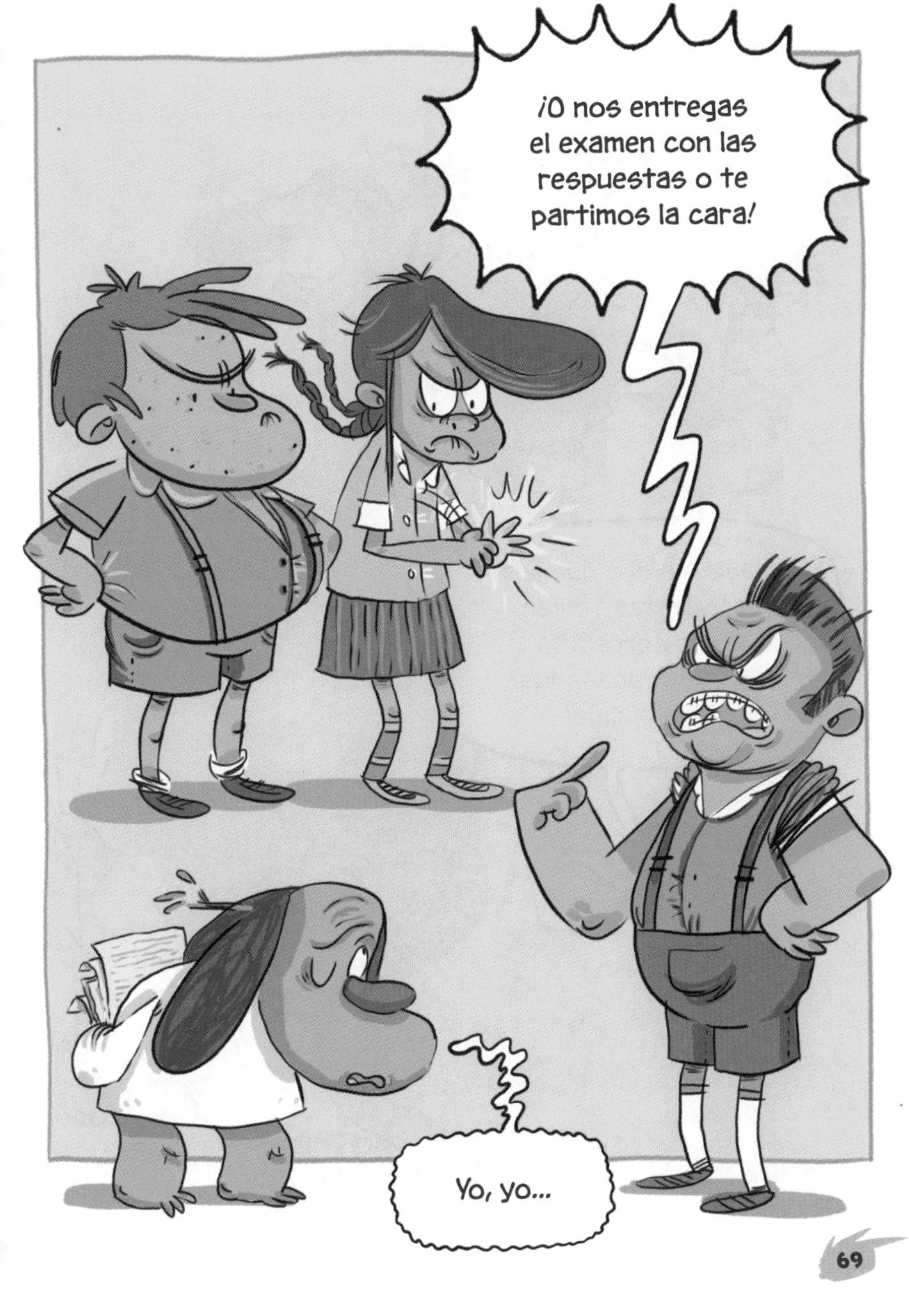
¡O nos entregas el examen con las respuestas o te partimos la cara!
Yo, yo...

El pequeño Brot entregó a sus compañeros el examen con todas las respuestas equivocadas. Y así fue como suspendió toda la clase menos él.

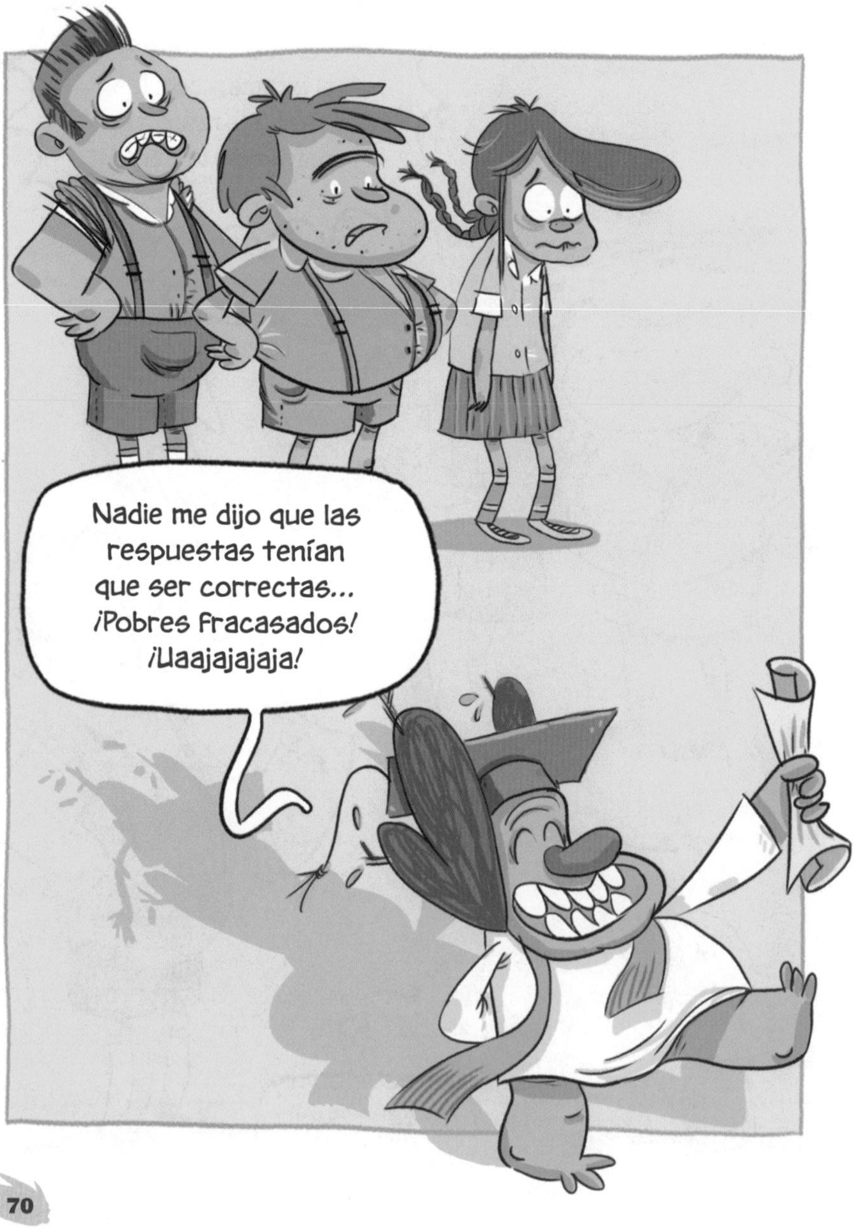
Nadie me dijo que las respuestas tenían que ser correctas... ¡Pobres fracasados! ¡Uaajajajaja!

Poco más tarde, en el instituto, el joven Brot tuvo serios problemas en clase de gimnasia.

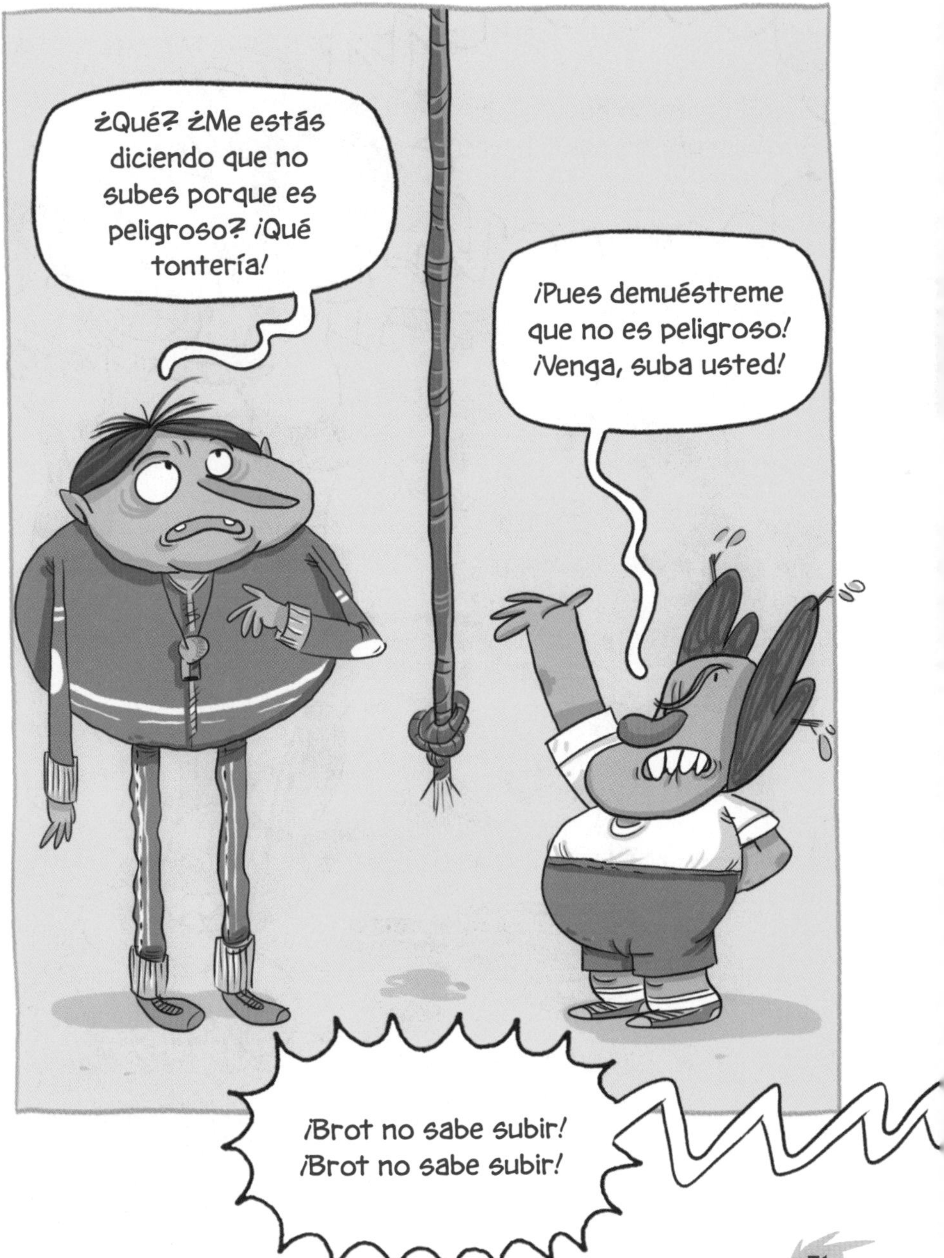
¿Qué? ¿Me estás diciendo que no subes porque es peligroso? ¡Qué tontería!
¡Pues demuéstreme que no es peligroso! ¡Venga, suba usted!
¡Brot no sabe subir! ¡Brot no sabe subir!

Lo que no sabía el profesor era que el joven Brot había manipulado la cuerda, que solo se aguantaba por un hilillo.

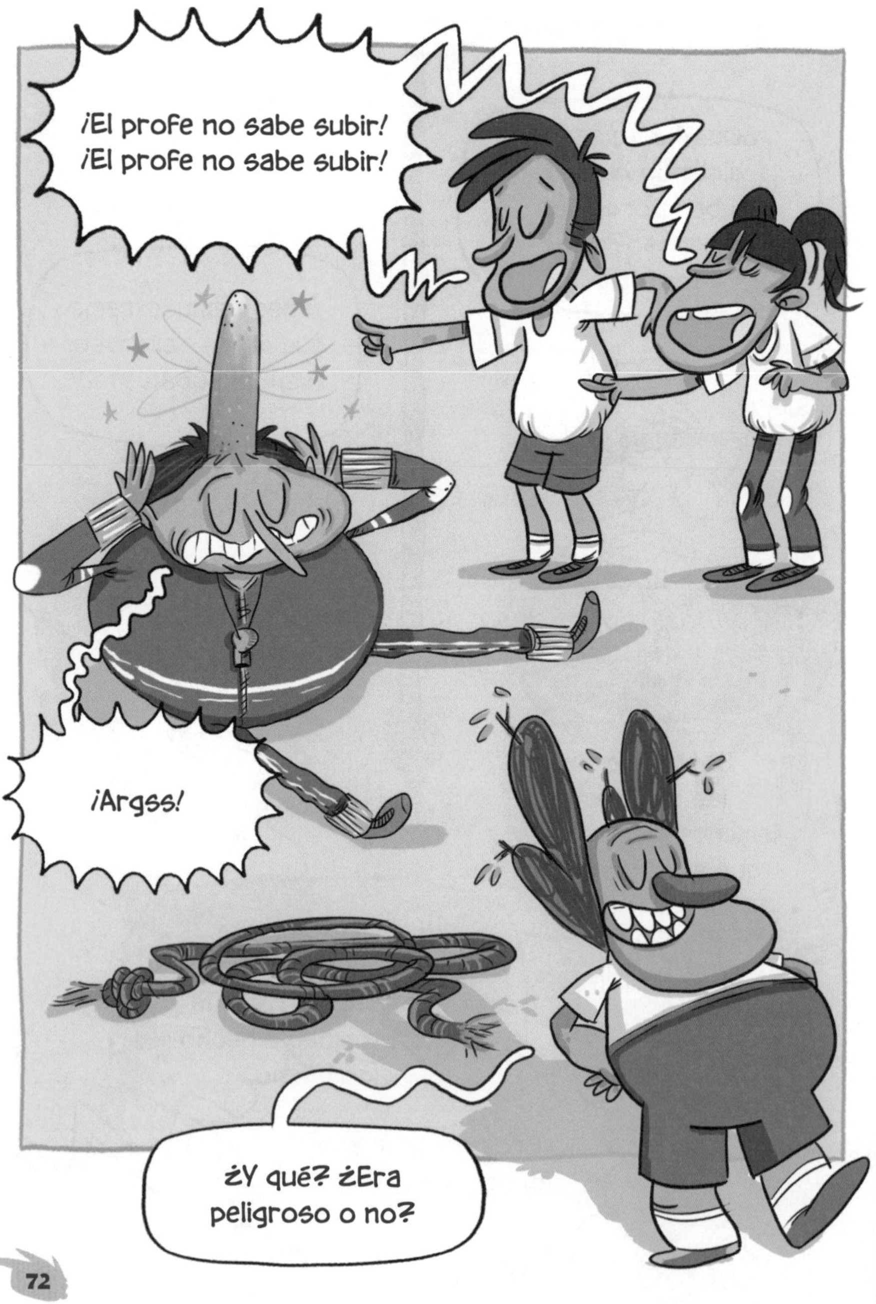

¡El profe no sabe subir! ¡El profe no sabe subir!
¡Argss!
¿Y qué? ¿Era peligroso o no?

Al año siguiente, el día que el inspector de Educación visitó el instituto del Dr. Brot, el centro se convirtió en una gran antorcha de fuego. Y hubo que posponer las clases durante un año.

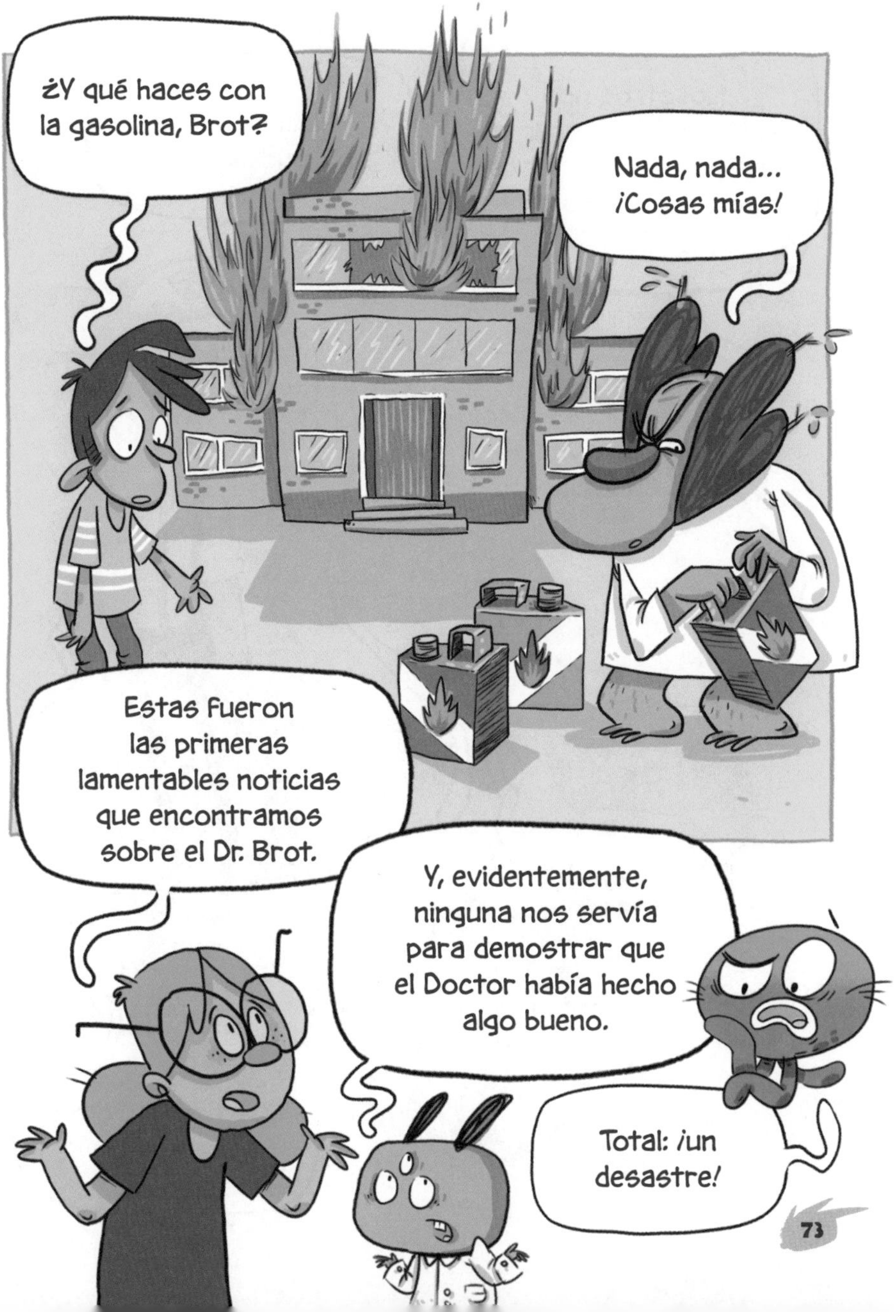

¿Y qué haces con la gasolina, Brot?
Nada, nada... ¡Cosas mías!
Estas fueron las primeras lamentables noticias que encontramos sobre el Dr. Brot.
Y, evidentemente, ninguna nos servía para demostrar que el Doctor había hecho algo bueno.
Total: ¡un desastre!

LO QUE ENCONTRARON SOBRE EL DR. BROT NAP, ROLL, BREX Y DRÍLOCKS

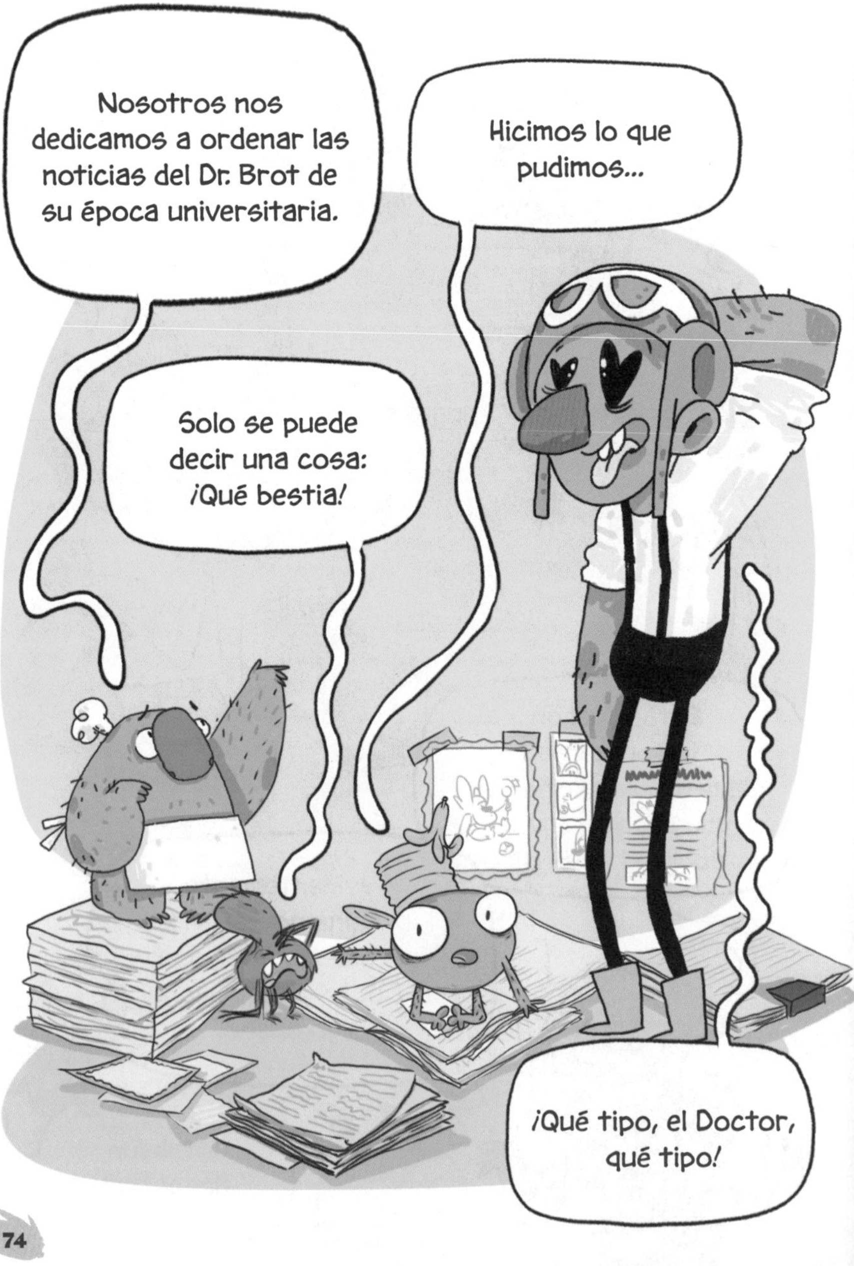
Nosotros nos dedicamos a ordenar las noticias del Dr. Brot de su época universitaria.
Hicimos lo que pudimos...
Solo se puede decir una cosa: ¡Qué bestia!
¡Qué tipo, el Doctor, qué tipo!

Durante su primer año de universidad, muchos profesores sufrieron accidentes que los alejaron de su lugar de trabajo.

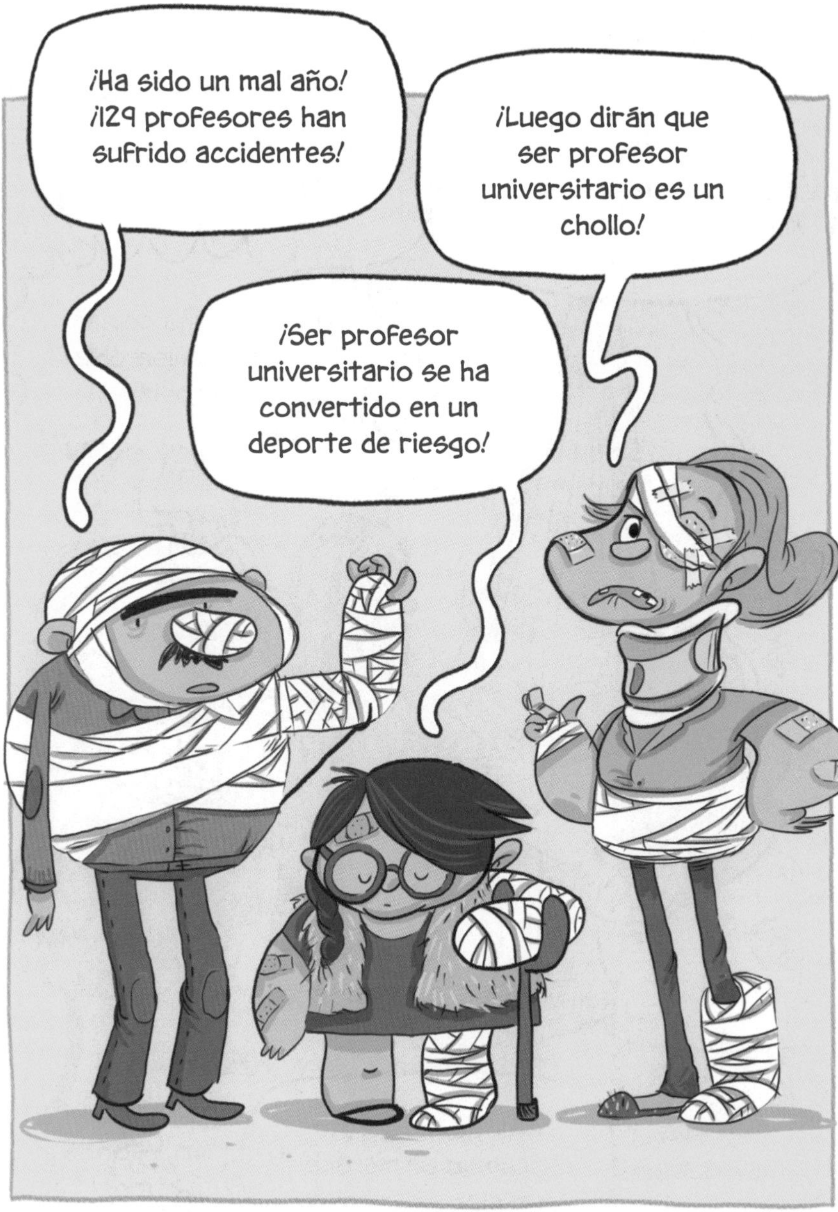
¡Ha sido un mal año! ¡129 profesores han sufrido accidentes!
¡Luego dirán que ser profesor universitario es un chollo!
¡Ser profesor universitario se ha convertido en un deporte de riesgo!

Como proyecto de final de carrera, el joven Brot presentó un trabajo que, según todo el mundo, era un plagio como una casa.

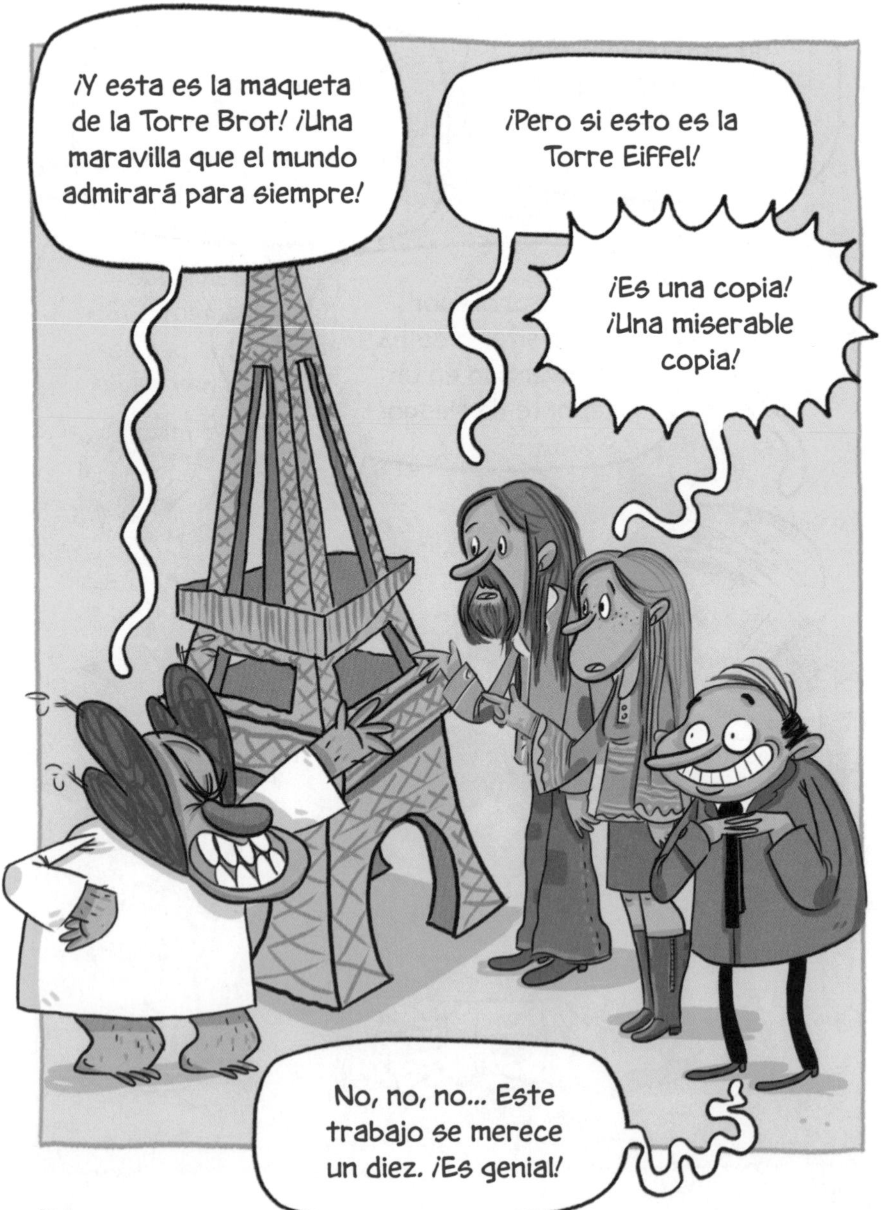
¡Y esta es la maqueta de la Torre Brot! ¡Una maravilla que el mundo admirará para siempre!
¡Pero si esto es la Torre Eiffel!
¡Es una copia! ¡Una miserable copia!
No, no, no... Este trabajo se merece un diez. ¡Es genial!

Tal como quedó publicado en la revista universitaria, el joven Brot simplemente había comprado al profesor que evaluó su trabajo para que le pusiera buena nota.

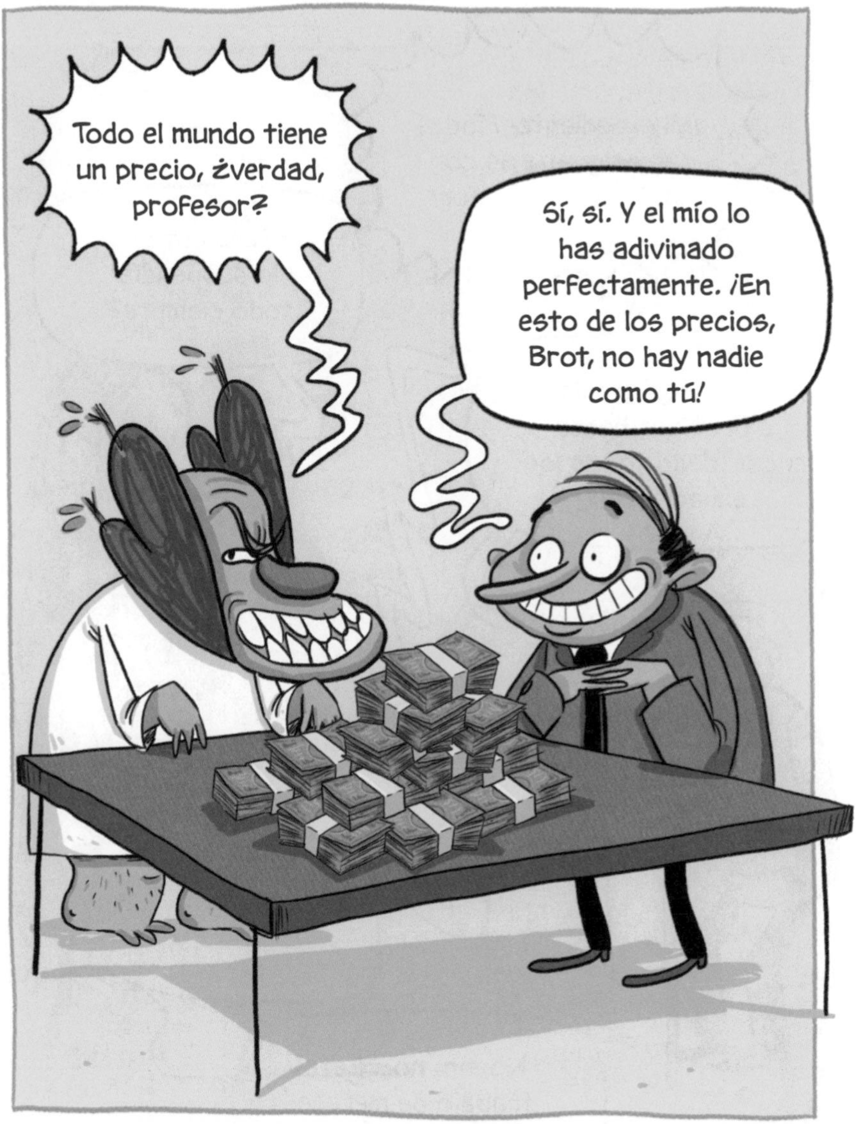
Todo el mundo tiene un precio, ¿verdad, profesor?
Sí, sí. Y el mío lo has adivinado perfectamente. ¡En esto de los precios, Brot, no hay nadie como tú!

El último año que el Dr. Brot estuvo en la universidad se perdieron accidentalmente los expedientes. ¿Y quién los encontró? Él, el Dr. Brot. ¿Y quién fue el único de los estudiantes que lo tenía todo aprobado? Brot, evidentemente.

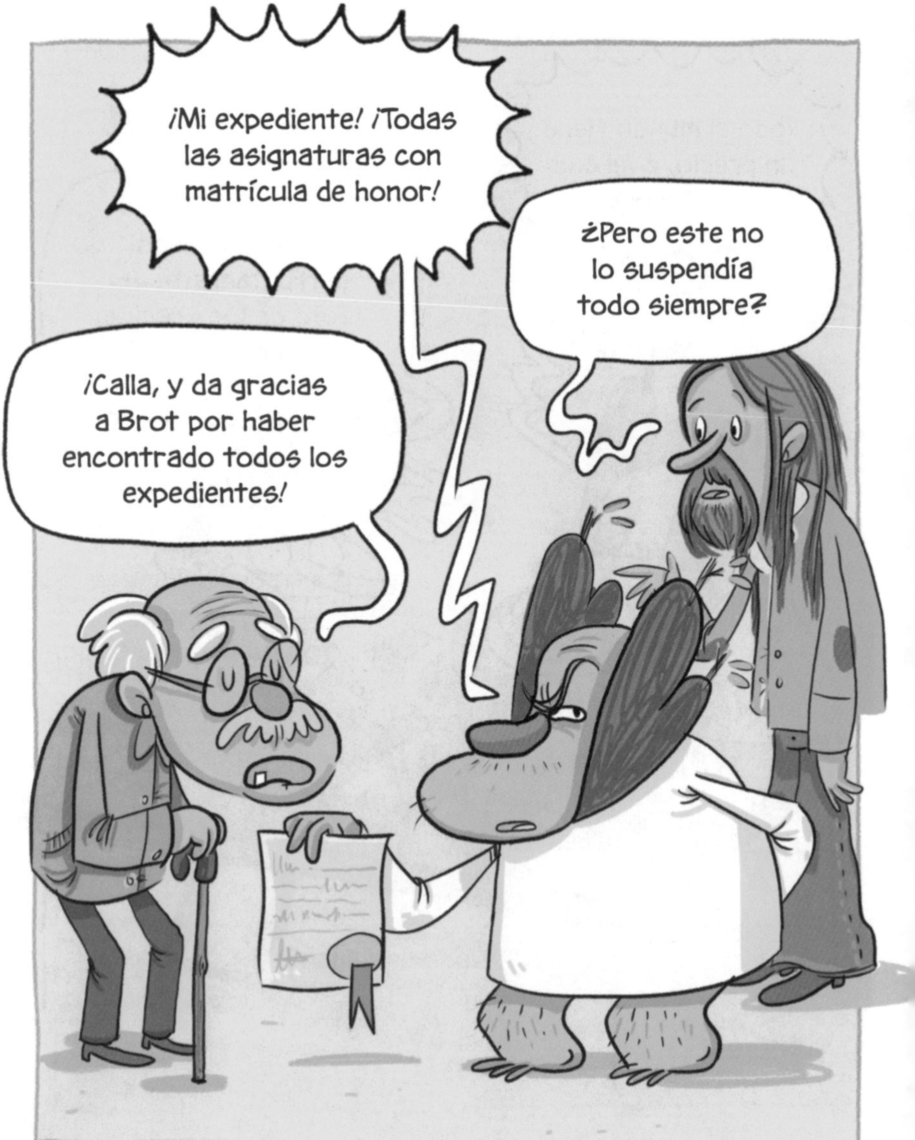
¡Mi expediente! ¡Todas las asignaturas con matrícula de honor!
¿Pero este no lo suspendía todo siempre?
¡Calla, y da gracias a Brot por haber encontrado todos los expedientes!

Justo el día que Brot abandonó la universidad, un extraño terremoto la destruyó totalmente. Nunca se supo qué había pasado.

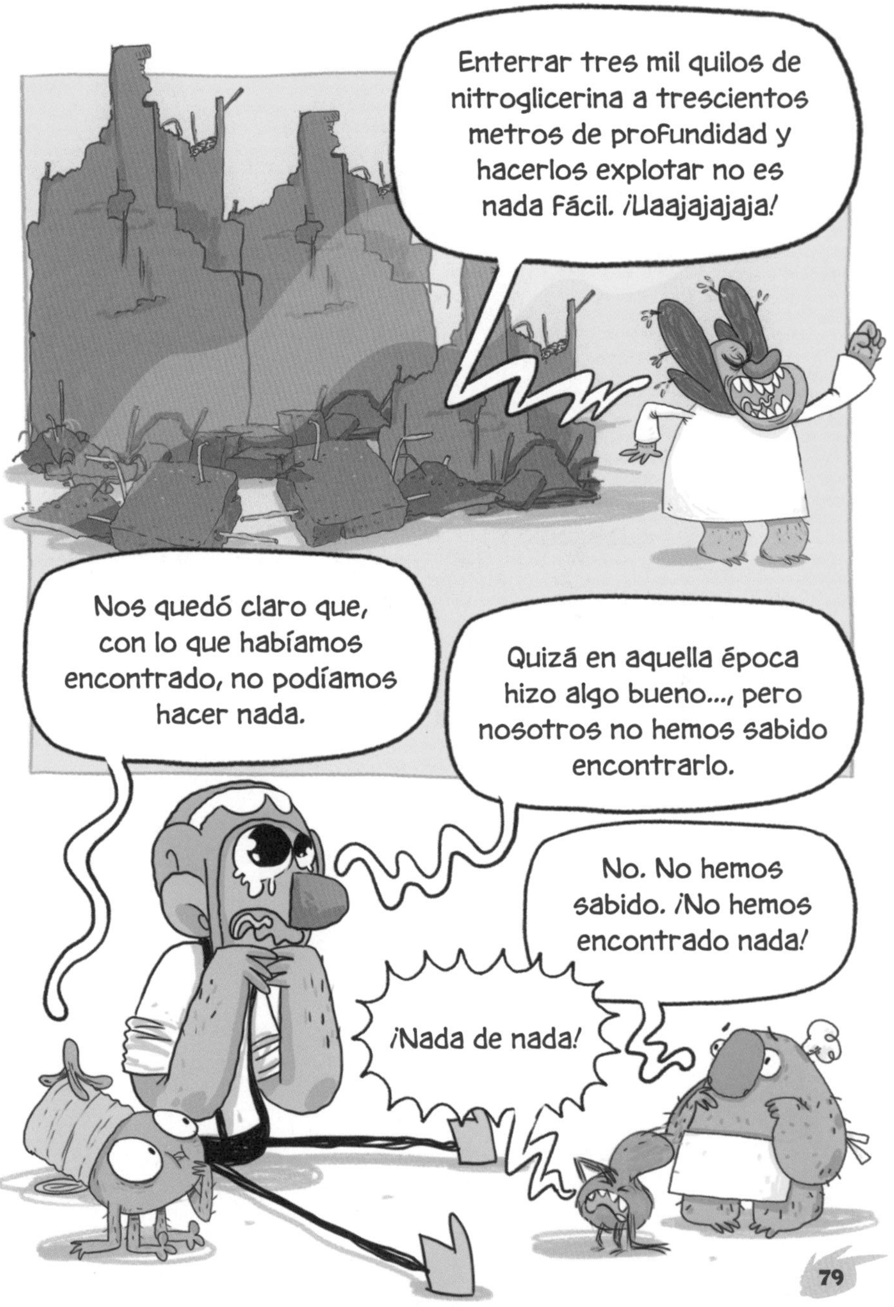
Enterrar tres mil quilos de nitroglicerina a trescientos metros de profundidad y hacerlos explotar no es nada fácil. ¡Uaajajajaja!
Nos quedó claro que, con lo que habíamos encontrado, no podíamos hacer nada.
Quizá en aquella época hizo algo bueno..., pero nosotros no hemos sabido encontrarlo.
No. No hemos sabido. ¡No hemos encontrado nada!
¡Nada de nada!

6

LO QUE SABEMOS DEL DR. BROT (II)

LO QUE ENCONTRARON DEL DR. BROT PINTACA, HOLE Y OCTOSOL

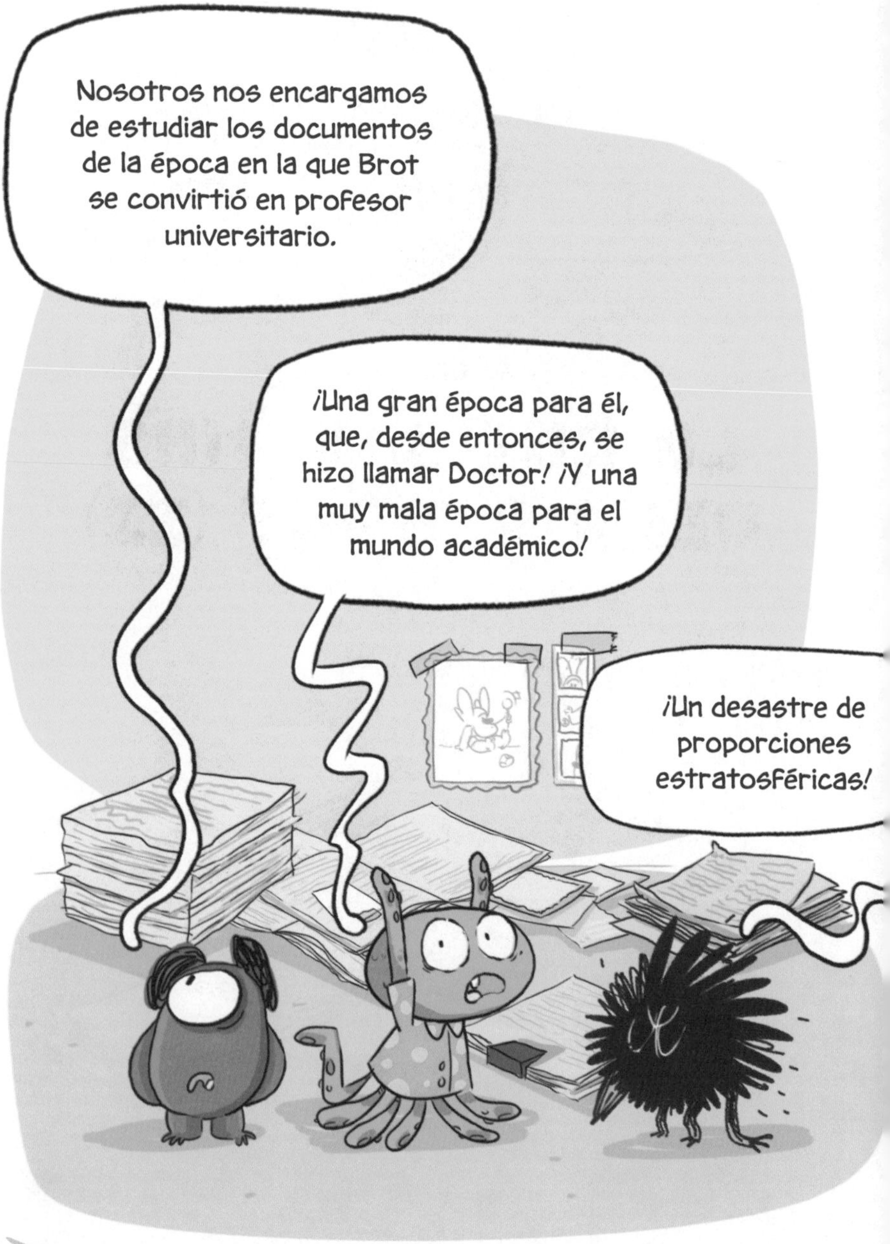
Nosotros nos encargamos de estudiar los documentos de la época en la que Brot se convirtió en profesor universitario.
¡Una gran época para él, que, desde entonces, se hizo llamar Doctor! ¡Y una muy mala época para el mundo académico!
¡Un desastre de proporciones estratosféricas!

El Dr. Brot, que por entonces aún no era Doctor, entró en la universidad como profesor ayudante del Dr. Einsels.

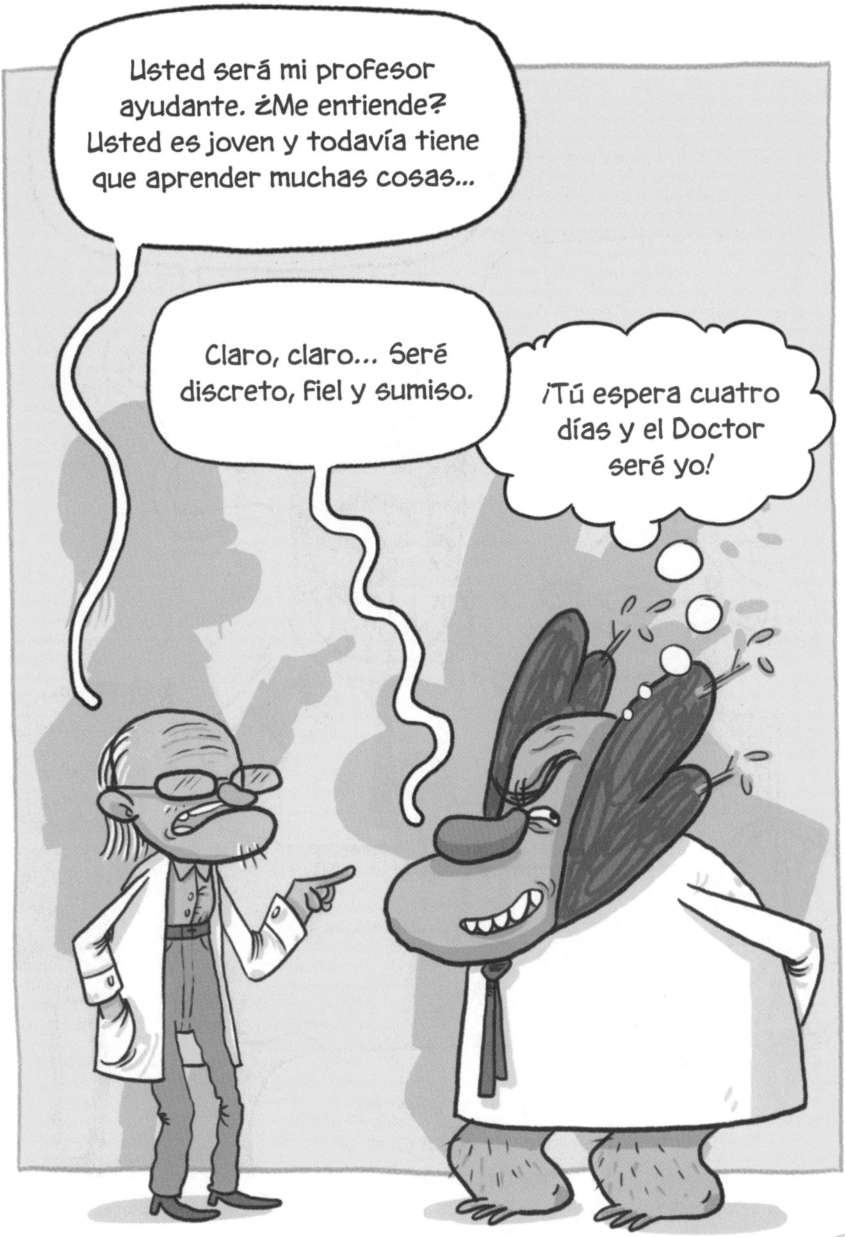
Usted será mi profesor ayudante. ¿Me entiende? Usted es joven y todavía tiene que aprender muchas cosas...
Claro, claro... Seré discreto, fiel y sumiso.
¡Tú espera cuatro días y el Doctor seré yo!

Nadie sabe cómo, el profesor Einsels, inexplicablemente, se cayó por la ventana de su despacho. El pobre hombre tuvo que pasar dos años enyesado.

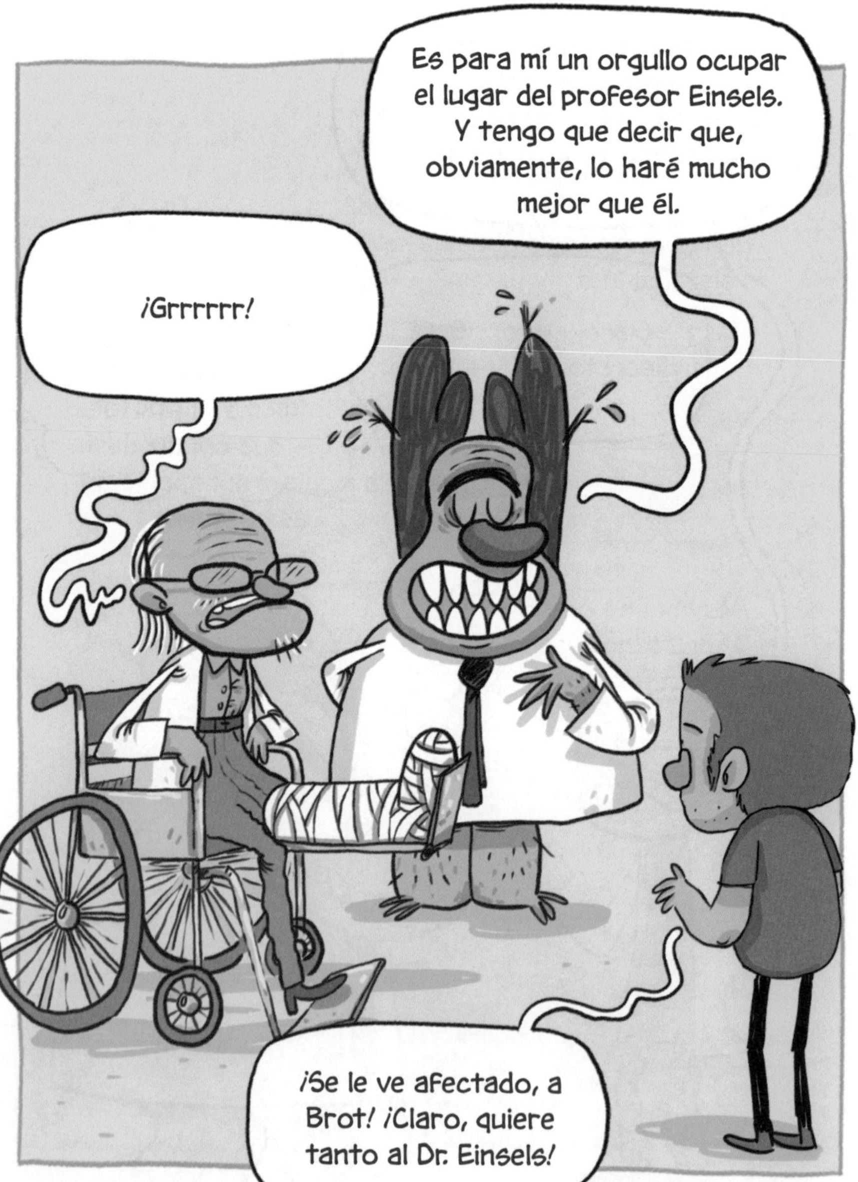
Es para mí un orgullo ocupar el lugar del profesor Einsels. Y tengo que decir que, obviamente, lo haré mucho mejor que él.
¡Grrrrrr!
¡Se le ve afectado, a Brot! ¡Claro, quiere tanto al Dr. Einsels!

Como profesor, el Dr. Brot instauró un método de evaluación muy innovador. Sus alumnos tenían que pagar las notas. Así, según lo que pagaban, los estudiantes sacaban una nota u otra.

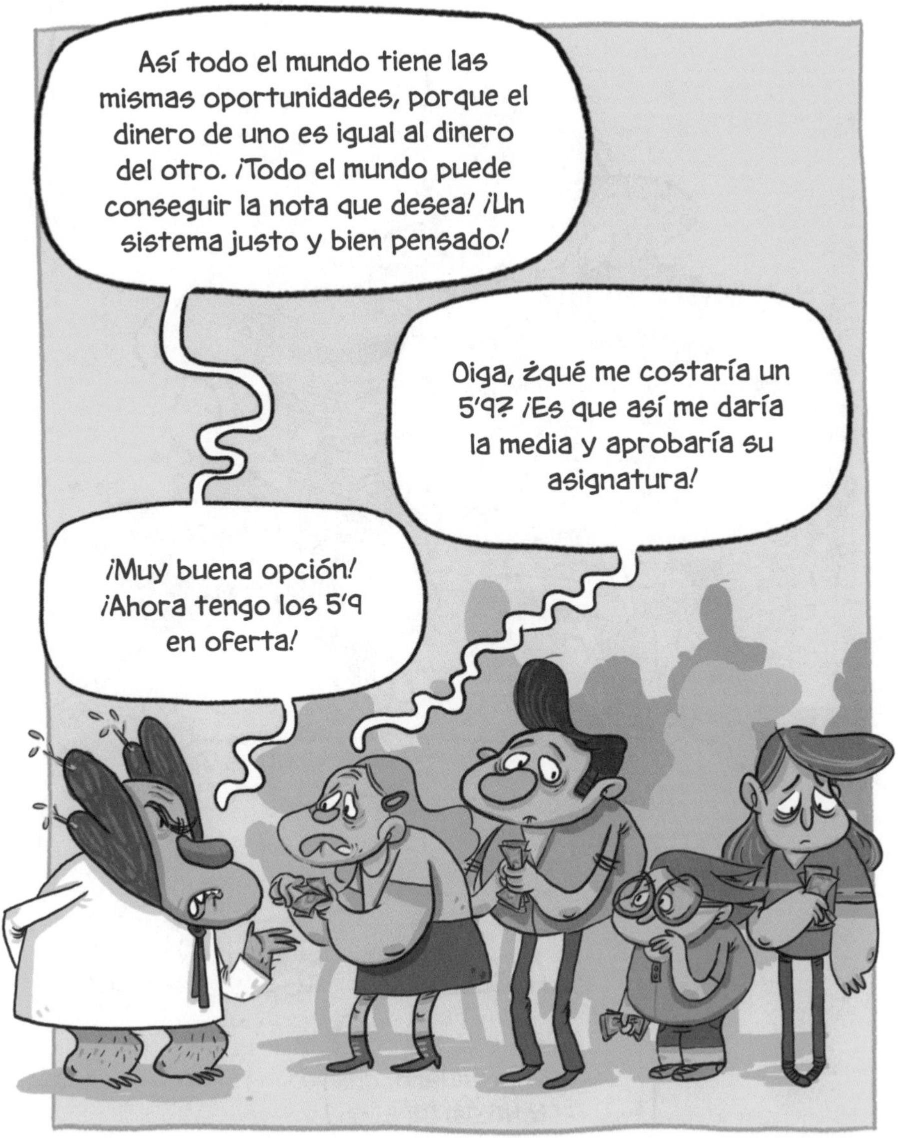
Así todo el mundo tiene las mismas oportunidades, porque el dinero de uno es igual al dinero del otro. ¡Todo el mundo puede conseguir la nota que desea! ¡Un sistema justo y bien pensado!
Oiga, ¿qué me costaría un 5'9? ¡Es que así me daría la media y aprobaría su asignatura!
¡Muy buena opción! ¡Ahora tengo los 5'9 en oferta!

El profesor preparó su tesis doctoral de un modo más bien sorprendente.

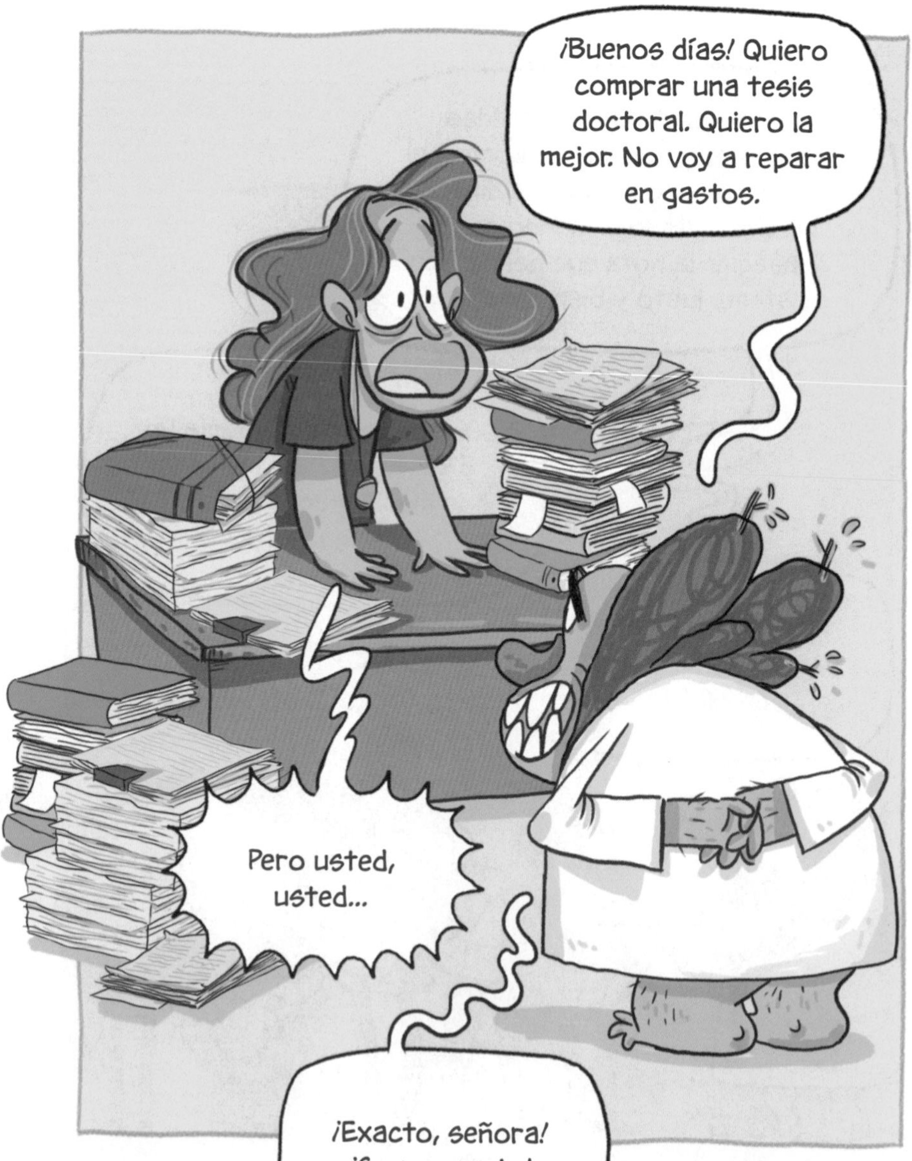
¡Buenos días! Quiero comprar una tesis doctoral. Quiero la mejor. No voy a reparar en gastos.
Pero usted, usted...
¡Exacto, señora! ¡Soy un genio!

Por increíble que parezca, el Dr. Brot obtuvo un Excelente Cum Laude como nota de su tesis comprada y fue nombrado Doctor con todos los honores.

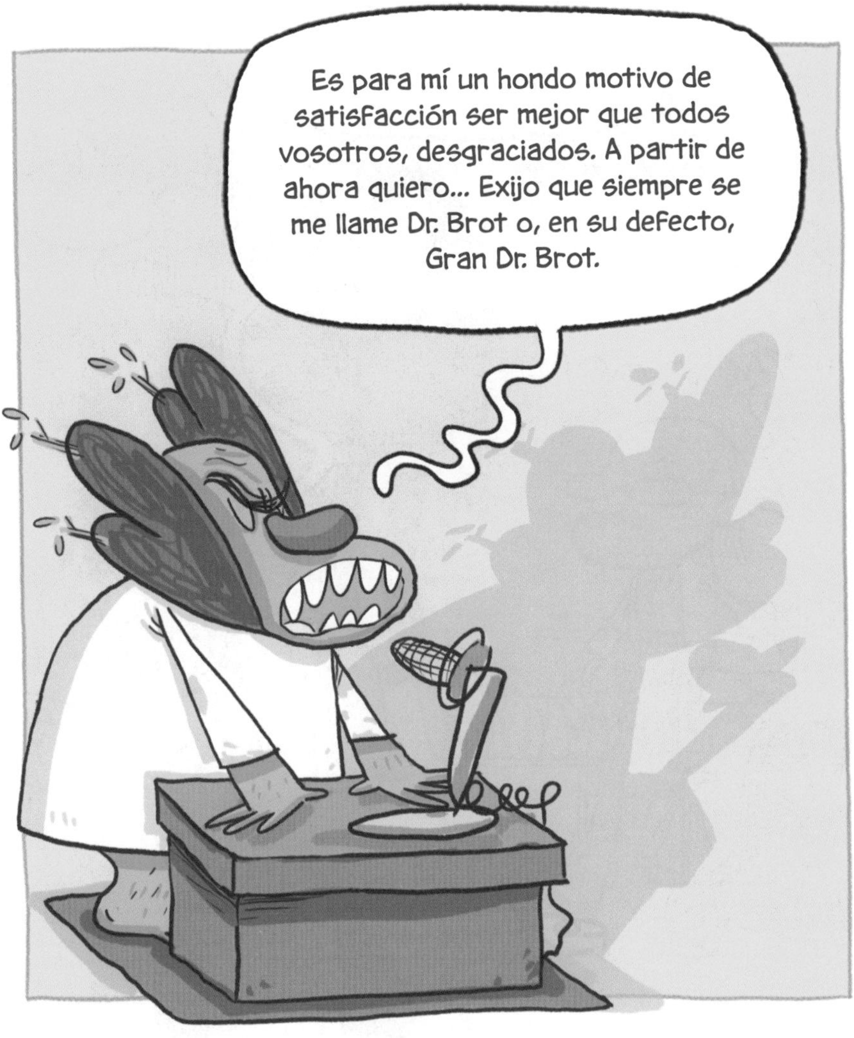
Es para mí un hondo motivo de satisfacción ser mejor que todos vosotros, desgraciados. A partir de ahora quiero... Exijo que siempre se me llame Dr. Brot o, en su defecto, Gran Dr. Brot.

Pero un alumno que se había negado a comprar su propia nota desenmascaró al Doctor ante el claustro de profesores.

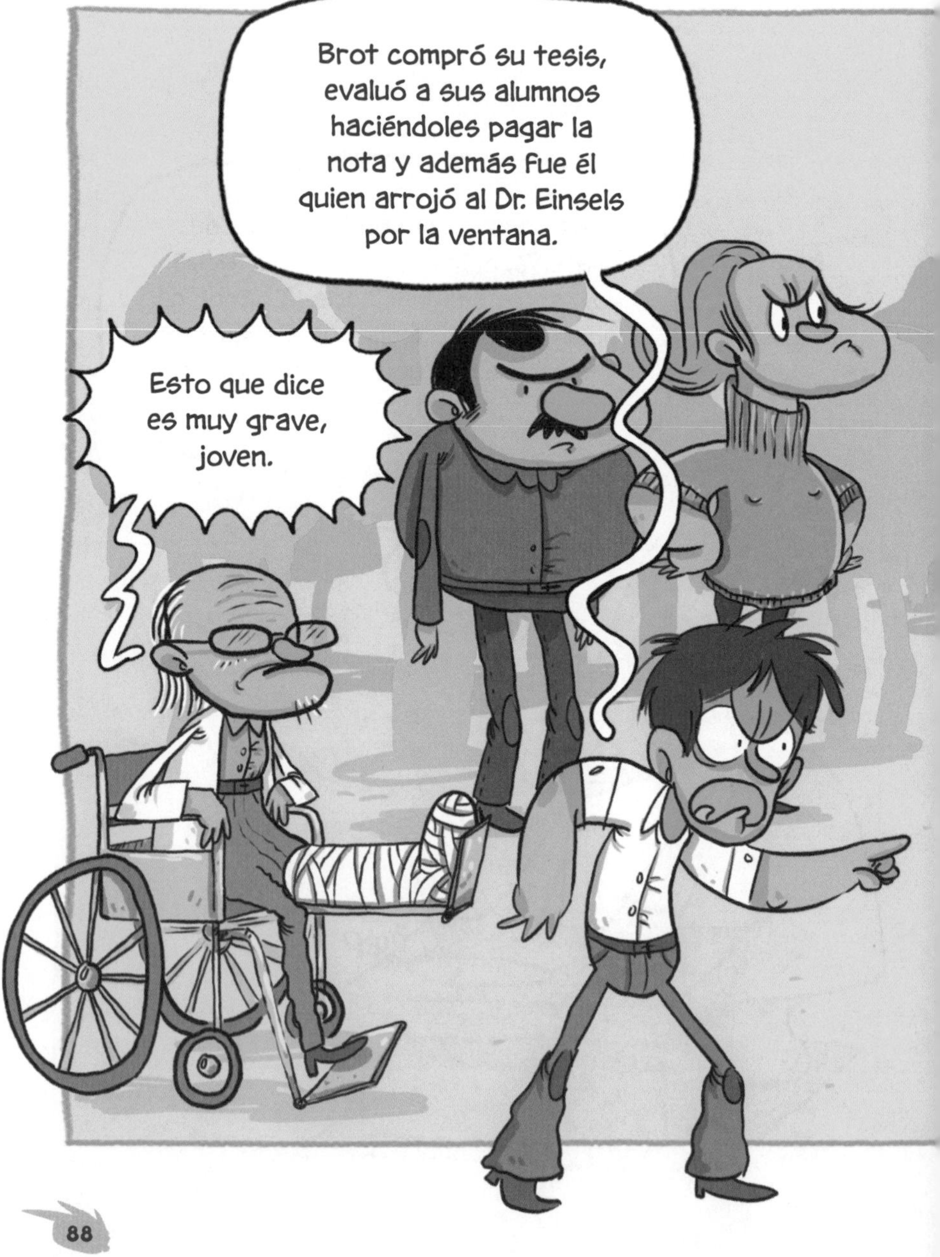
Brot compró su tesis, evaluó a sus alumnos haciéndoles pagar la nota y además fue él quien arrojó al Dr. Einsels por la ventana.
Esto que dice es muy grave, joven.

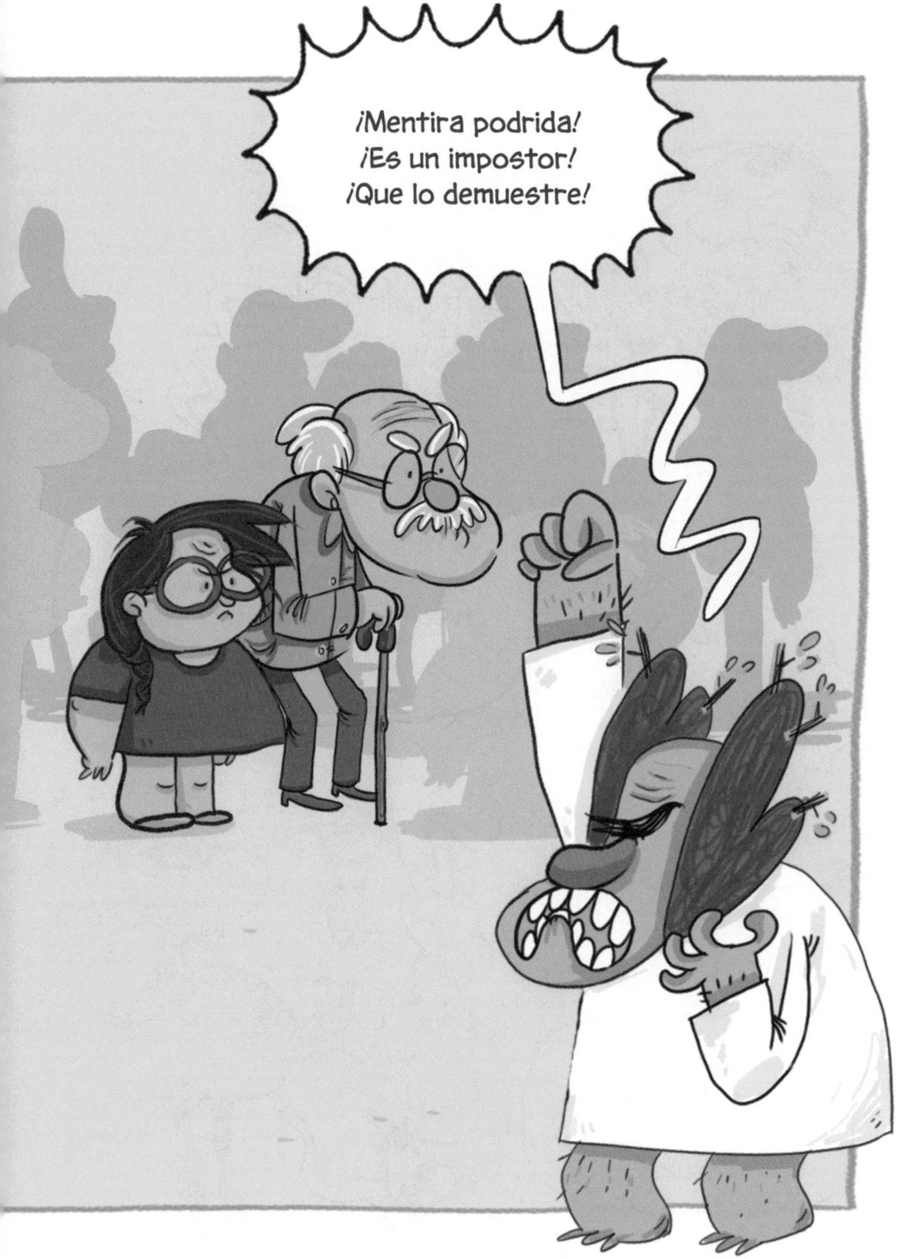
¡Mentira podrida!
¡Es un impostor!
¡Que lo demuestre!

A causa de la presión que ejercieron los estudiantes, la universidad llevó a cabo una investigación a fondo y quedó claro que el Dr. Brot había estado perpetrando maldades una tras otra. Y eso hizo que fuera expulsado.

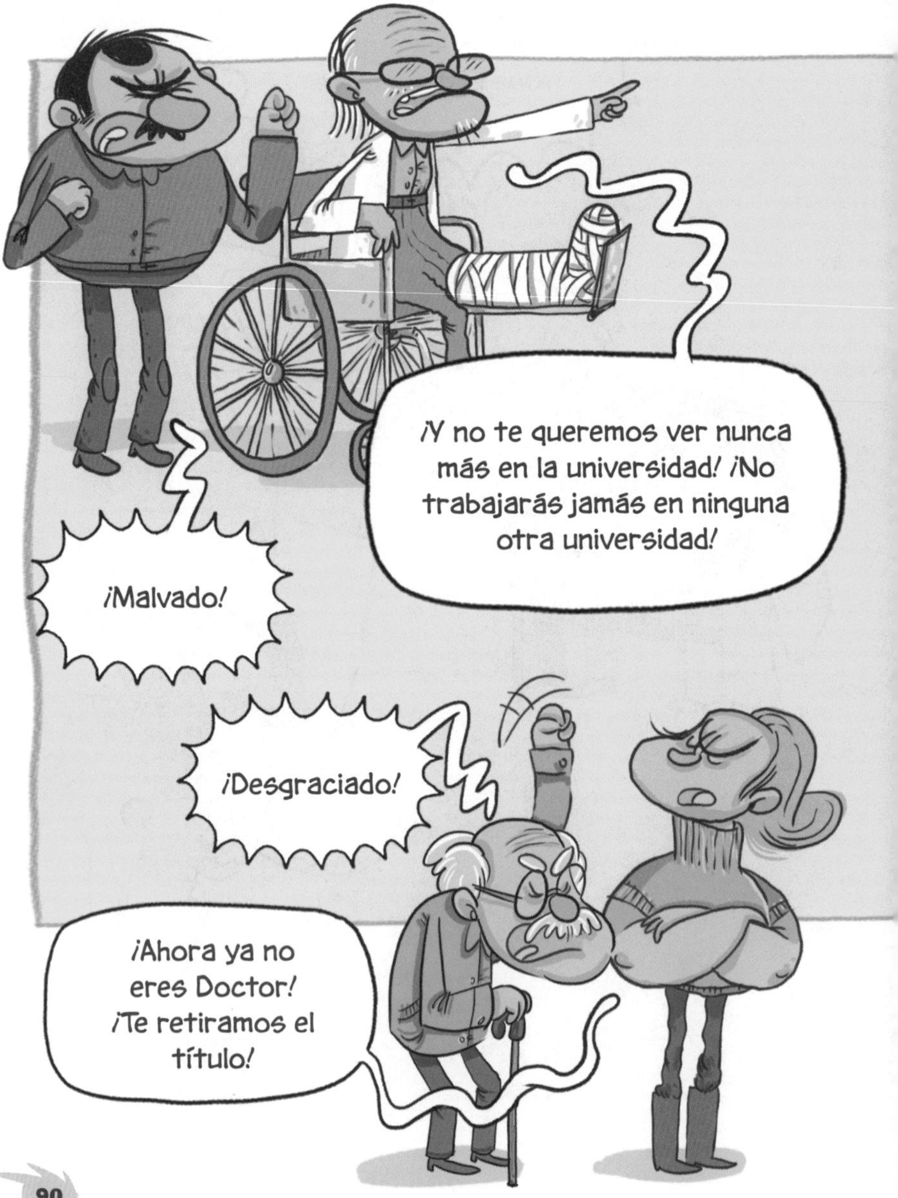
¡Y no te queremos ver nunca más en la universidad! ¡No trabajarás jamás en ninguna otra universidad!
¡Malvado!
¡Desgraciado!
¡Ahora ya no eres Doctor! ¡Te retiramos el título!

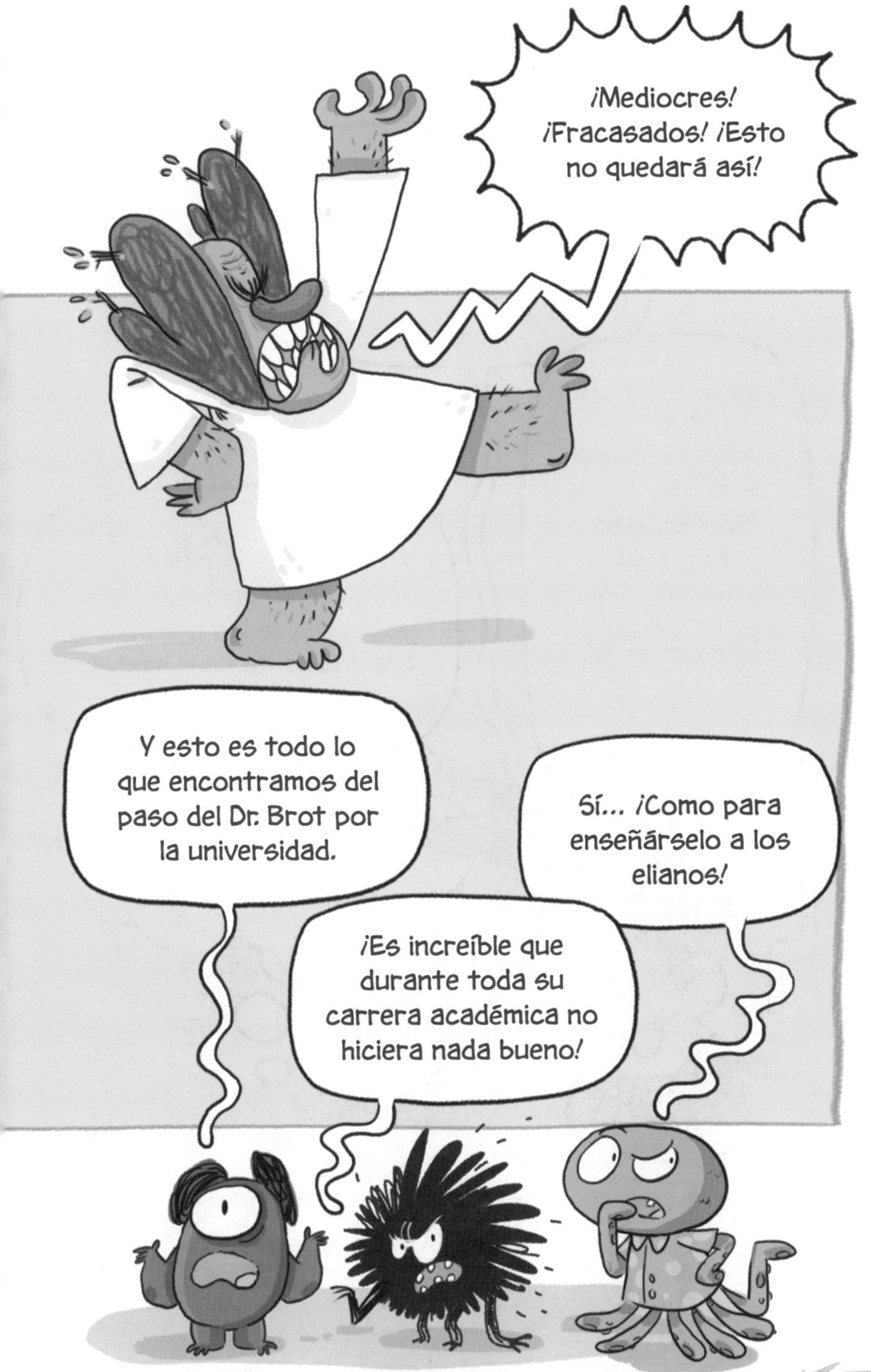
¡Mediocres! ¡Fracasados! ¡Esto no quedará así!
Y esto es todo lo que encontramos del paso del Dr. Brot por la universidad.
Sí... ¡Como para enseñárselo a los elianos!
¡Es increíble que durante toda su carrera académica no hiciera nada bueno!

LO QUE ENCONTRAMOS EL SR. FLAT, EMMO Y YO

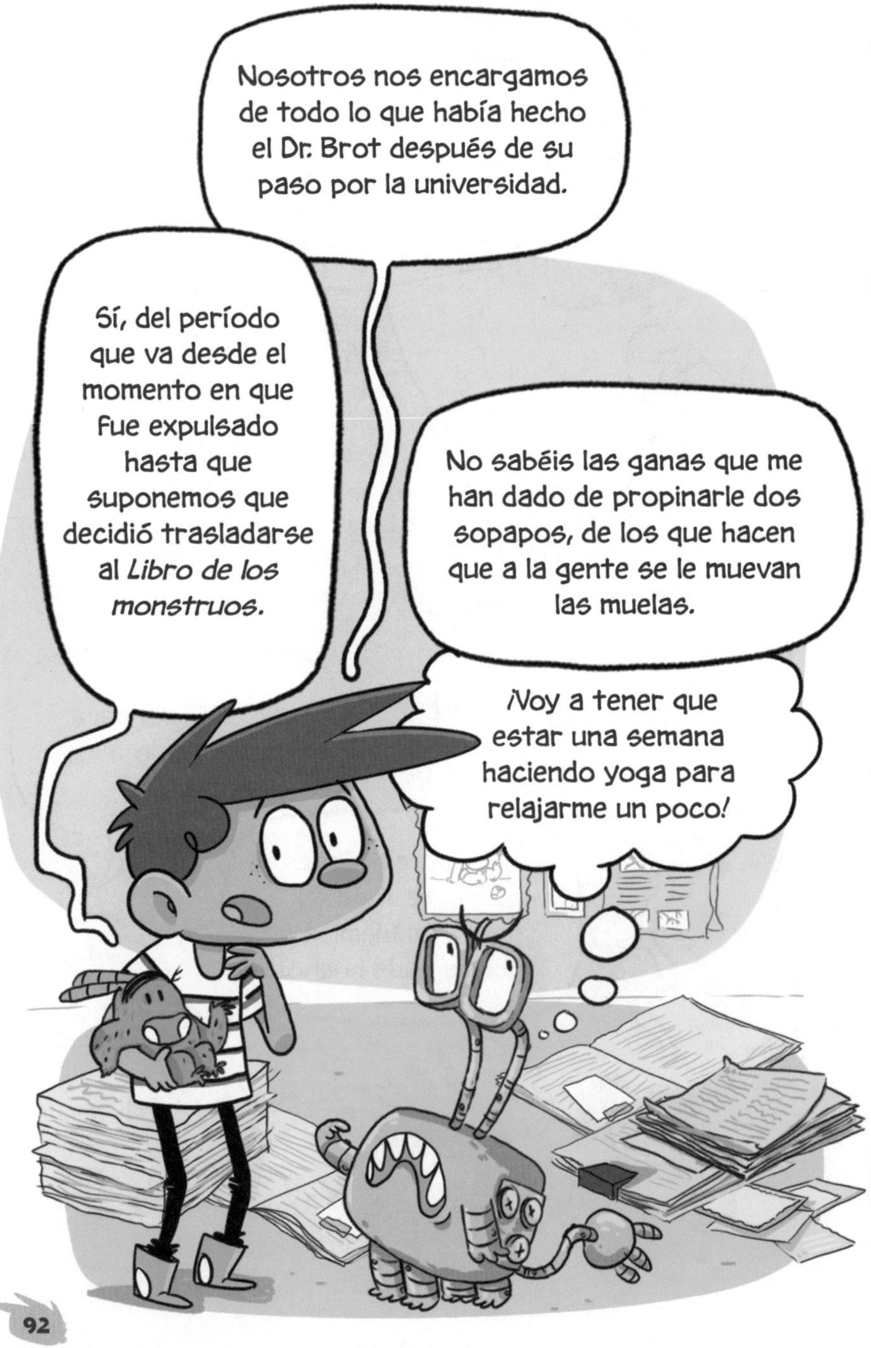
Nosotros nos encargamos de todo lo que había hecho el Dr. Brot después de su paso por la universidad.
Sí, del período que va desde el momento en que fue expulsado hasta que suponemos que decidió trasladarse al *Libro de los monstruos*.
No sabéis las ganas que me han dado de propinarle dos sopapos, de los que hacen que a la gente se le muevan las muelas.
¡Voy a tener que estar una semana haciendo yoga para relajarme un poco!

Tras su paso por la universidad el Dr. Brot se dedicó a sus propios proyectos. Obviamente todos eran auténticas barbaridades y en esta página y las siguientes se muestra solo una pequeña parte.

La pintura resbaladiza para los pasos de cebra fue uno de sus primeros inventos.

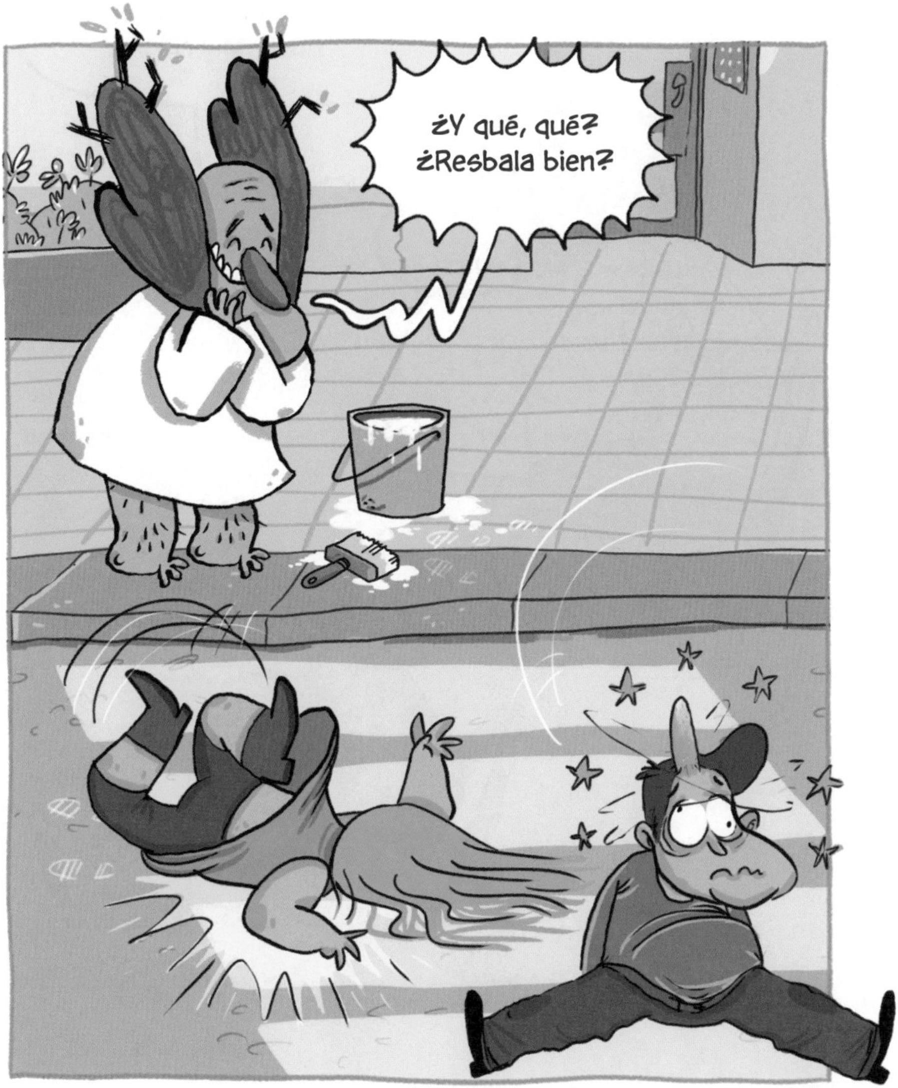
¿Y qué, qué?
¿Resbala bien?

Uno de los primeros negocios del Dr. Brot fue la fabricación en serie de sillas defectuosas.

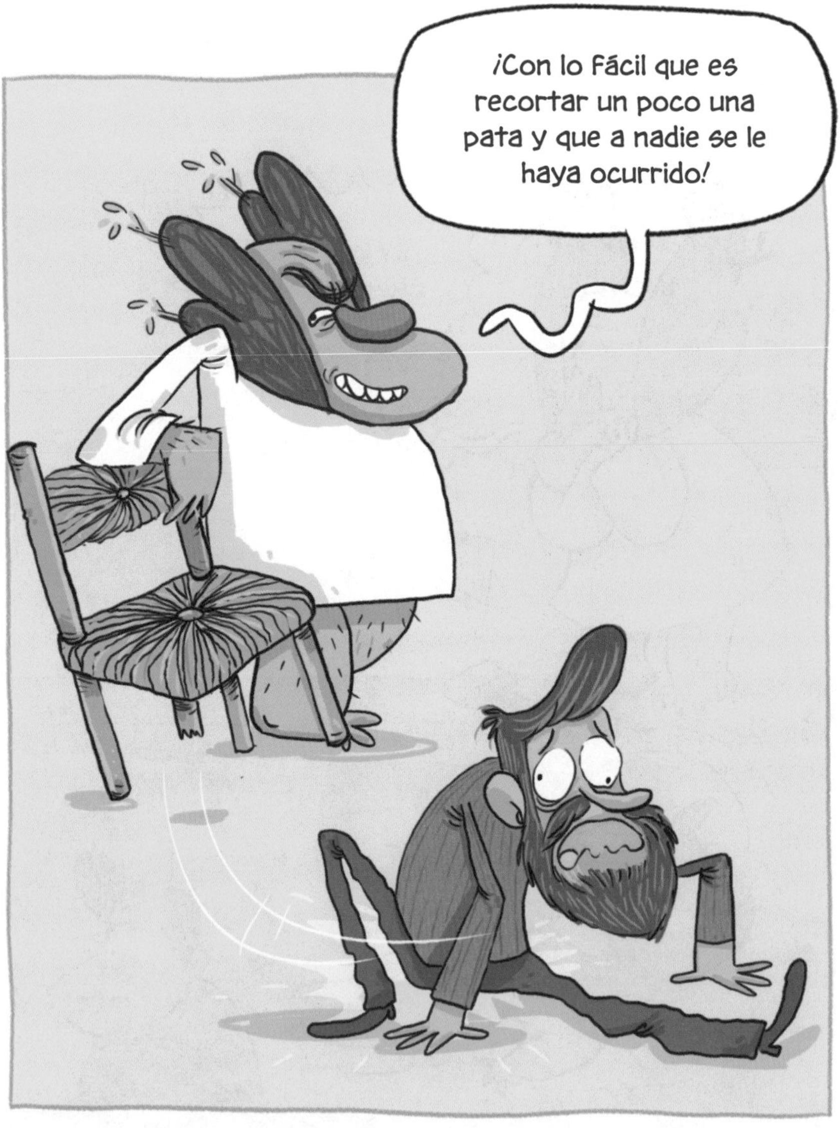
¡Con lo fácil que es recortar un poco una pata y que a nadie se le haya ocurrido!

También patentó un cortador de cables de ascensor y una trituradora que una vez puesta en marcha salía disparada por el aire y trituraba todo lo que encontraba a su paso, por no hablar del chicle de cola de impacto que te soldaba las muelas.

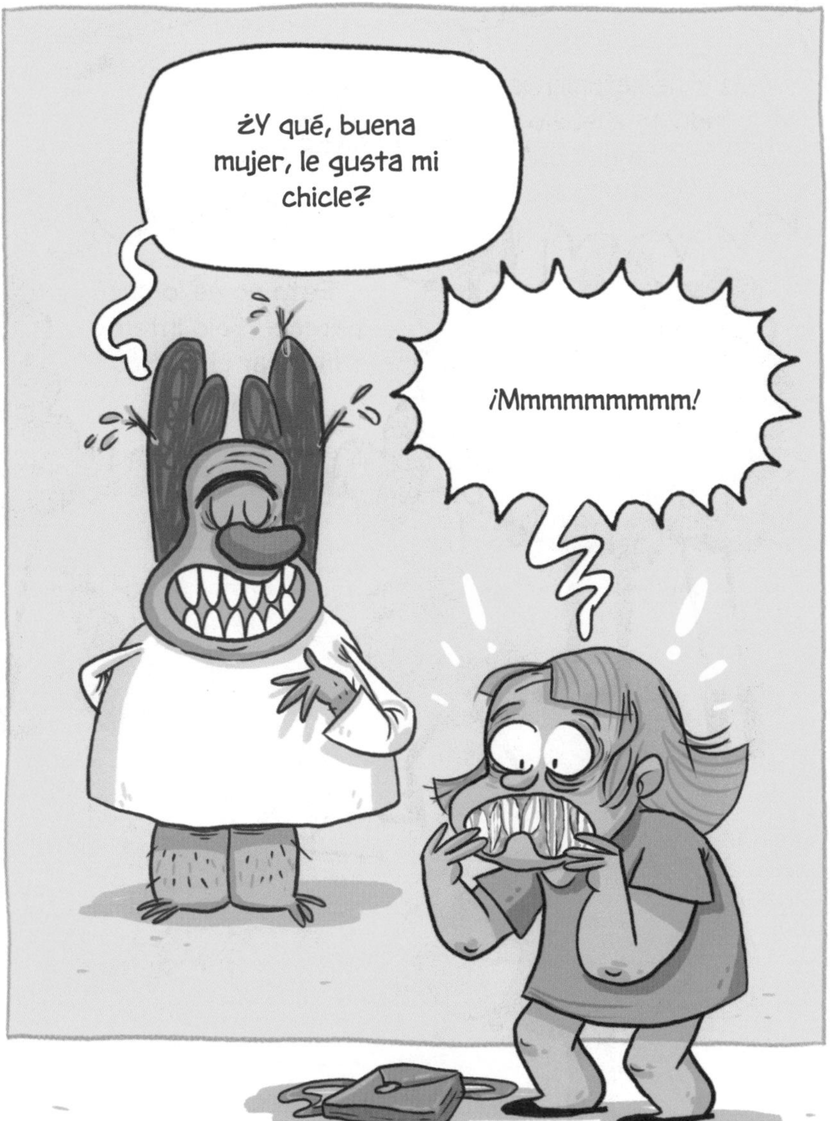
¿Y qué, buena mujer, le gusta mi chicle?
¡Mmmmmmmmm!

Pero las maldades del profesor fueron en progresión y pasó de las simples gamberradas de pirado a acciones realmente terribles y peligrosas.

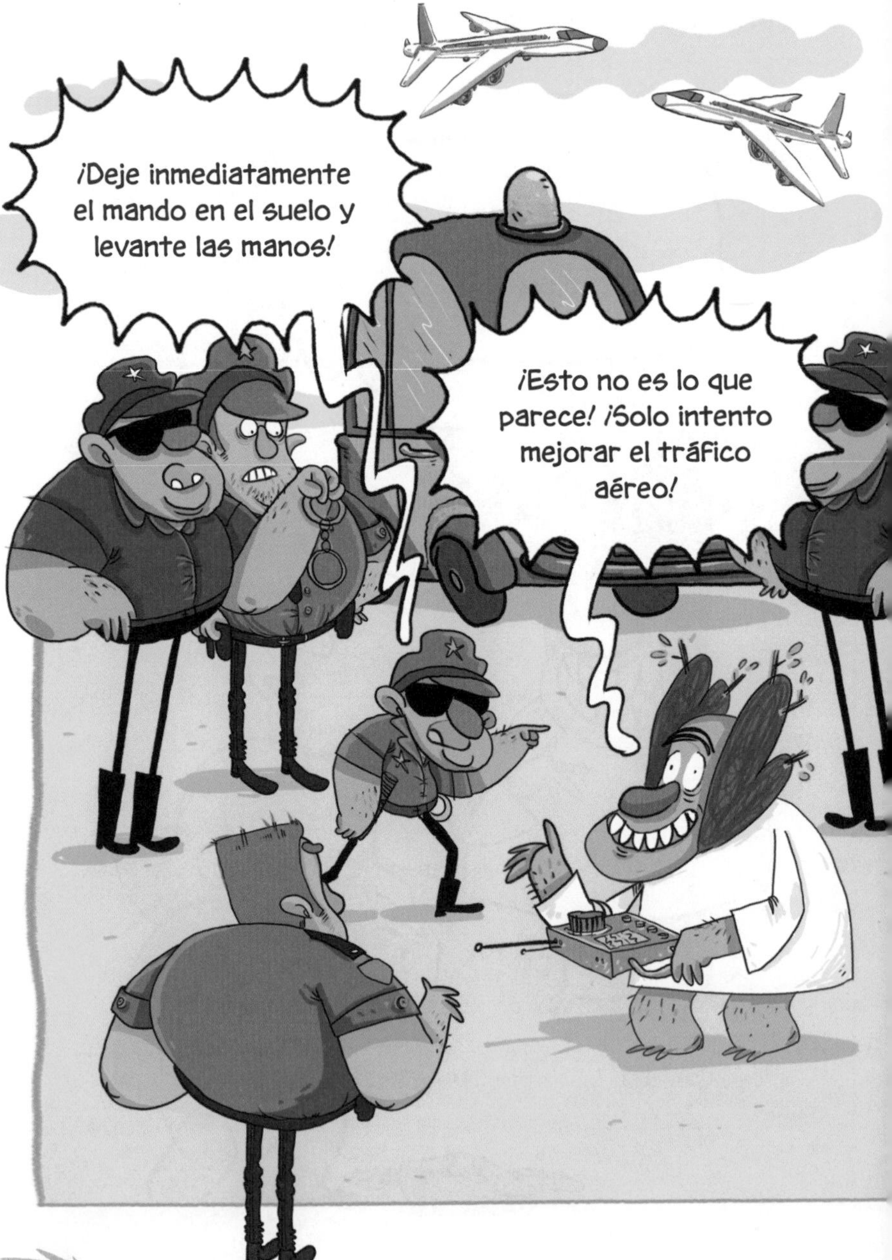

¡Deje inmediatamente el mando en el suelo y levante las manos!
¡Esto no es lo que parece! ¡Solo intento mejorar el tráfico aéreo!

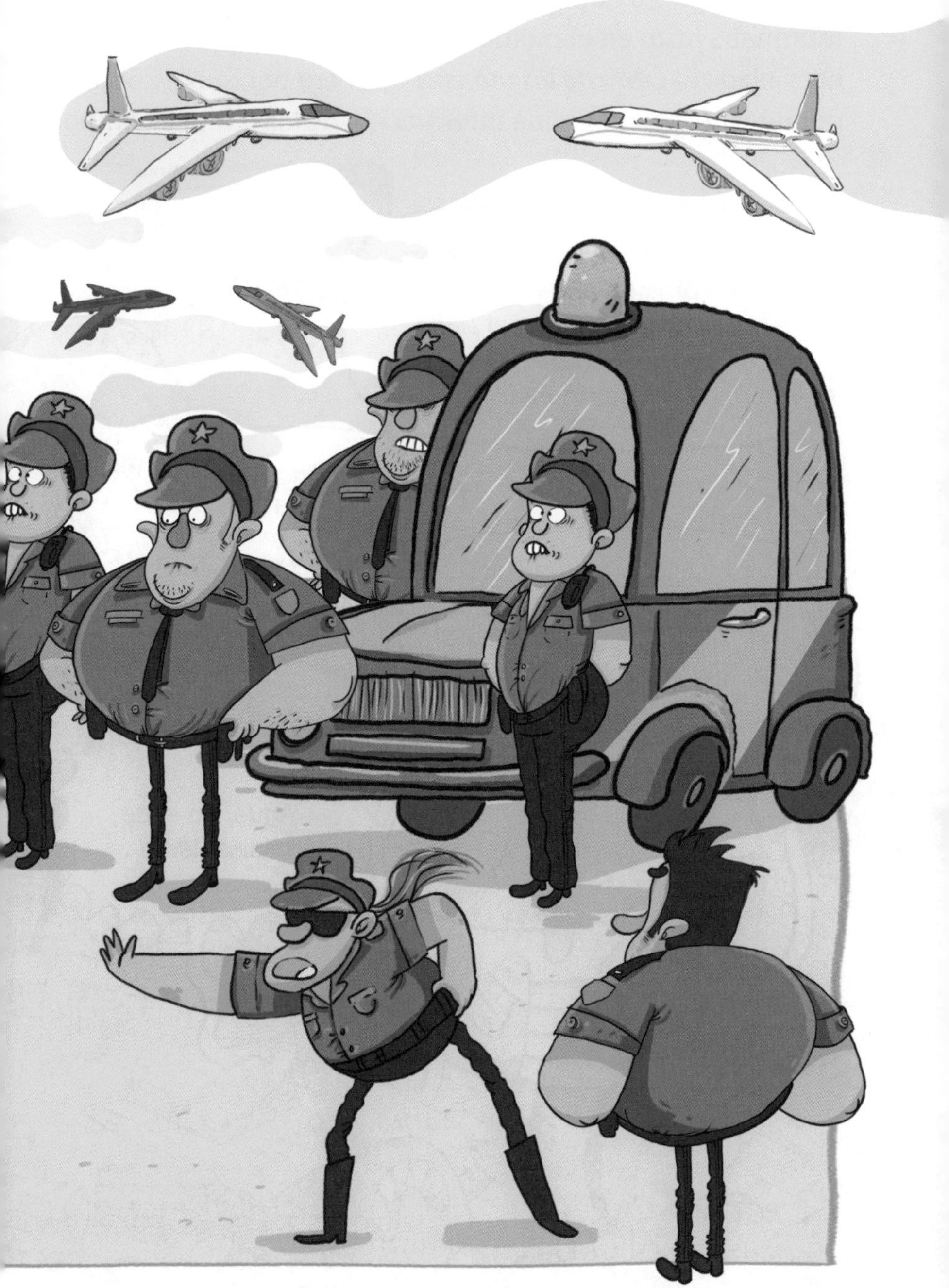

Y, de repente, las noticias sobre el Dr. Brot se acabaron. Todo se terminaba justo en el momento en el que suponíamos que había viajado al *Libro de los monstruos*. ¿Pero por qué? ¿Cómo? ¿Y por qué no había ninguna información de los últimos tiempos?

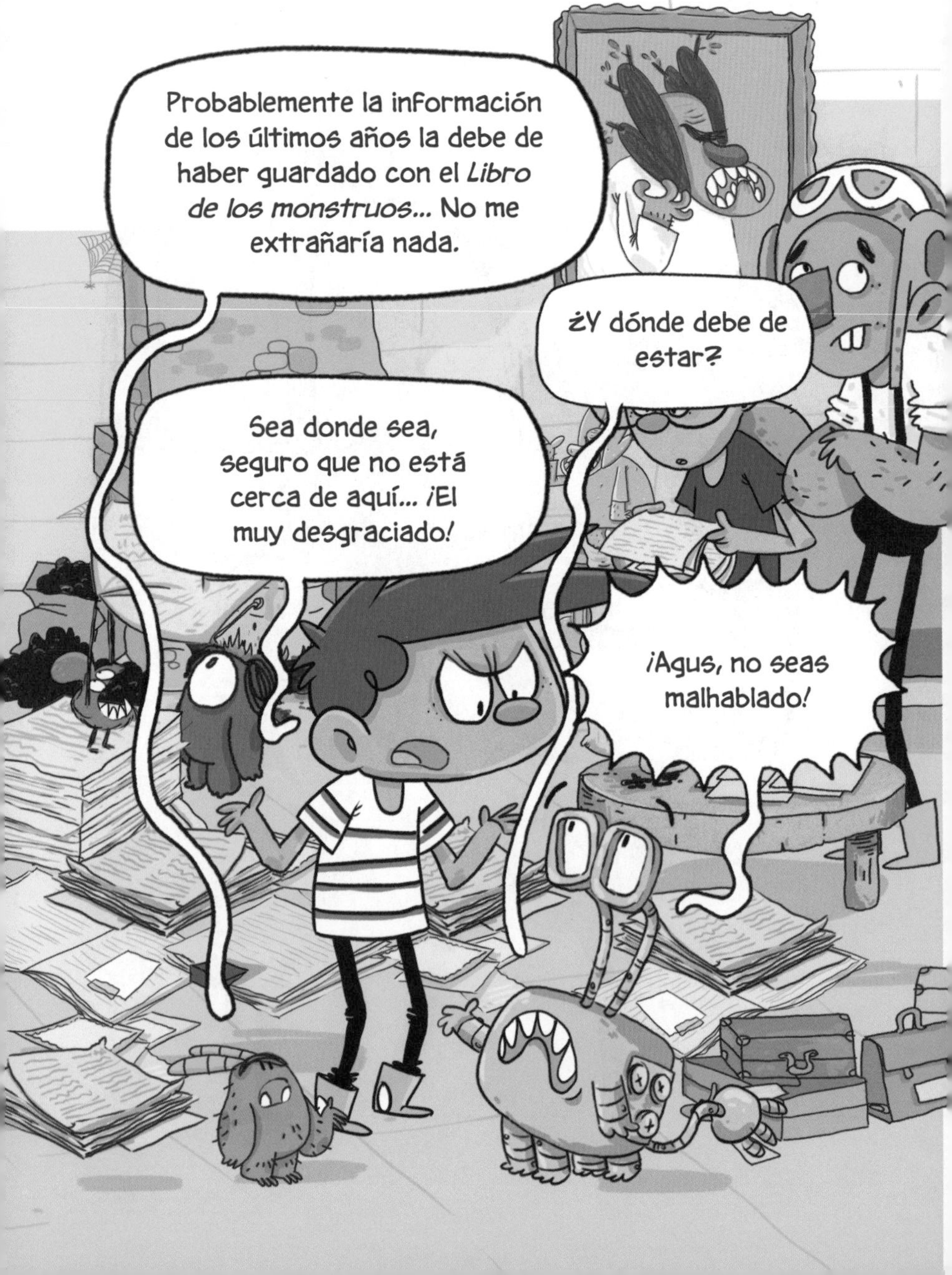

Probablemente la información de los últimos años la debe de haber guardado con el *Libro de los monstruos*... No me extrañaría nada.
¿Y dónde debe de estar?
Sea donde sea, seguro que no está cerca de aquí... ¡El muy desgraciado!
¡Agus, no seas malhablado!

7

CIERTO DESESPERO

Ningún grupo de los que creamos fue capaz de encontrar nada del Dr. Brot que pudiera demostrar que alguna vez en su vida había hecho algo más o menos positivo. Y era desesperante.

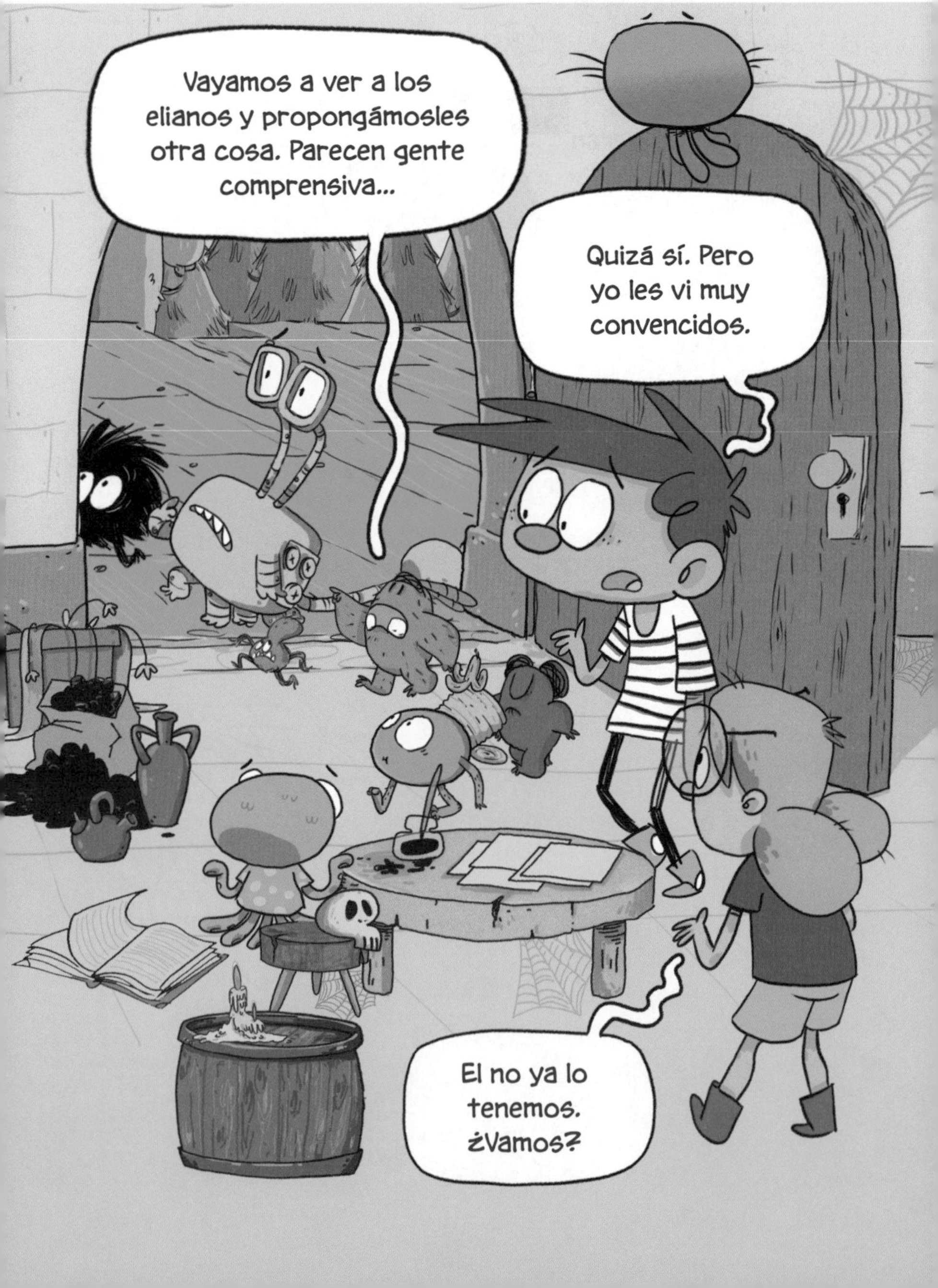

Vayamos a ver a los elianos y propongámosles otra cosa. Parecen gente comprensiva...
Quizá sí. Pero yo les vi muy convencidos.
El no ya lo tenemos. ¿Vamos?

Mientras regresábamos a la Montaña Verde, intentábamos pensar en una solución, en alguna cosa que les pudiéramos proponer a los elianos, pero no era nada fácil.

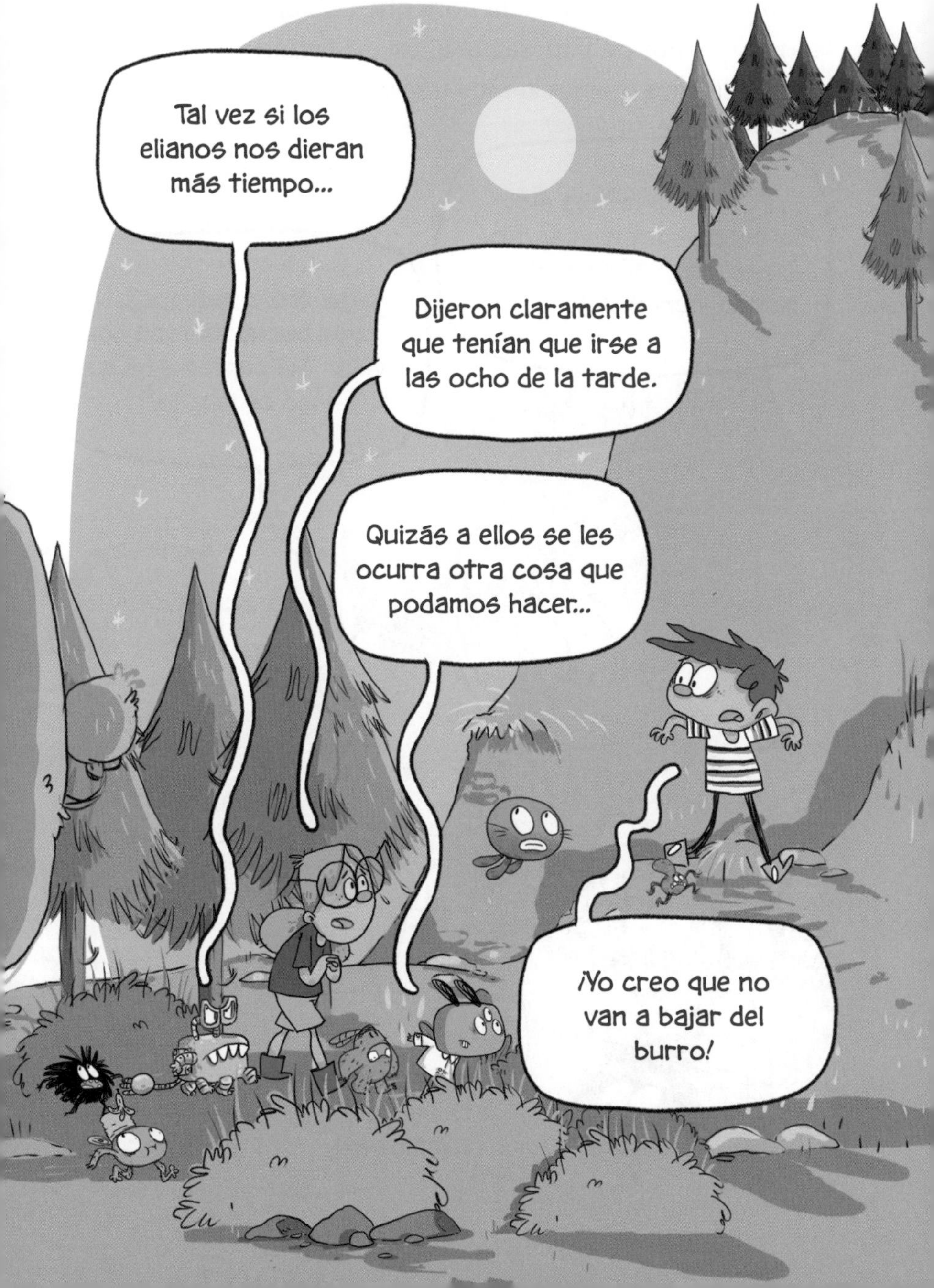
Tal vez si los elianos nos dieran más tiempo...
Dijeron claramente que tenían que irse a las ocho de la tarde.
Quizás a ellos se les ocurra otra cosa que podamos hacer...
¡Yo creo que no van a bajar del burro!

Nos habíamos hecho falsas ilusiones. Los elianos se mostraron intransigentes. Y además se negaron a darnos más tiempo porque, por una serie de motivos que no acabé de entender, no podían irse más tarde de la hora que habían previsto. Por otro lado, lo que nos pedían, según ellos, no era tan difícil: encontrar una única cosa buena en toda una vida.

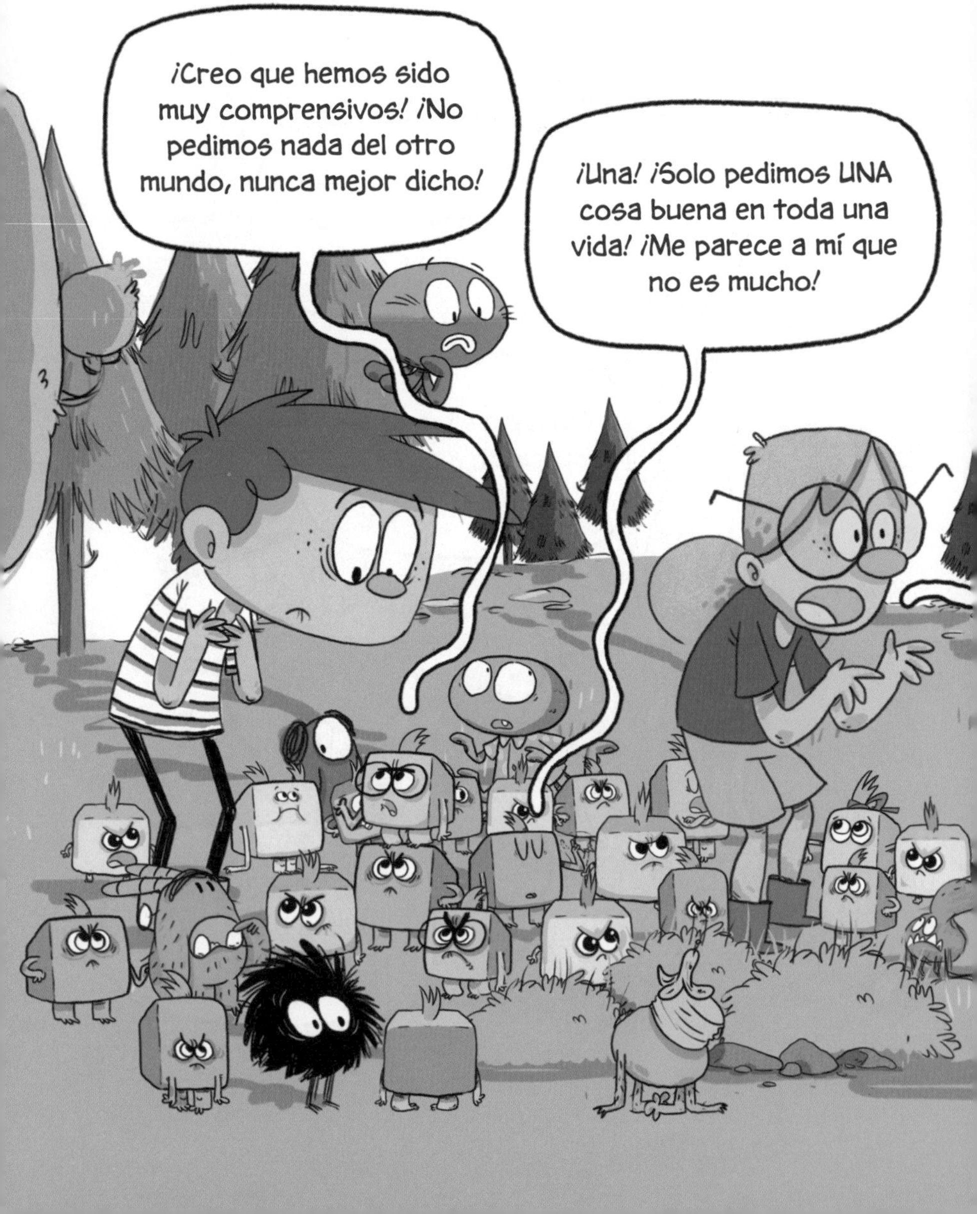
¡Creo que hemos sido muy comprensivos! ¡No pedimos nada del otro mundo, nunca mejor dicho!
¡Una! ¡Solo pedimos UNA cosa buena en toda una vida! ¡Me parece a mí que no es mucho!

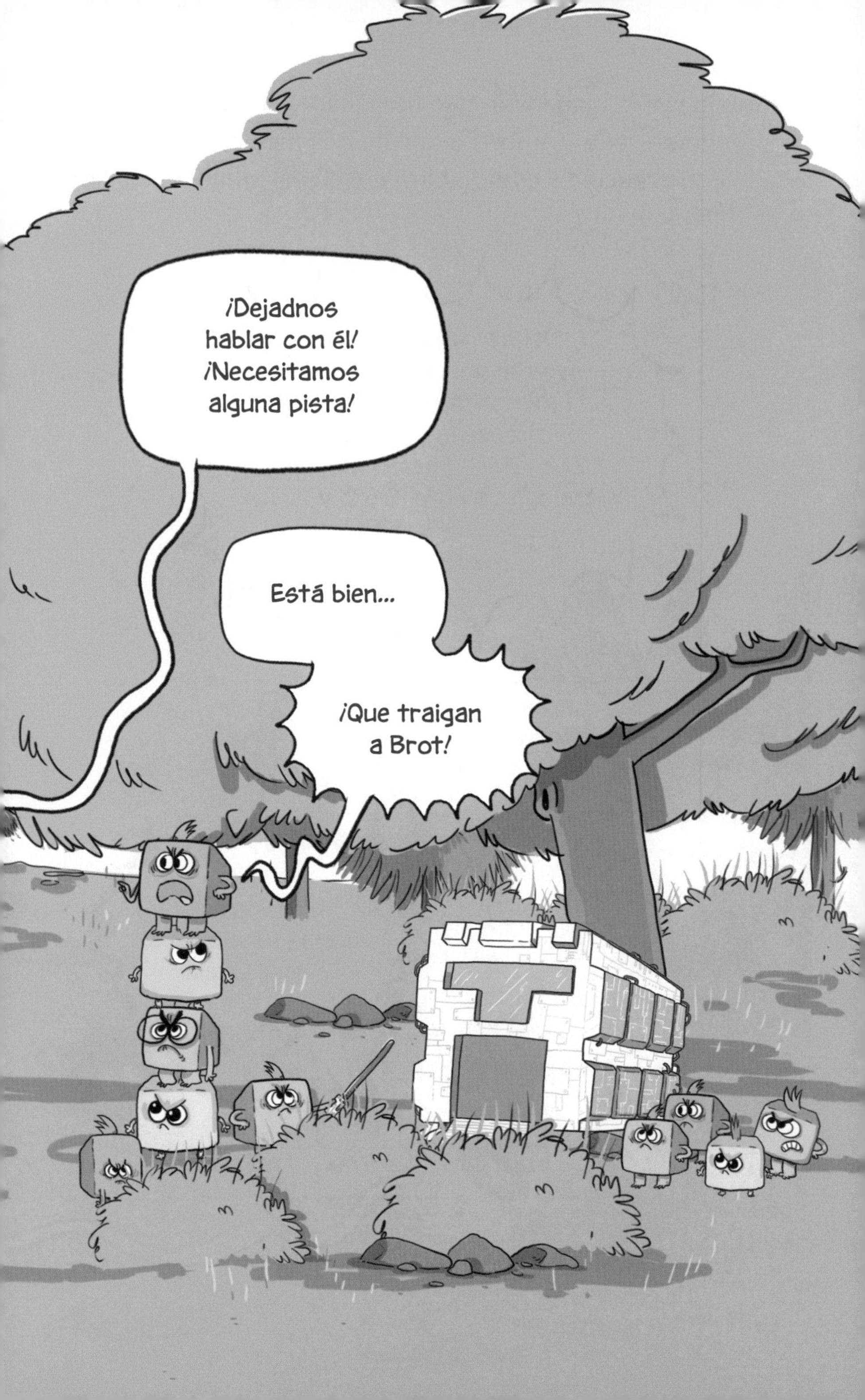
¡Dejadnos hablar con él! ¡Necesitamos alguna pista!
Está bien...
¡Que traigan a Brot!

Aunque ya lo habíamos visto menguado, no dejaba de ser sorprendente ver al Dr. Brot reducido a la medida de los elianos. Era entre ridículo y entrañable. Pero el mal humor lo conservaba intacto.

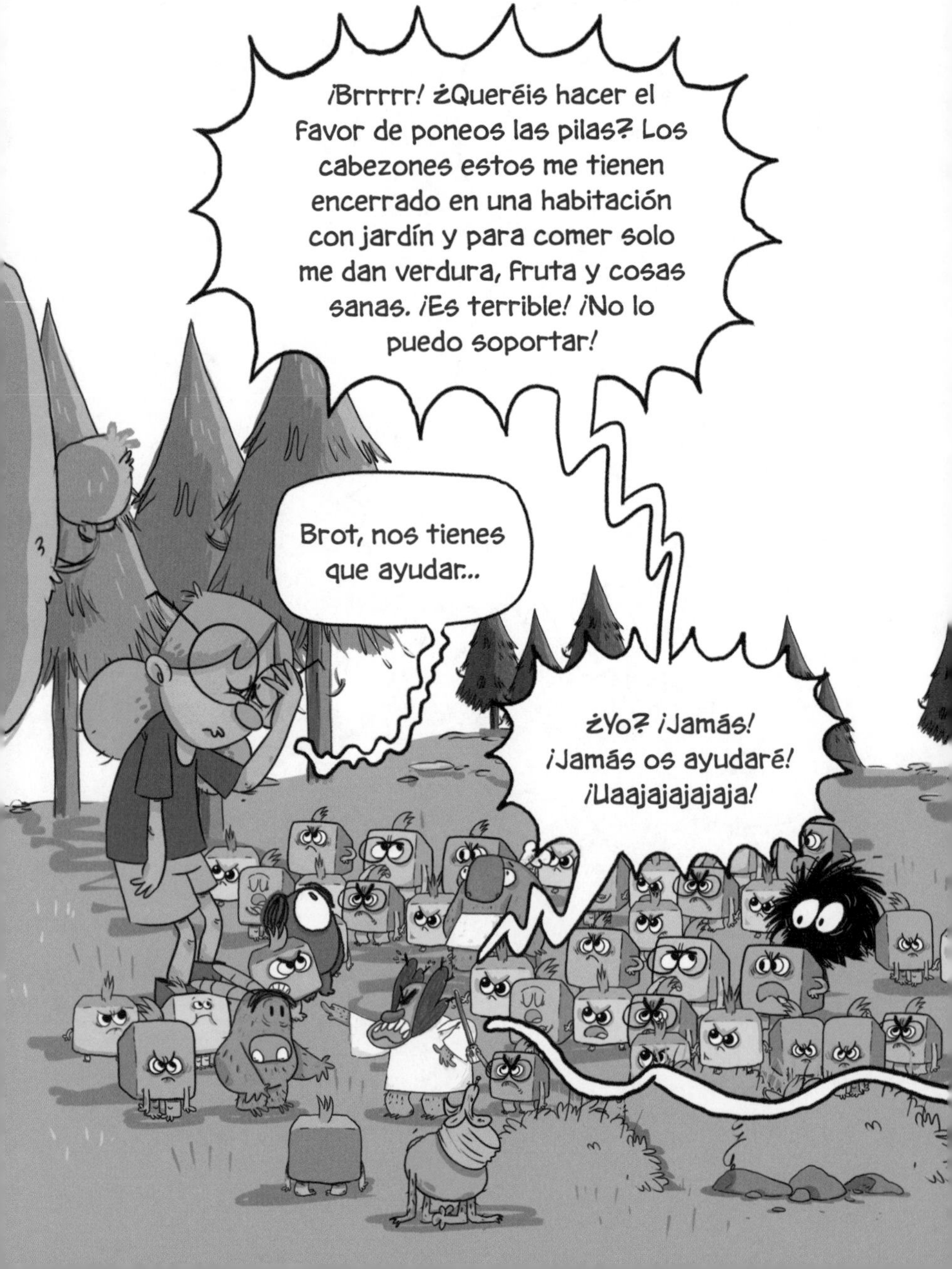
¡Brrrrr! ¿Queréis hacer el favor de poneos las pilas? Los cabezones estos me tienen encerrado en una habitación con jardín y para comer solo me dan verdura, fruta y cosas sanas. ¡Es terrible! ¡No lo puedo soportar!
Brot, nos tienes que ayudar...
¿Yo? ¡Jamás! ¡Jamás os ayudaré! ¡Uaajajajajaja!

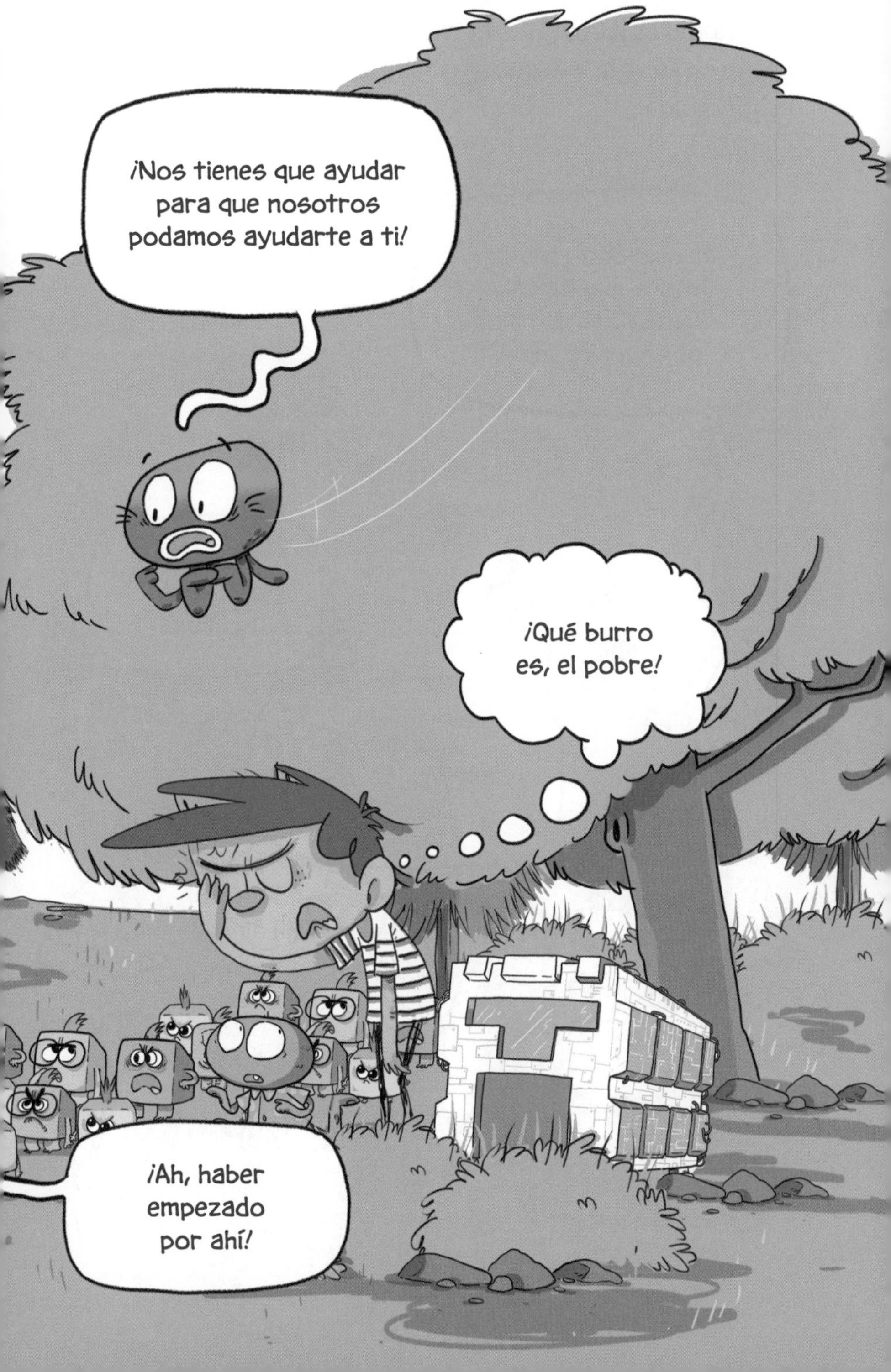
¡Nos tienes que ayudar para que nosotros podamos ayudarte a ti!
¡Qué burro es, el pobre!
¡Ah, haber empezado por ahí!

Pedimos al Dr. Brot que nos explicara cosas buenas que hubiera hecho en su vida, porque era la única manera de que los elianos lo liberaran.

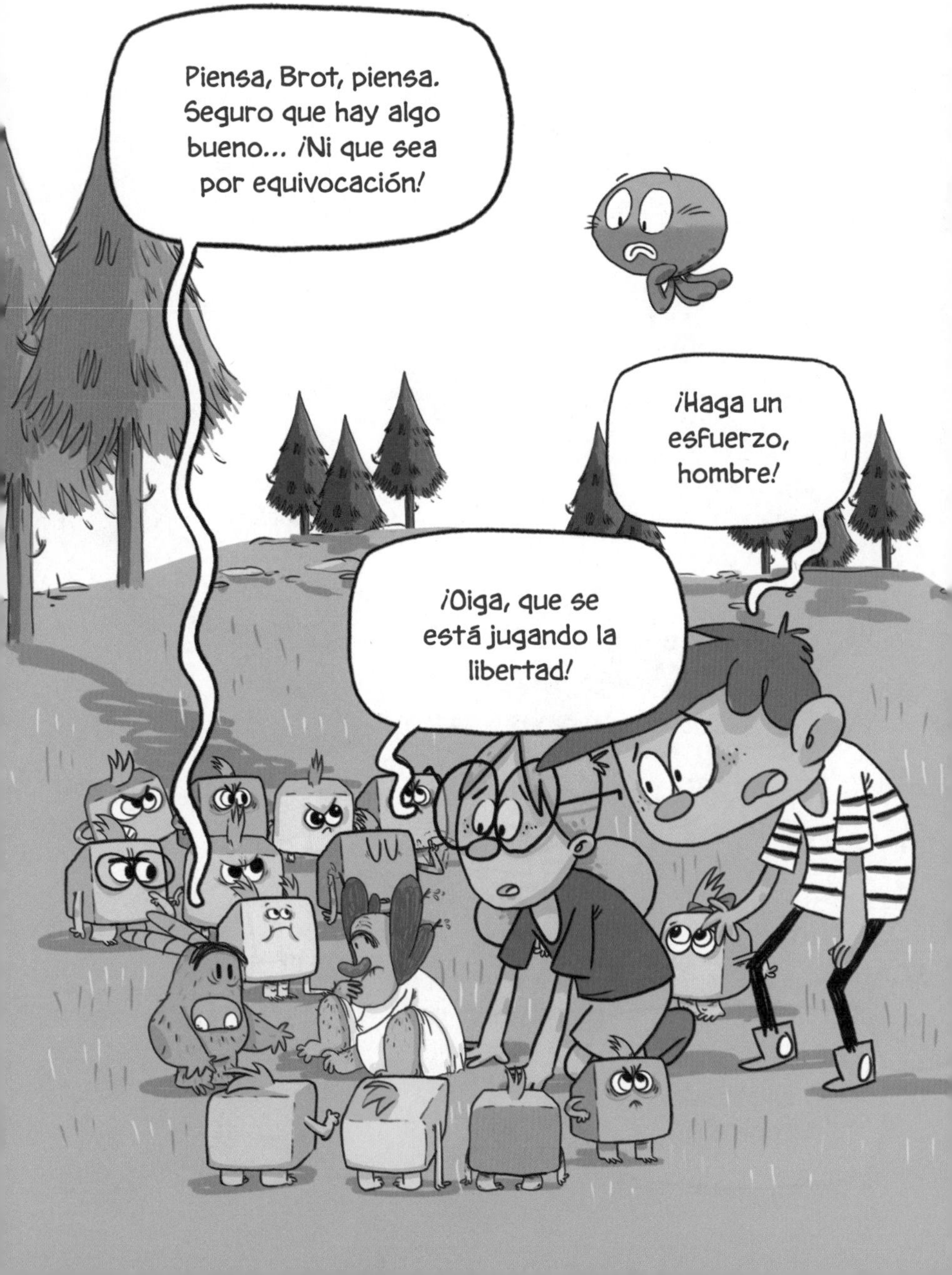
Piensa, Brot, piensa. Seguro que hay algo bueno... ¡Ni que sea por equivocación!
¡Haga un esfuerzo, hombre!
¡Oiga, que se está jugando la libertad!

Tras pensar un rato interminable, el Dr. Brot empezó a explicarnos cosas que había llevado a cabo a lo largo de su vida y, por un momento, creímos que íbamos a encontrar algo.

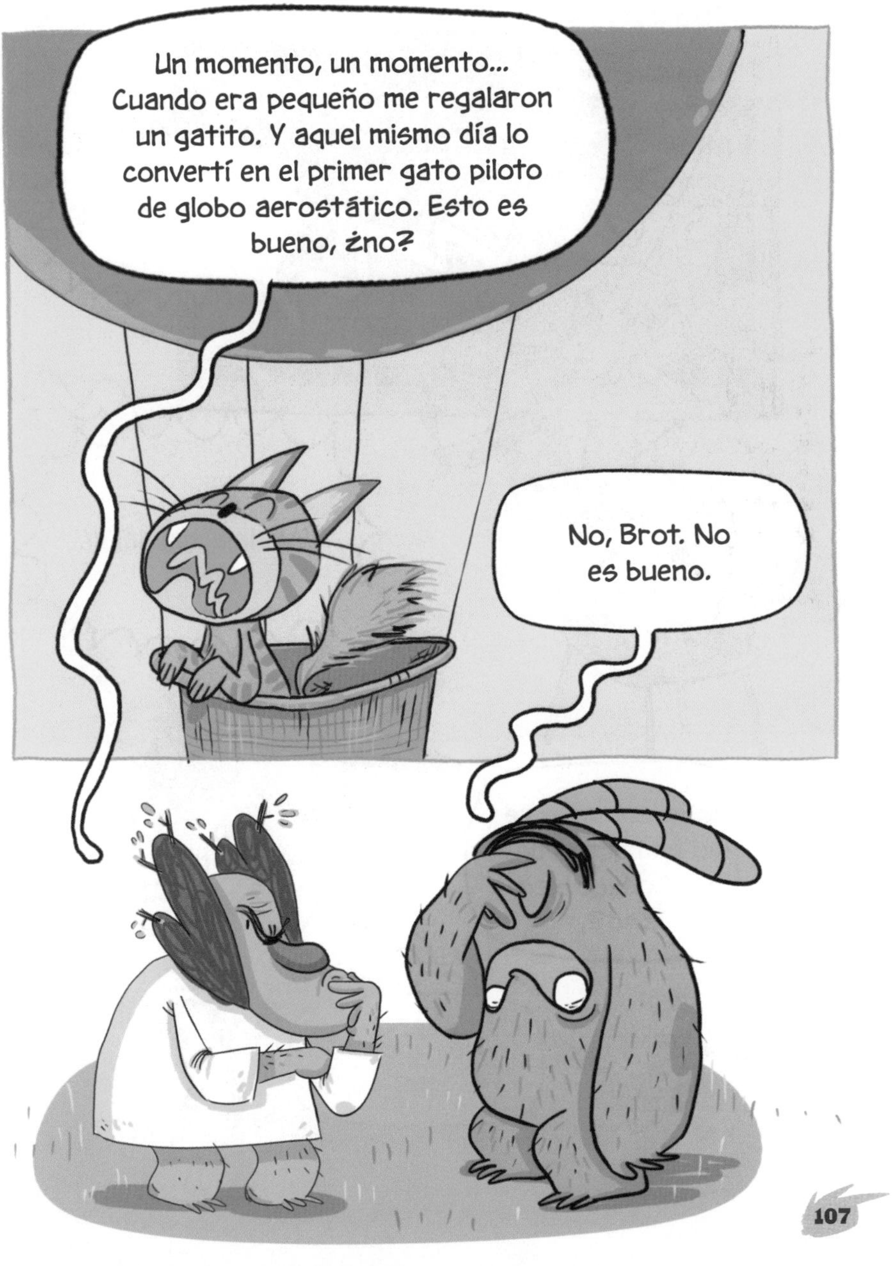
Un momento, un momento... Cuando era pequeño me regalaron un gatito. Y aquel mismo día lo convertí en el primer gato piloto de globo aerostático. Esto es bueno, ¿no?
No, Brot. No es bueno.

Ahora que recuerdo... En tercero de primaria, el día que repartí el material escolar sobró una caja de chinchetas y yo les di un buen uso: las puse en la silla de la maestra.

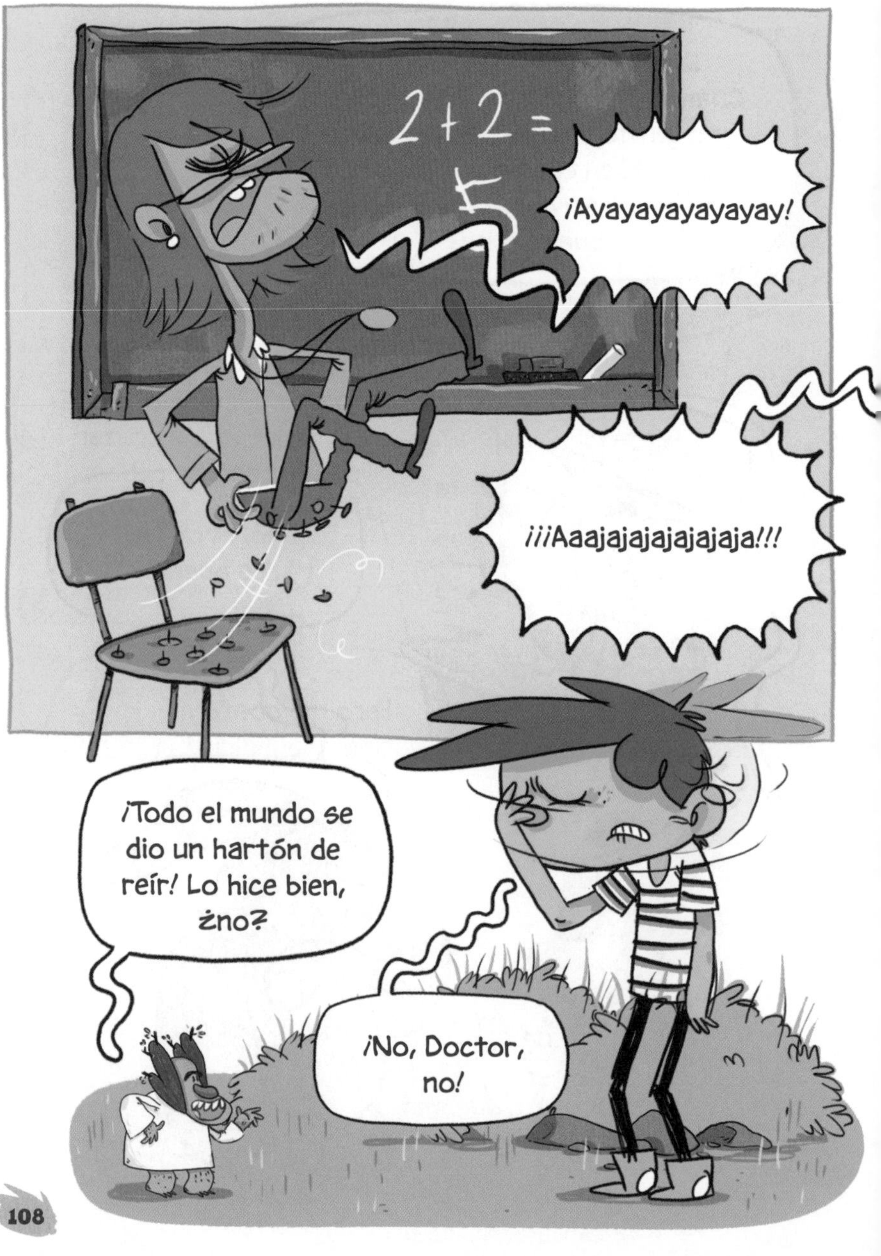
2 + 2 =
5
¡Ayayayayayayay!
¡¡¡Aaajajajajajajaja!!!
¡Todo el mundo se dio un hartón de reír! Lo hice bien, ¿no?
¡No, Doctor, no!

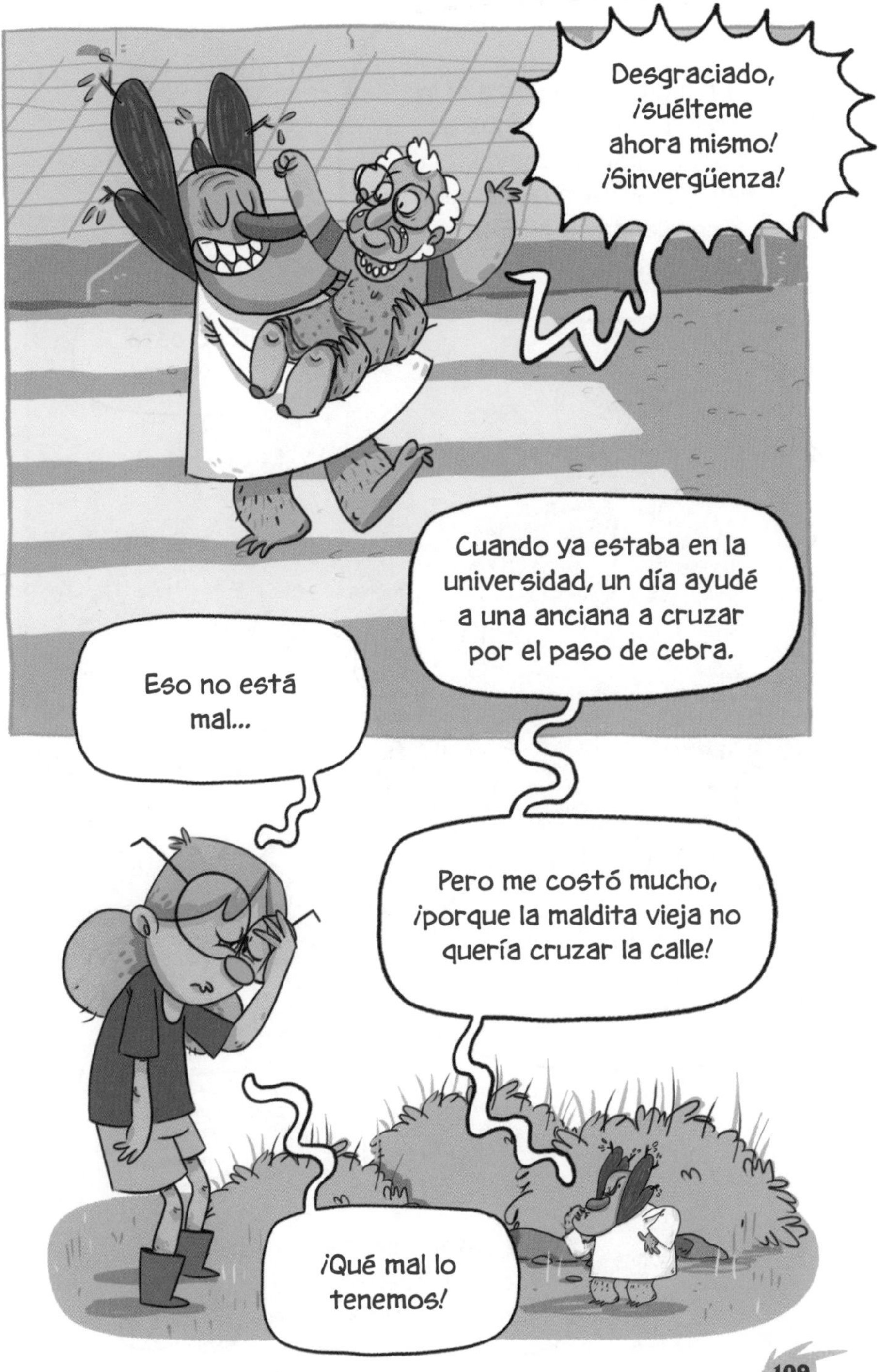
Desgraciado, ¡suélteme ahora mismo! ¡Sinvergüenza!
Cuando ya estaba en la universidad, un día ayudé a una anciana a cruzar por el paso de cebra.
Eso no está mal...
Pero me costó mucho, ¡porque la maldita vieja no quería cruzar la calle!
¡Qué mal lo tenemos!

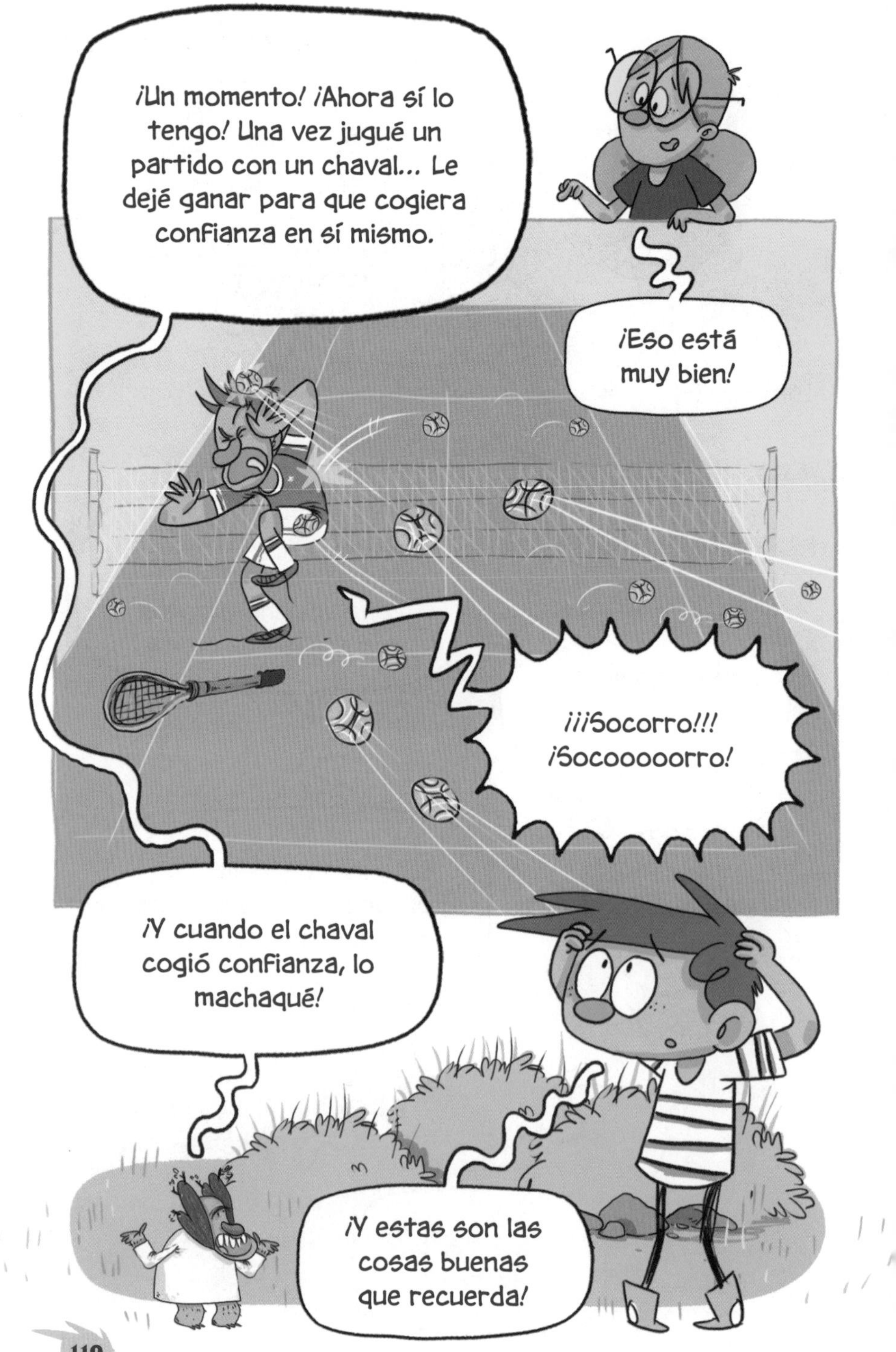
¡Un momento! ¡Ahora sí lo tengo! Una vez jugué un partido con un chaval... Le dejé ganar para que cogiera confianza en sí mismo.
¡Eso está muy bien!
¡¡¡Socorro!!! ¡Socoooorro!
¡Y cuando el chaval cogió confianza, lo machaqué!
¡Y estas son las cosas buenas que recuerda!

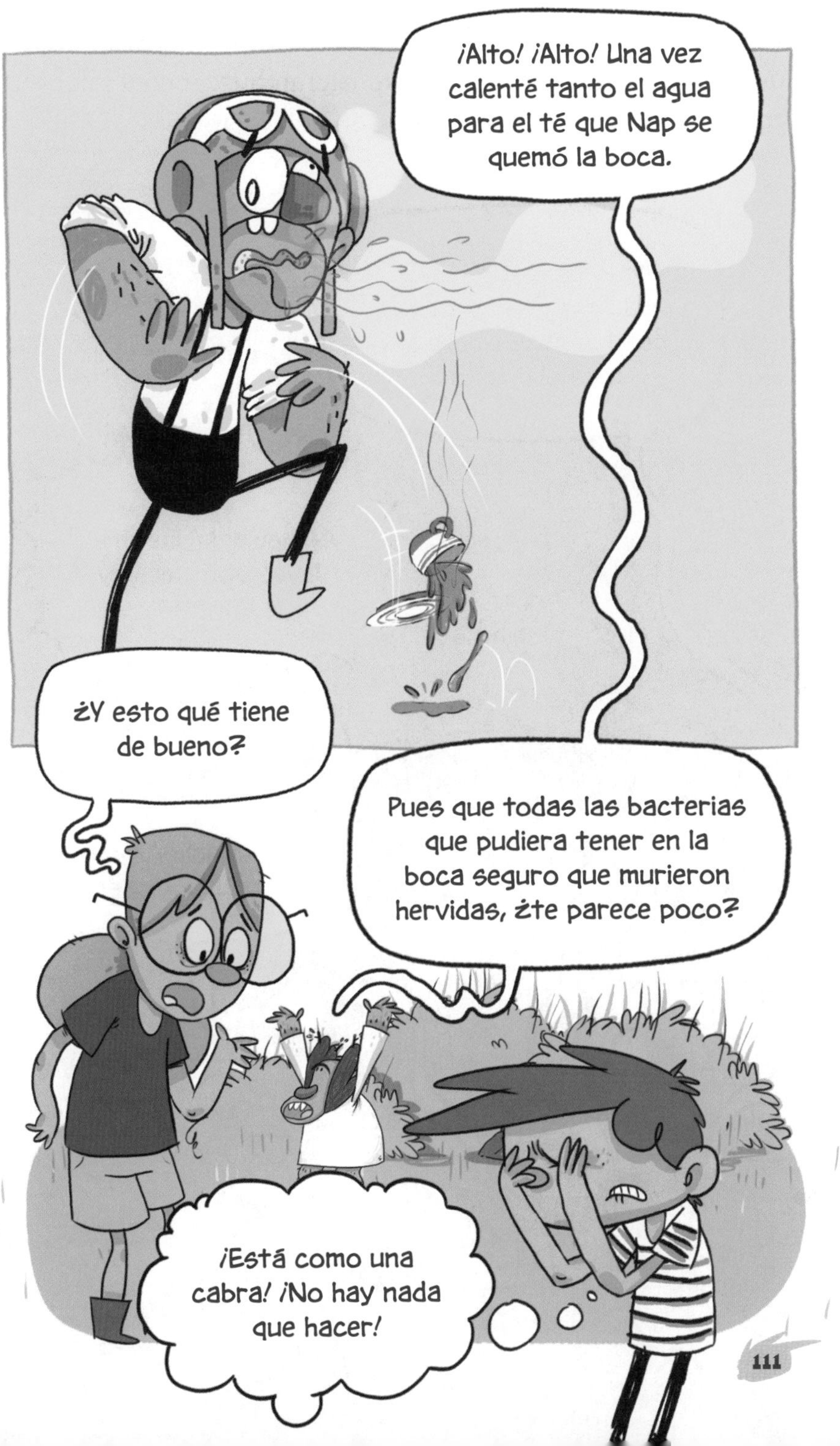
¡Alto! ¡Alto! Una vez calenté tanto el agua para el té que Nap se quemó la boca.
¿Y esto qué tiene de bueno?
Pues que todas las bacterias que pudiera tener en la boca seguro que murieron hervidas, ¿te parece poco?
¡Está como una cabra! ¡No hay nada que hacer!

Vistos los tristes y lamentables recuerdos del Dr. Brot, imploramos a los elianos que nos propusieran buscar cualquier otra cosa que no fuera una buena acción del Doctor.

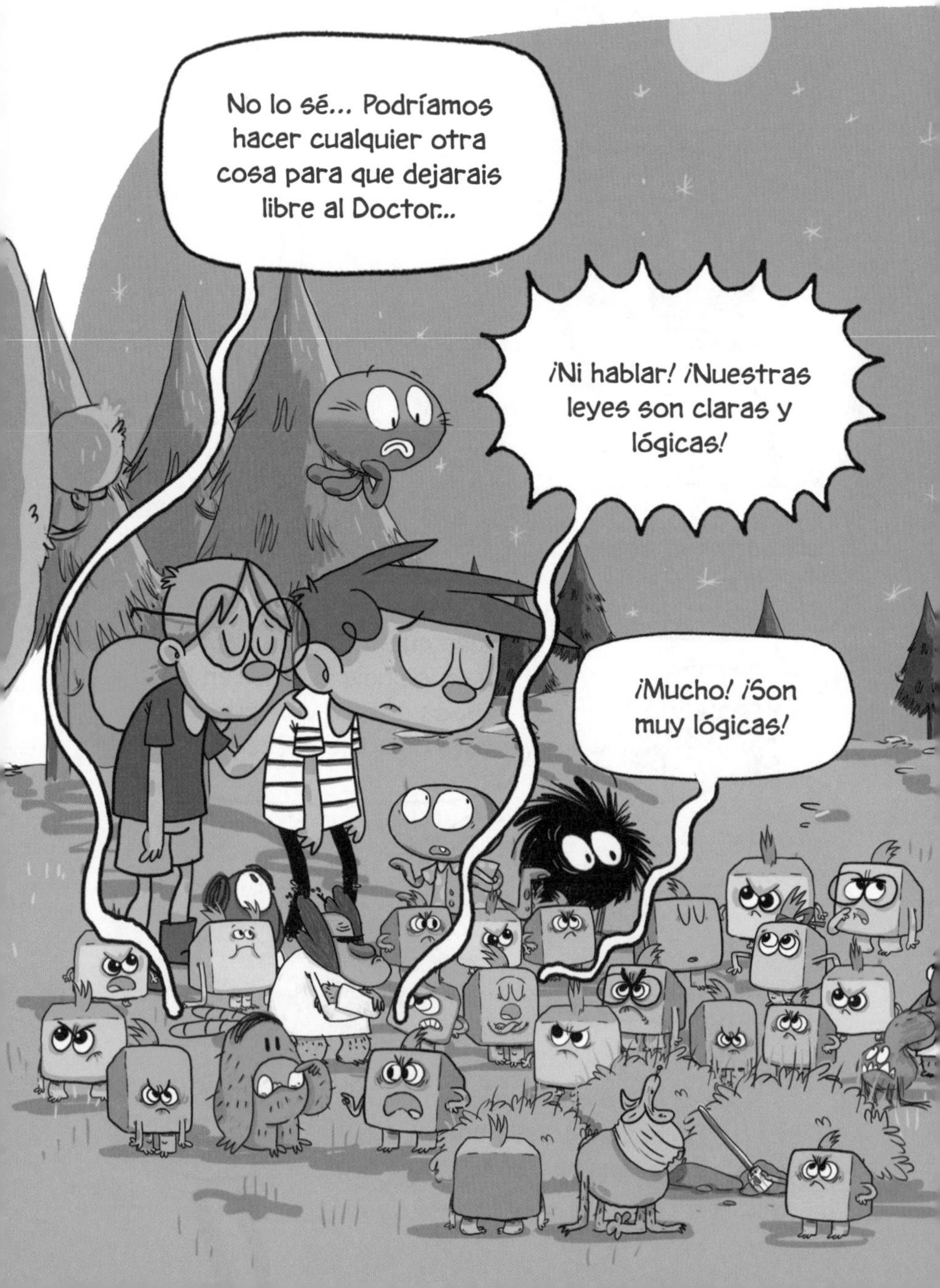
No lo sé... Podríamos hacer cualquier otra cosa para que dejarais libre al Doctor...
¡Ni hablar! ¡Nuestras leyes son claras y lógicas!
¡Mucho! ¡Son muy lógicas!

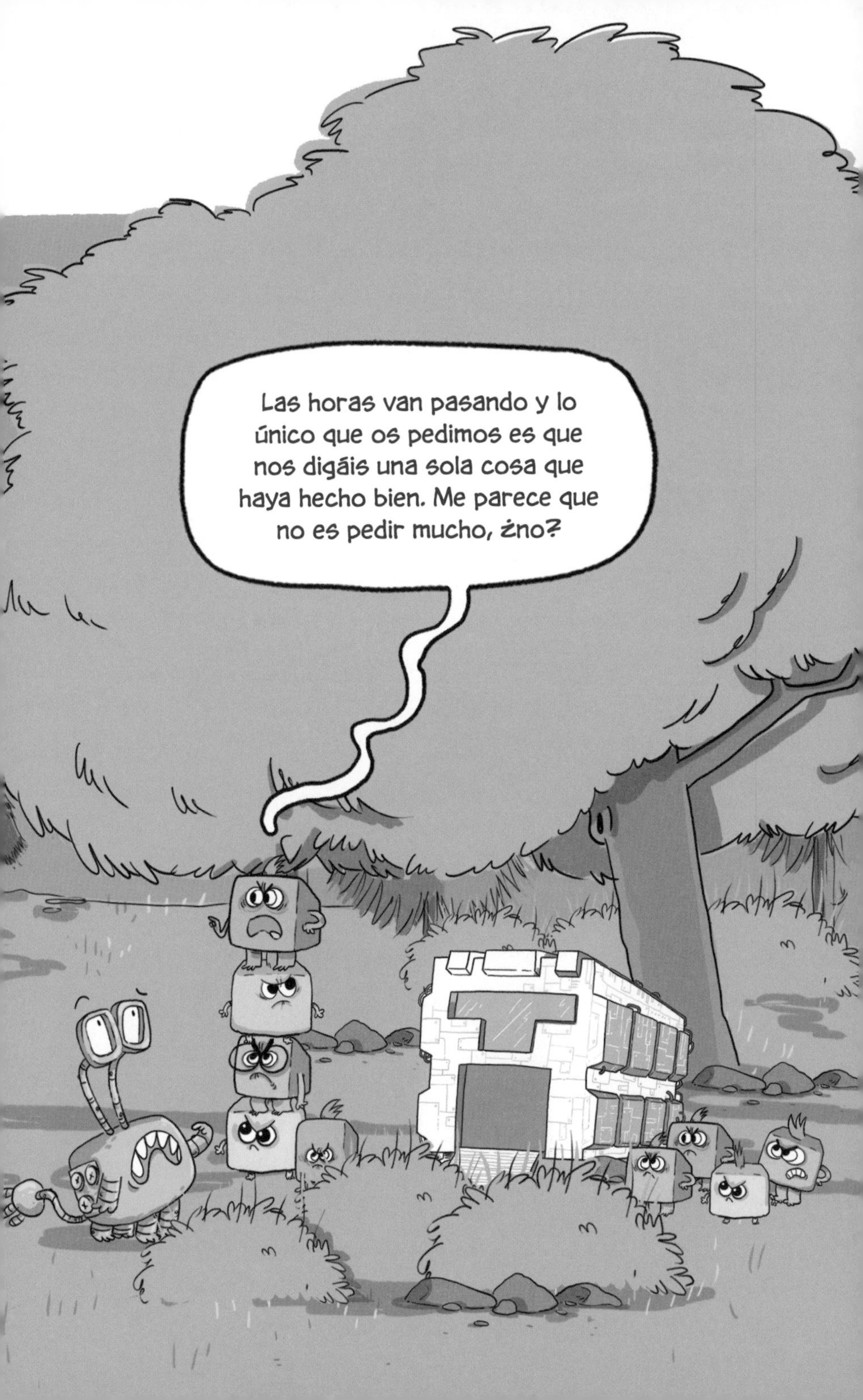
Las horas van pasando y lo único que os pedimos es que nos digáis una sola cosa que haya hecho bien. Me parece que no es pedir mucho, ¿no?

8

LA LARGA NOCHE
DEL DR. BROT

Fuimos a llevar a Nap a su casa y, después de hablar un rato con él, llegamos a una conclusión. Era una conclusión un poco bestia, pero al menos era una conclusión.

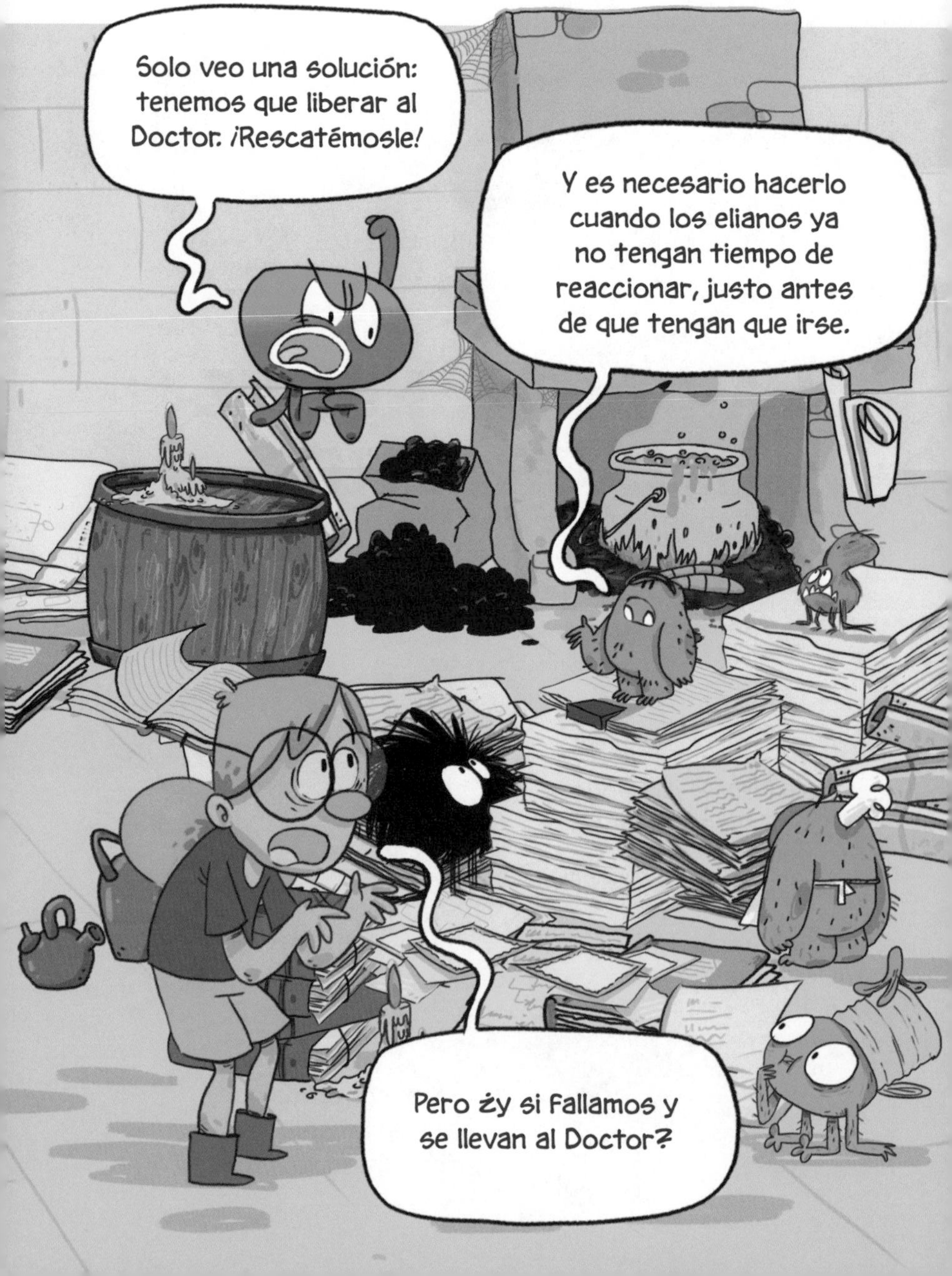
Solo veo una solución: tenemos que liberar al Doctor. ¡Rescatémosle!
Y es necesario hacerlo cuando los elianos ya no tengan tiempo de reaccionar, justo antes de que tengan que irse.
Pero ¿y si fallamos y se llevan al Doctor?

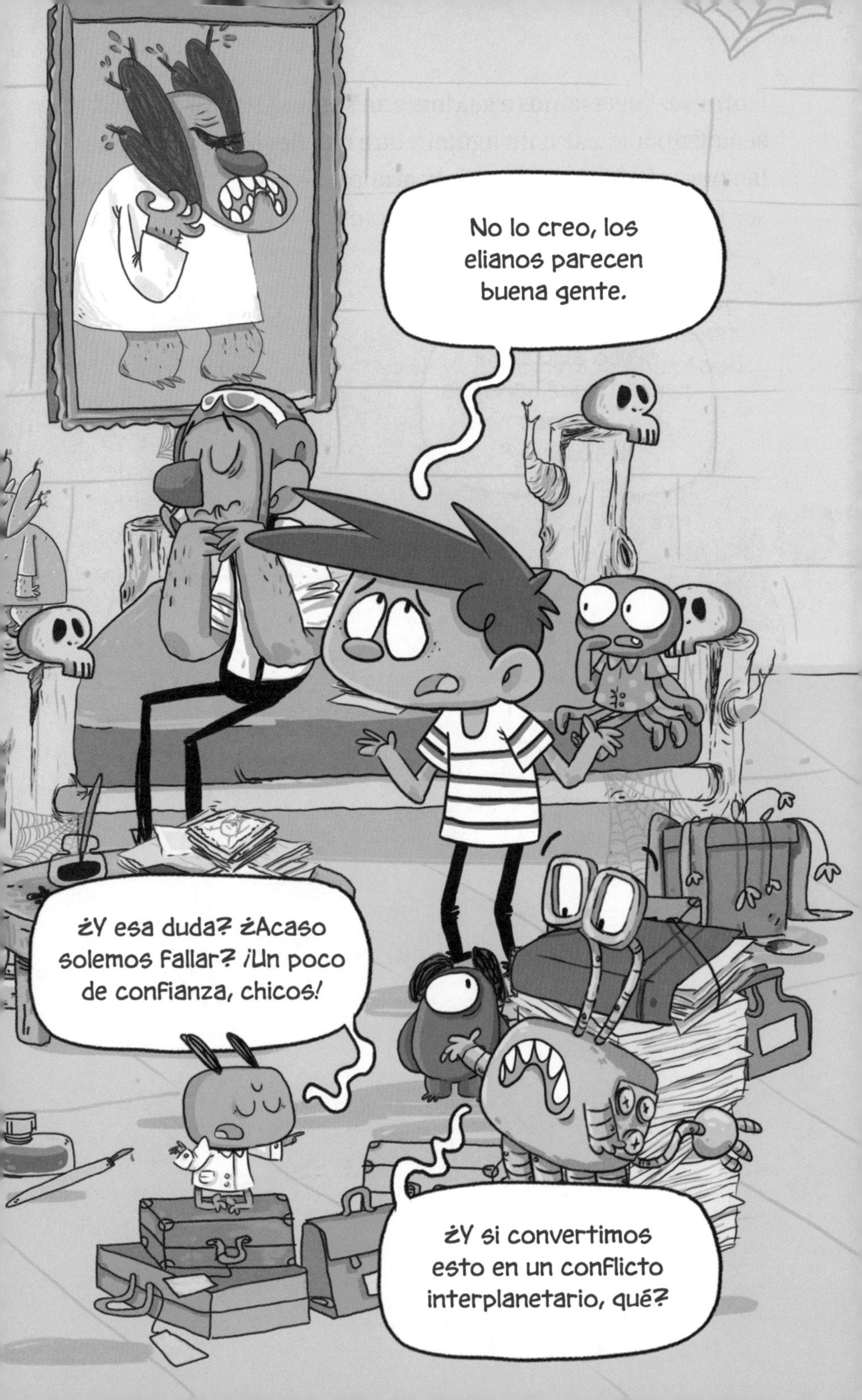
No lo creo, los elianos parecen buena gente.
¿Y esa duda? ¿Acaso solemos fallar? ¡Un poco de confianza, chicos!
¿Y si convertimos esto en un conflicto interplanetario, qué?

Y otra vez regresamos a la Montaña Verde. Nuestro plan era muy sencillo: Hole haría un agujero que nos llevaría hasta el lado de la nave y Drílocks se multiplicaría para poder entrar en ella sin ser visto. Y así liberaríamos al Doctor.

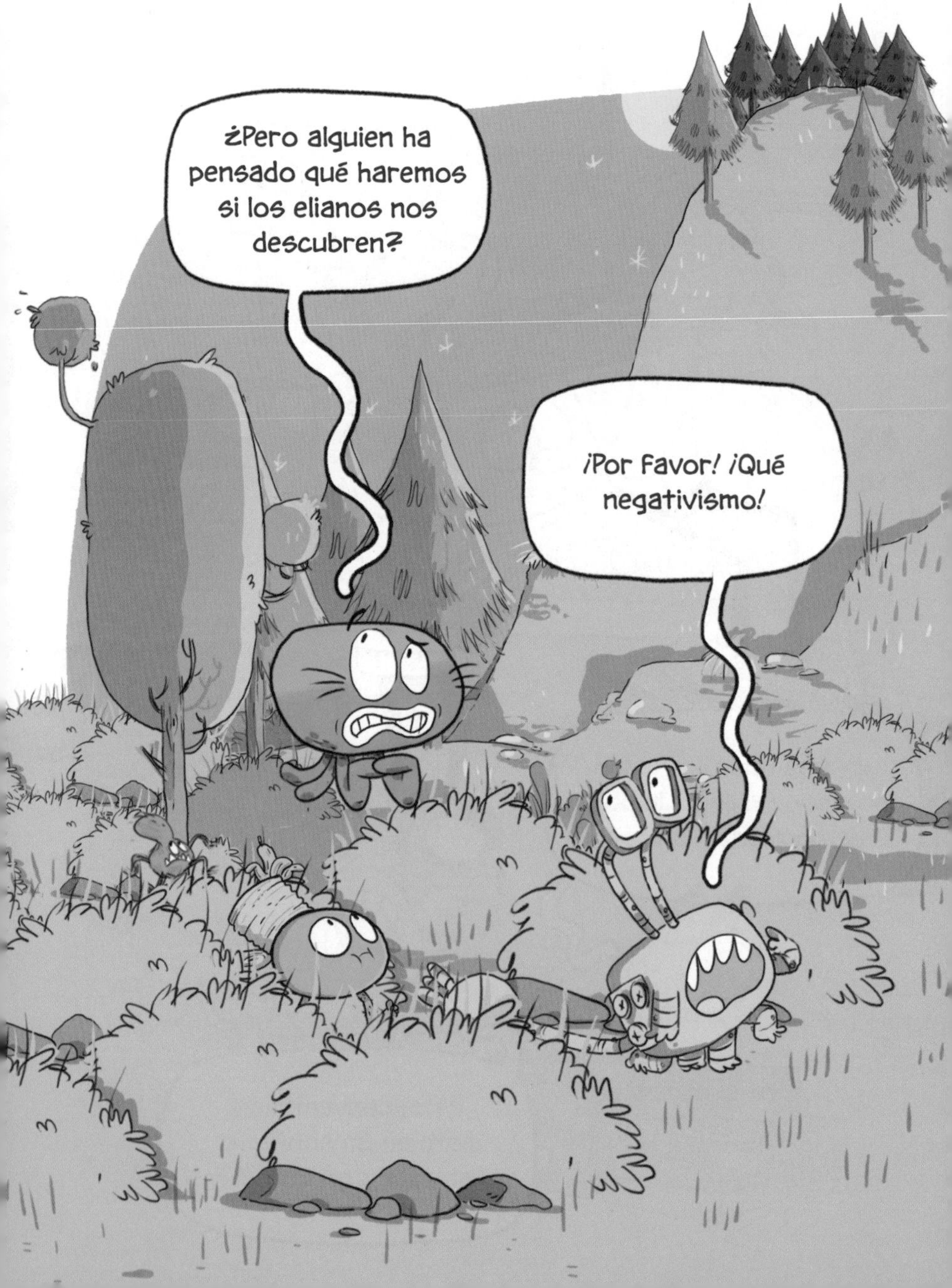
¿Pero alguien ha pensado qué haremos si los elianos nos descubren?
¡Por favor! ¡Qué negativismo!

Desde la cima de la Montaña Verde pudimos ver que los elianos estaban recogiendo materiales, mientras algunos de ellos manipulaban el ordenador de la nave.

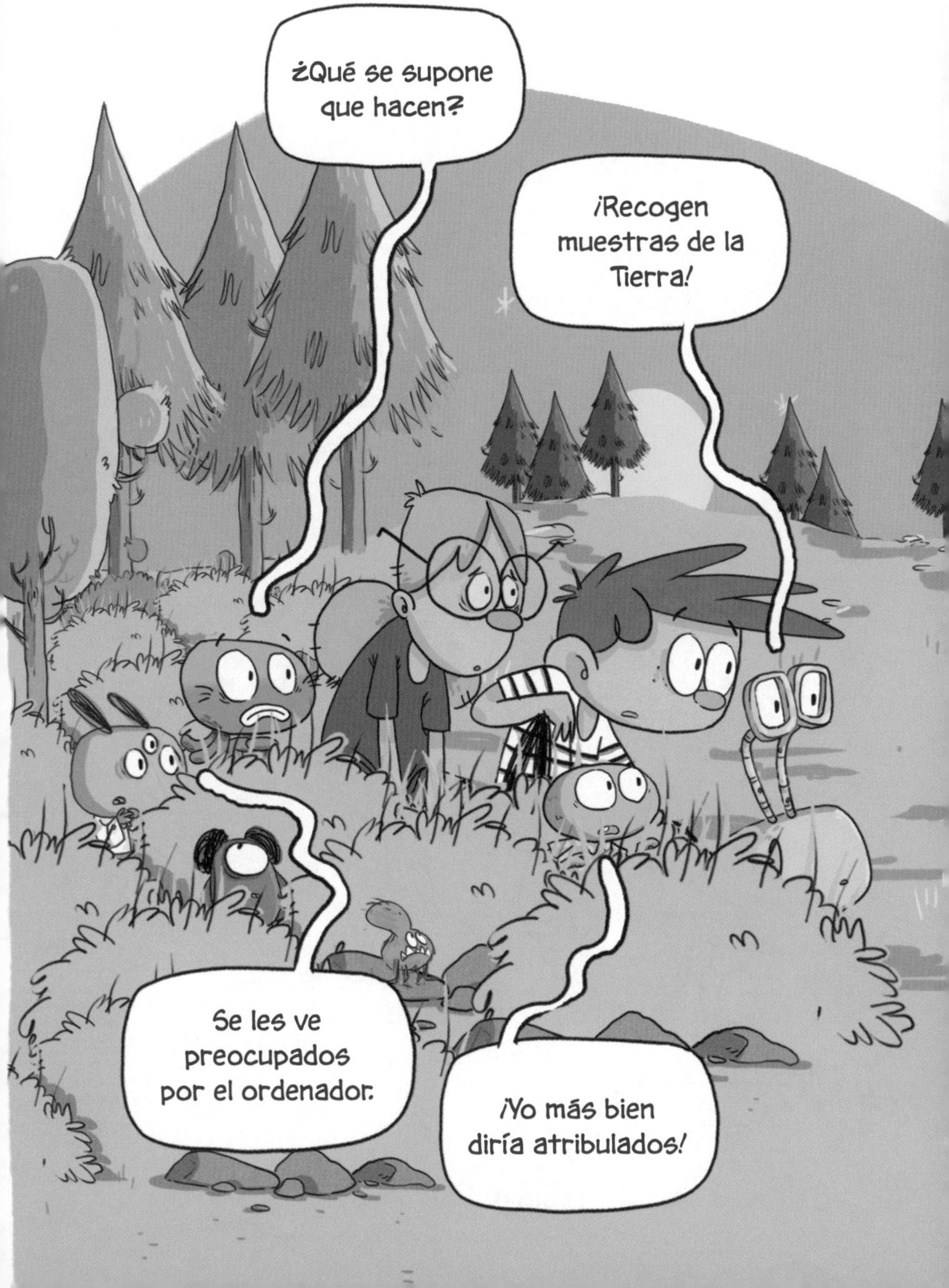

¿Qué se supone que hacen?
¡Recogen muestras de la Tierra!
Se les ve preocupados por el ordenador.
¡Yo más bien diría atribulados!

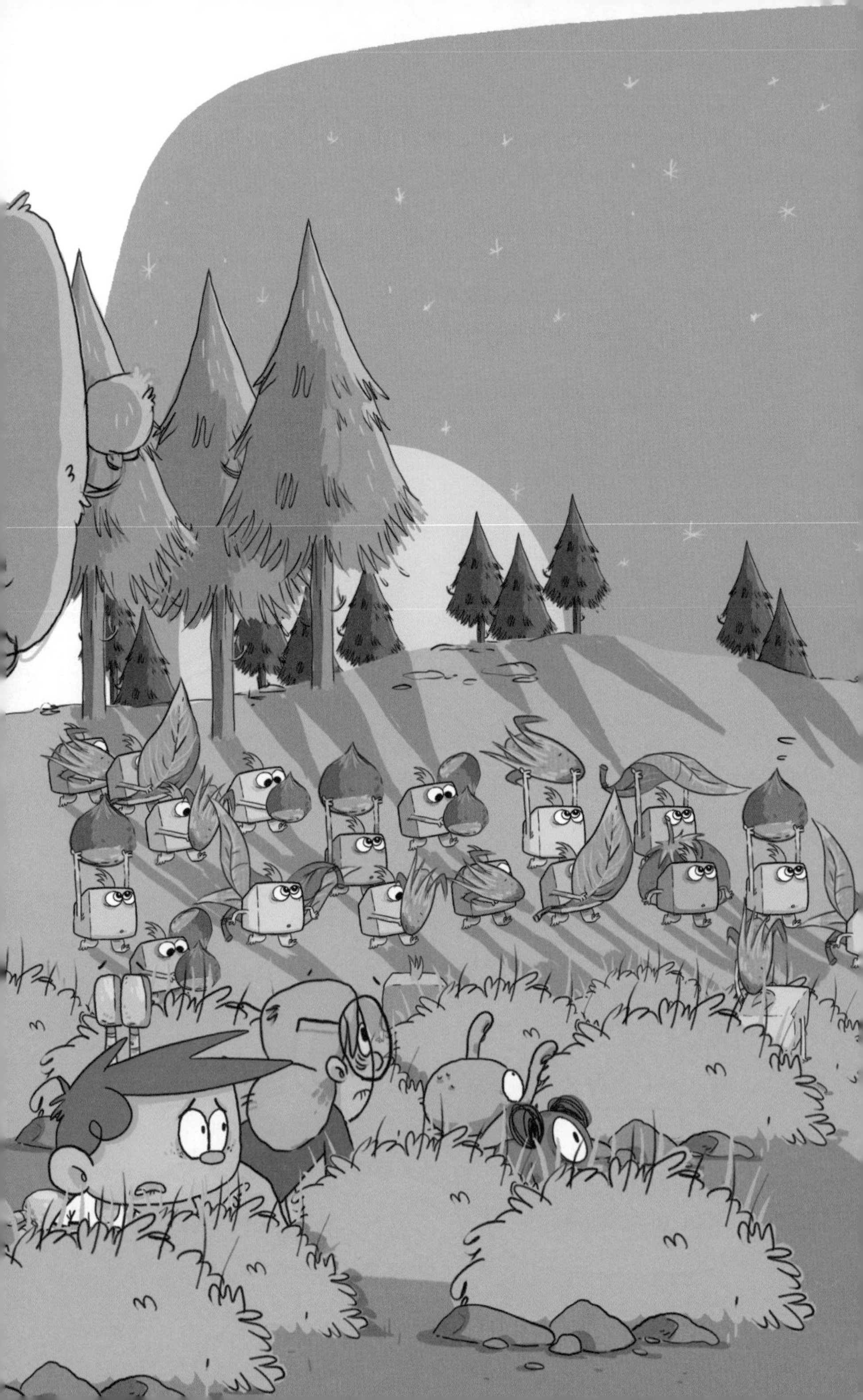

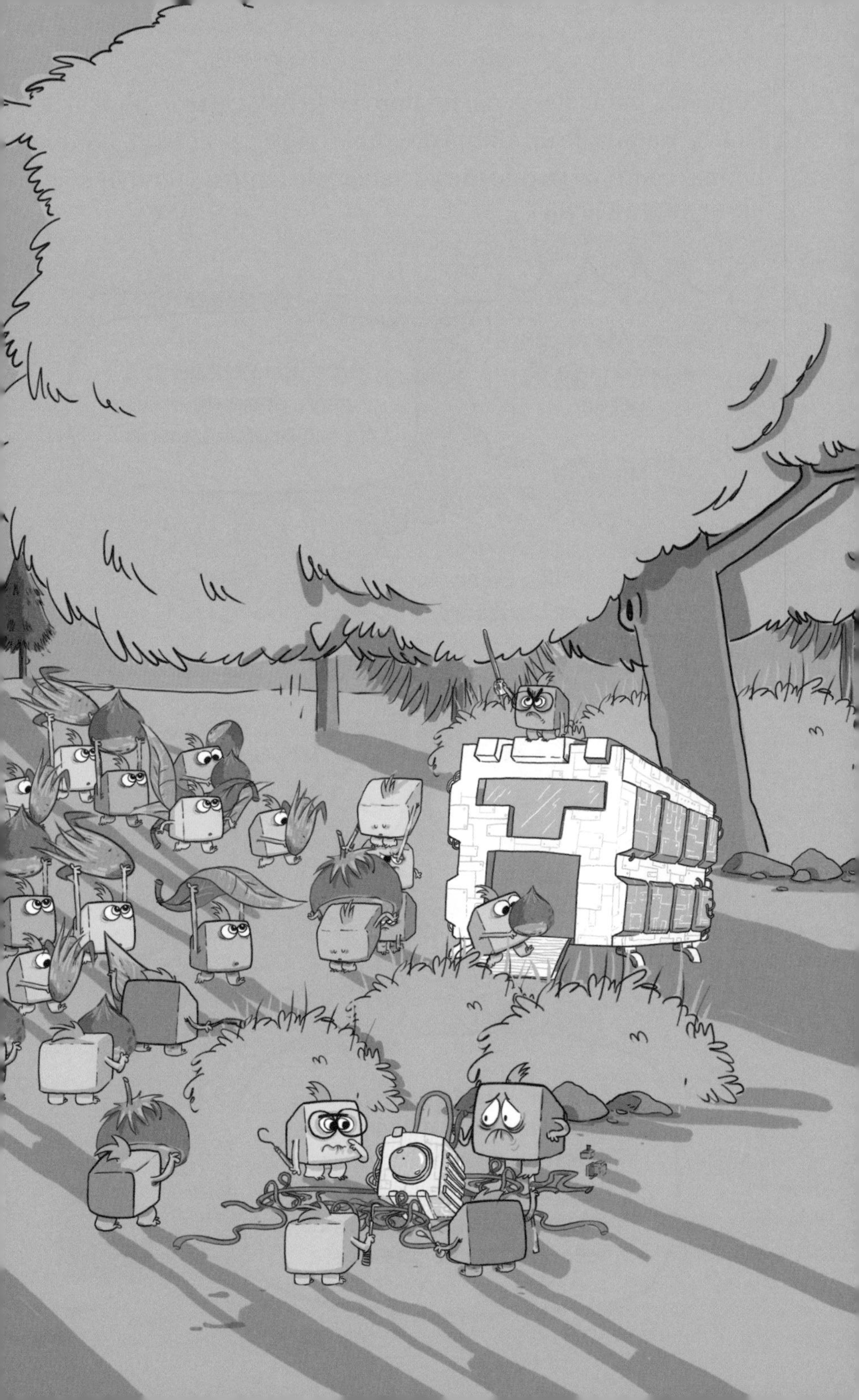

Como iba para largo, cogí un libro de la bolsa y se lo pasé al Sr. Flat. Se trataba de un álbum de cómic, *Tintín en el Tíbet*, porque Emma, como sabía que me gustaban, de tanto en tanto me ponía alguno en la bolsa.

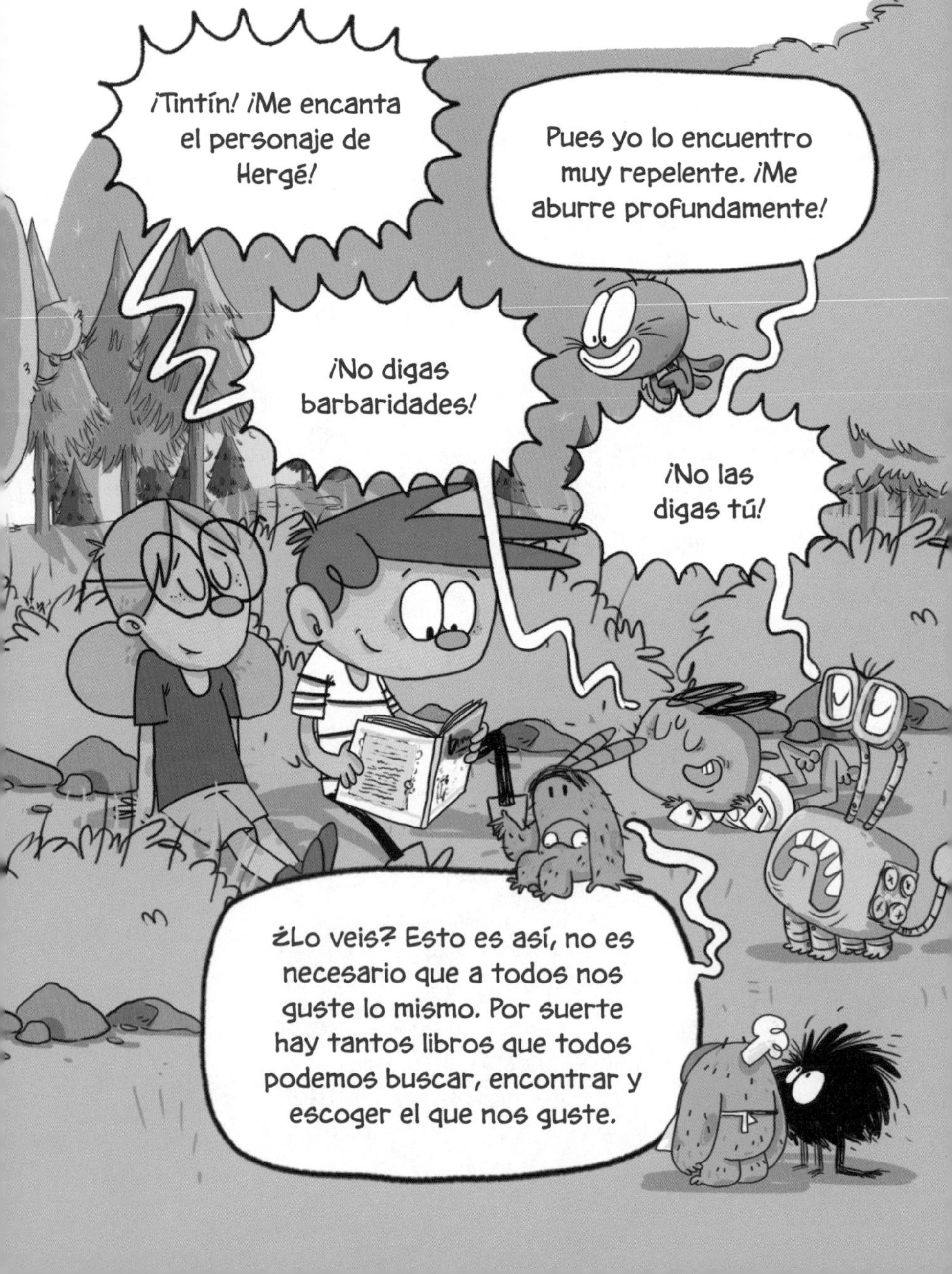

¡Tintín! ¡Me encanta el personaje de Hergé!
Pues yo lo encuentro muy repelente. ¡Me aburre profundamente!
¡No digas barbaridades!
¡No las digas tú!
¿Lo veis? Esto es así, no es necesario que a todos nos guste lo mismo. Por suerte hay tantos libros que todos podemos buscar, encontrar y escoger el que nos guste.

A mí me gustó mucho *Tintín en el Tíbet*, a Lidia creo que no tanto, pero los dos estábamos de acuerdo en una cosa: ¡nos habría gustado tener un perro como Milú!

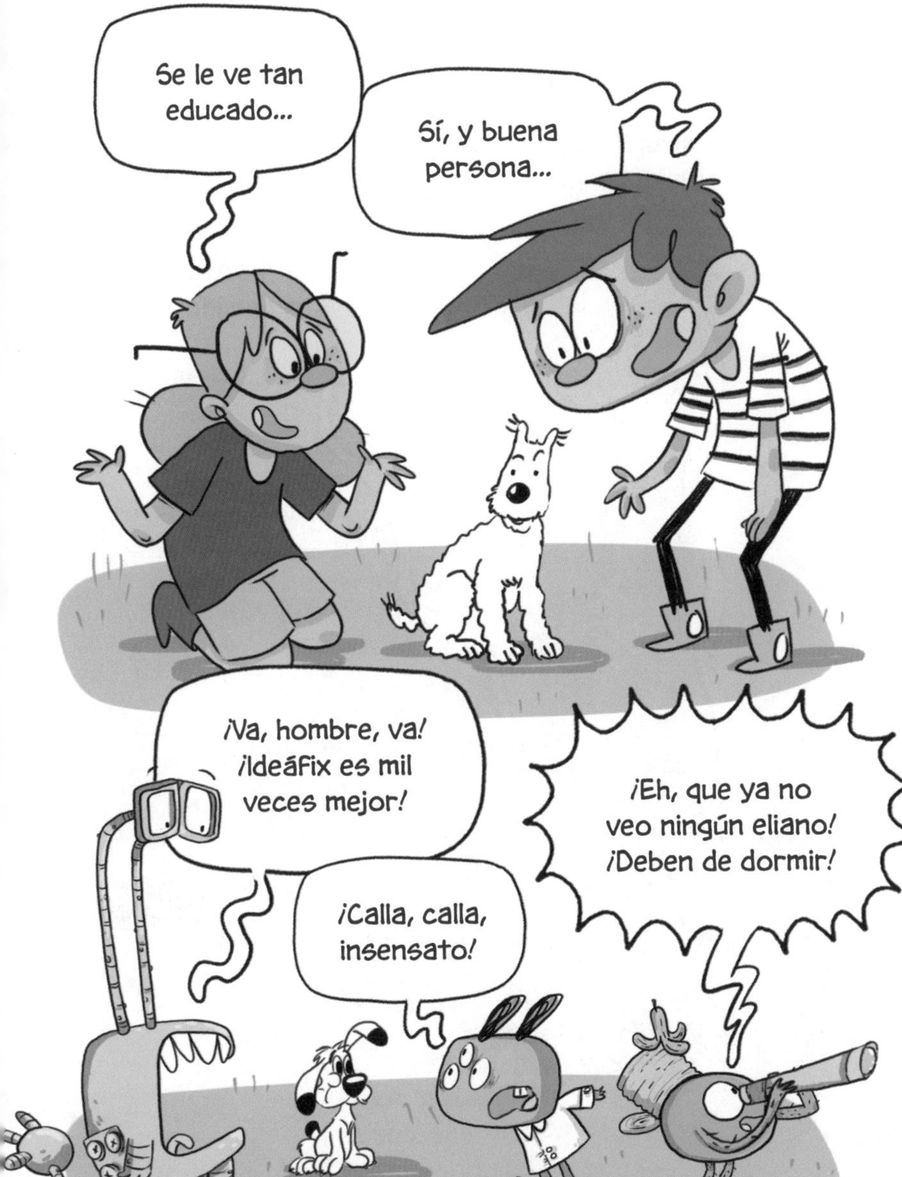

Se le ve tan educado...
Sí, y buena persona...
¡Va, hombre, va! ¡Ideáfix es mil veces mejor!
¡Calla, calla, insensato!
¡Eh, que ya no veo ningún eliano! ¡Deben de dormir!

Había llegado el momento de actuar y lo hicimos rápido. Quedaban solo dos horas para que los elianos se fueran para siempre de nuestro planeta y no podíamos fallar. Solo tendríamos una oportunidad.

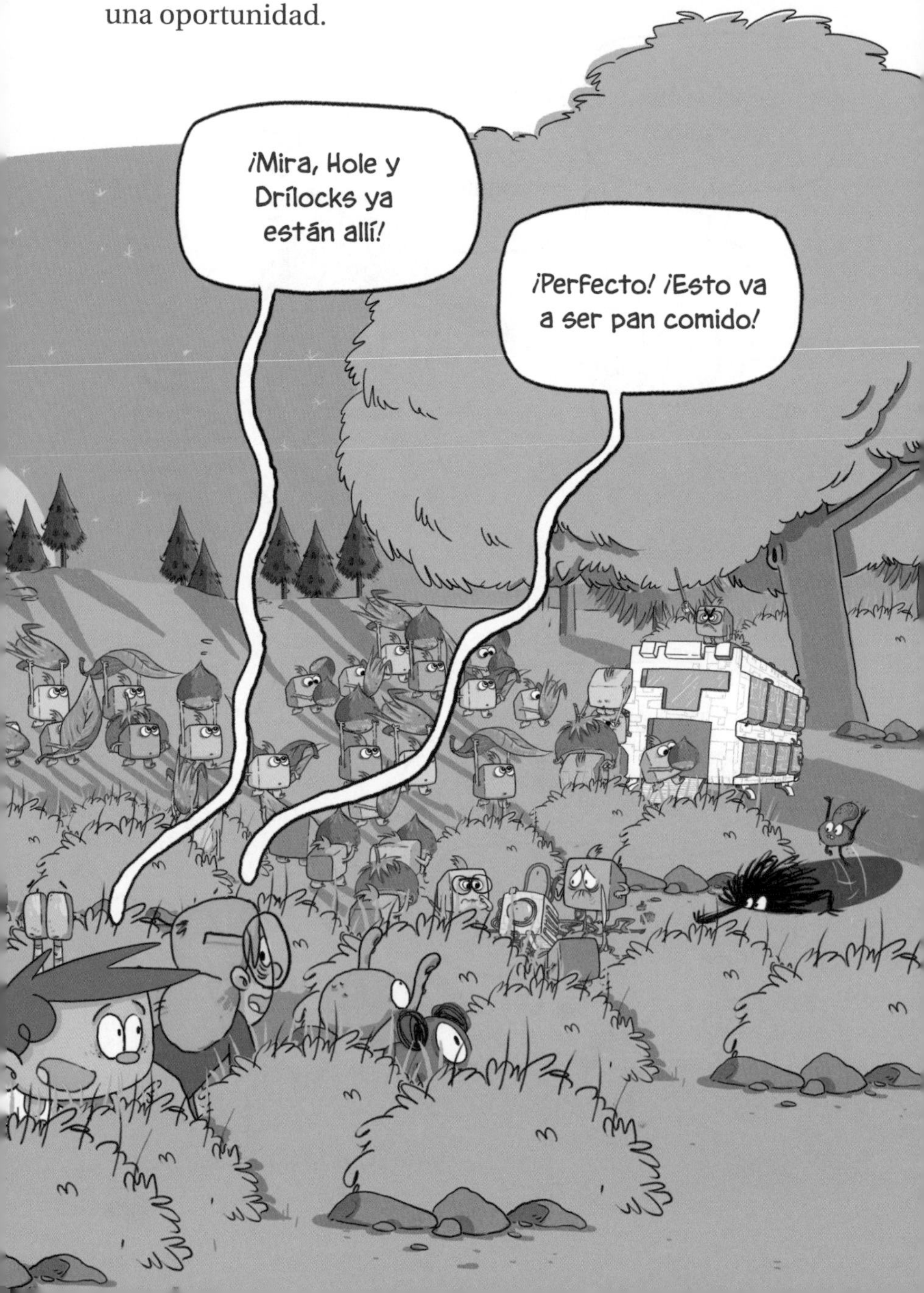
¡Mira, Hole y Drílocks ya están allí!
¡Perfecto! ¡Esto va a ser pan comido!

Pero subestimamos totalmente a los elianos. Dos segundos después de que Hole y Drílocks hubieran llegado a la nave los elianos los rodearon.

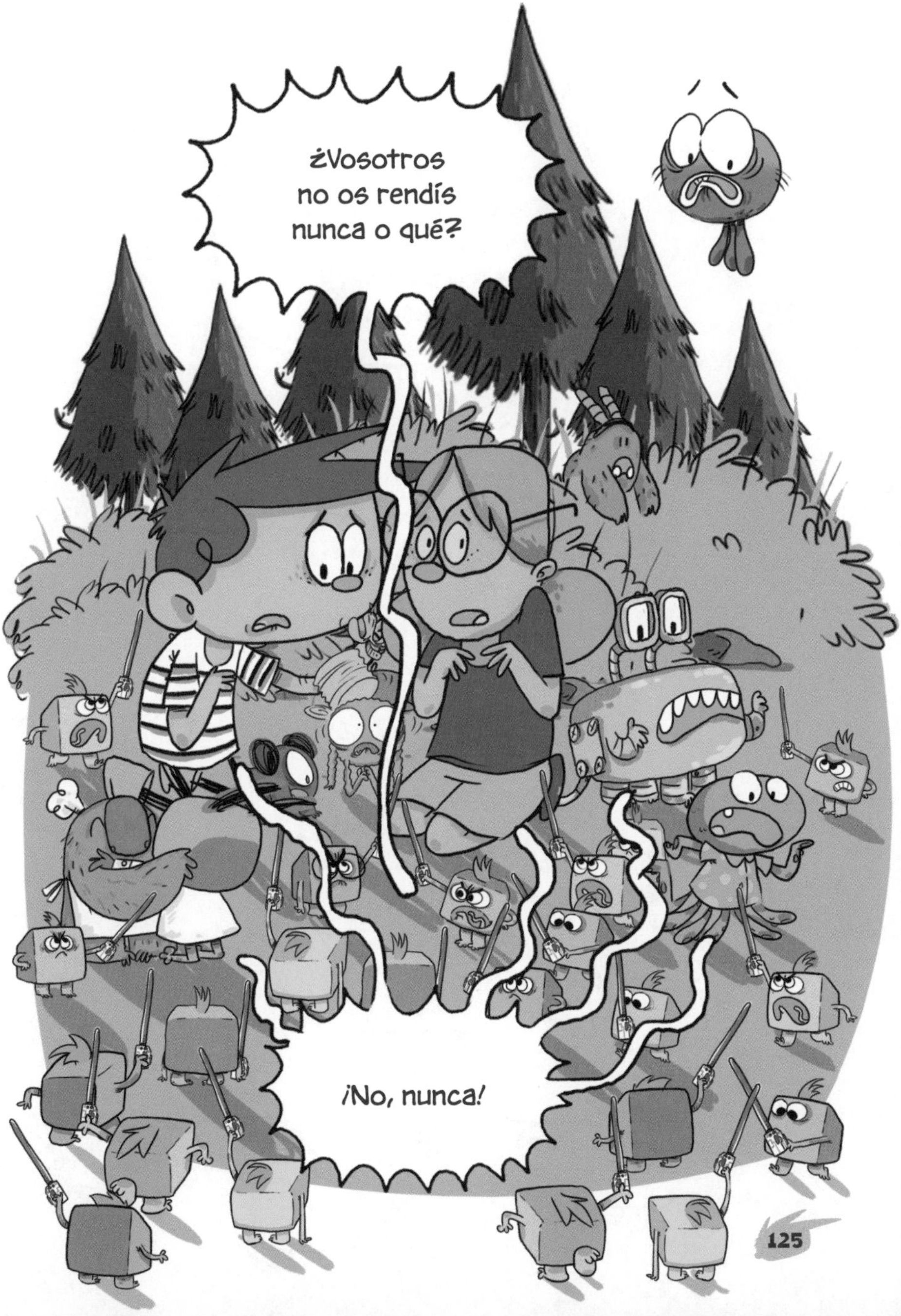
¿Vosotros no os rendís nunca o qué?
¡No, nunca!

Creímos que los elianos iban a enfadarse mucho con nosotros, pero su lógica les decía que era normal que nosotros quisiéramos liberar al Doctor. Más o menos nos estaban diciendo esto cuando nos dimos cuenta de que les pasaba algo.

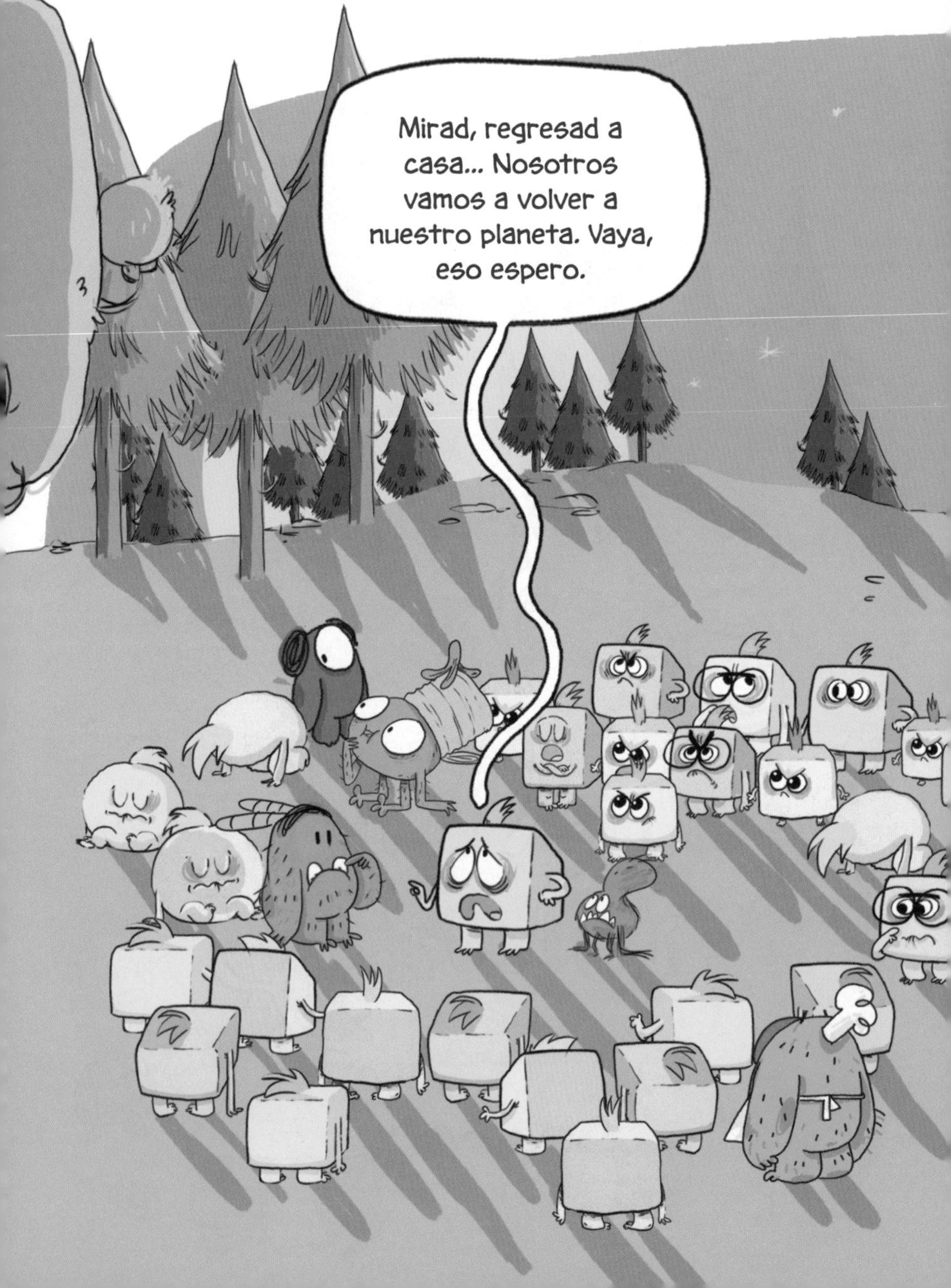
Mirad, regresad a casa... Nosotros vamos a volver a nuestro planeta. Vaya, eso espero.

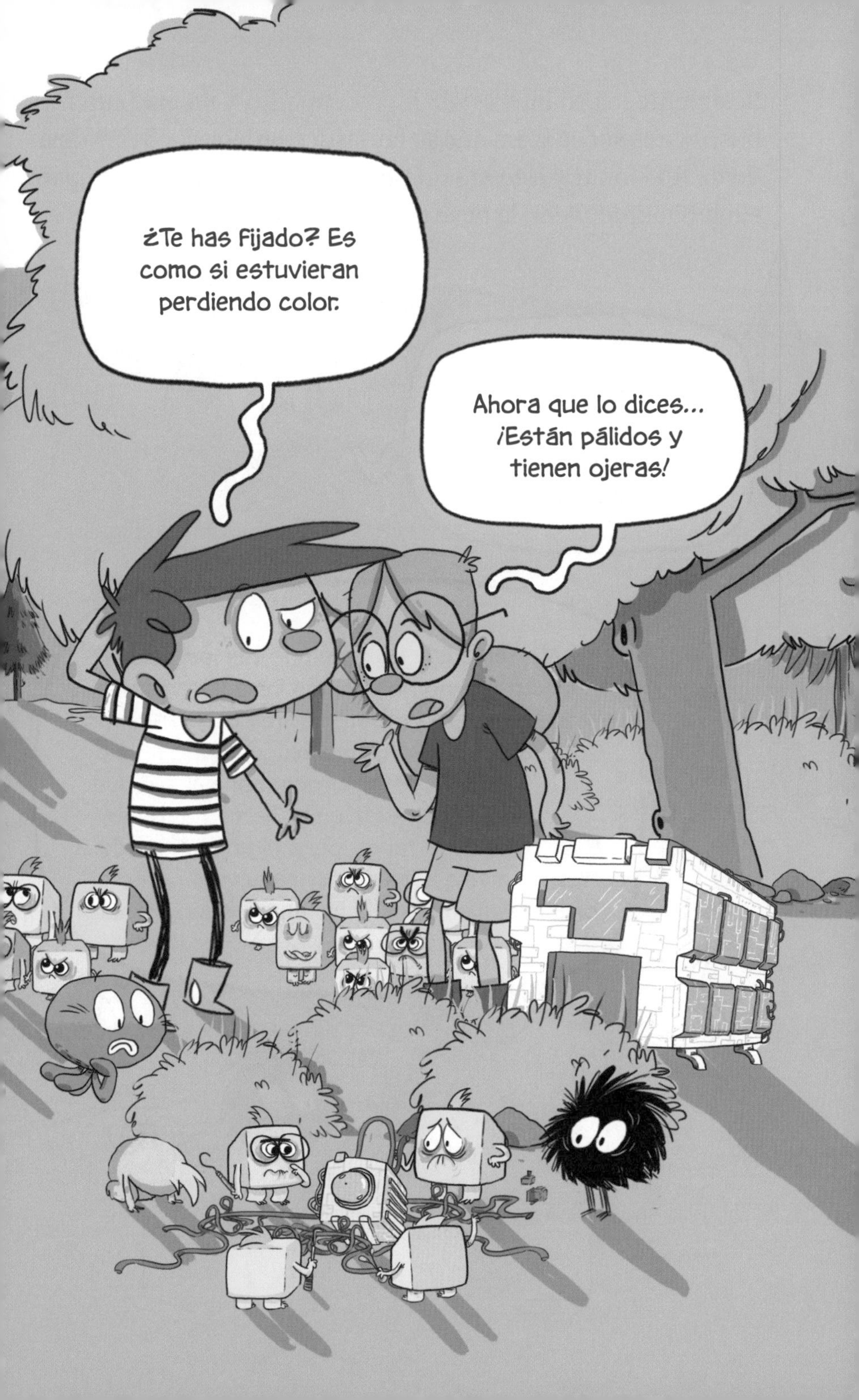
¿Te has fijado? Es como si estuvieran perdiendo color.
Ahora que lo dices... ¡Están pálidos y tienen ojeras!

Realmente los elianos estaban preocupados y no era para menos. Lo que sucedía era que su fantástico ordenador había dejado de funcionar y esto era un problema grave. Sobre todo para ellos. Sin ordenador, la nave no podía emprender el vuelo.

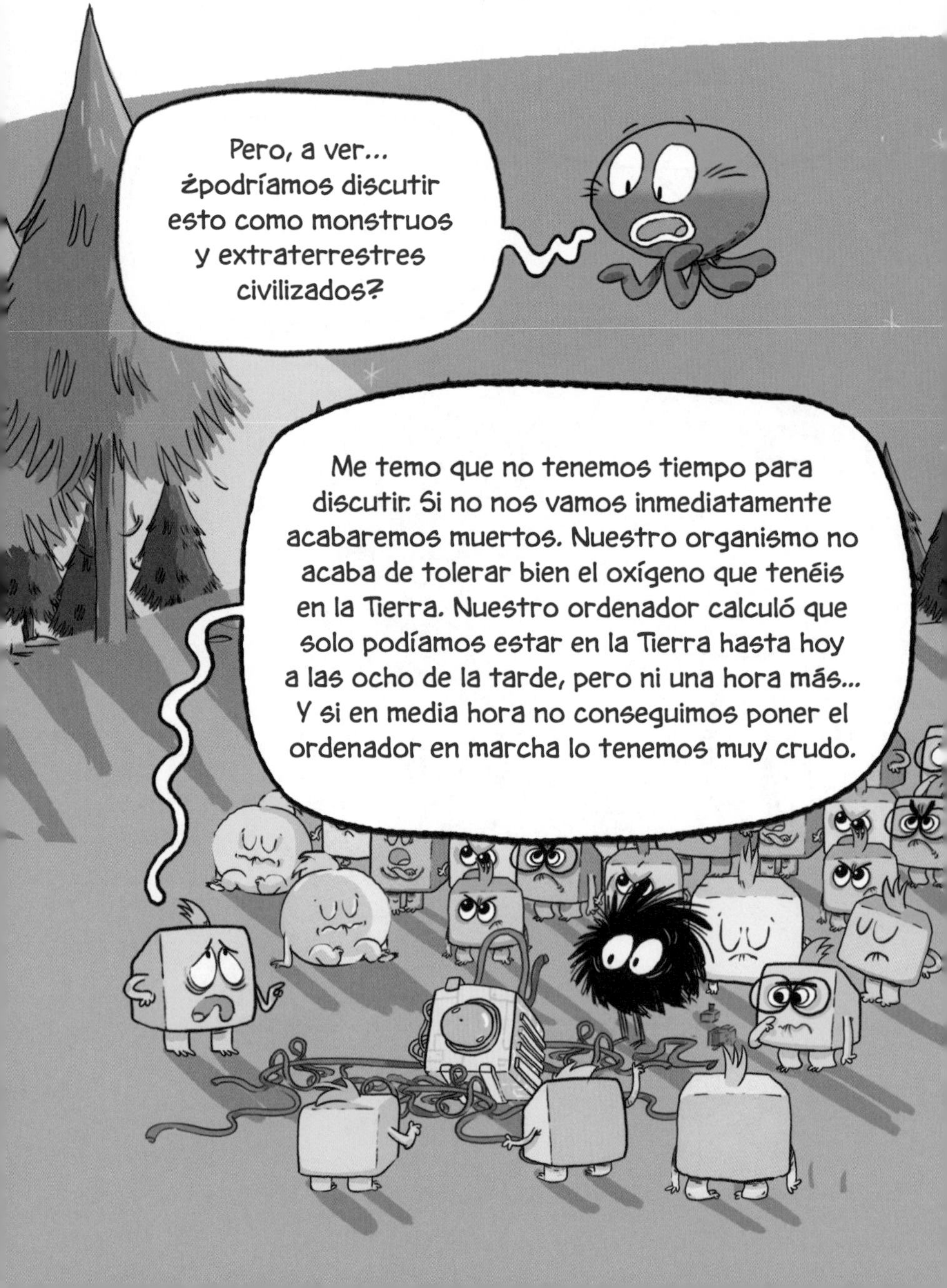

Pero, a ver... ¿podríamos discutir esto como monstruos y extraterrestres civilizados?
Me temo que no tenemos tiempo para discutir. Si no nos vamos inmediatamente acabaremos muertos. Nuestro organismo no acaba de tolerar bien el oxígeno que tenéis en la Tierra. Nuestro ordenador calculó que solo podíamos estar en la Tierra hasta hoy a las ocho de la tarde, pero ni una hora más... Y si en media hora no conseguimos poner el ordenador en marcha lo tenemos muy crudo.

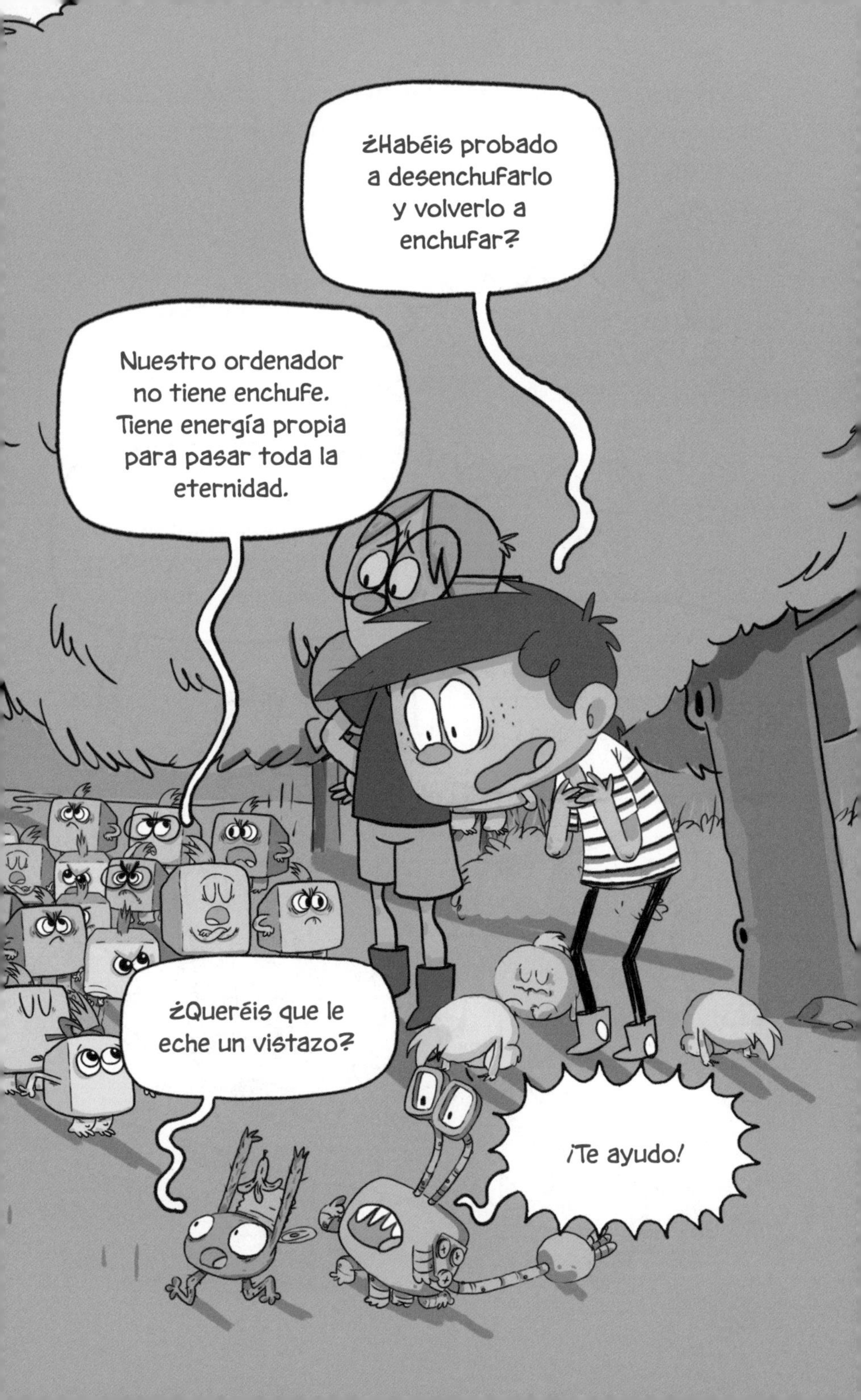
¿Habéis probado a desenchufarlo y volverlo a enchufar?
Nuestro ordenador no tiene enchufe. Tiene energía propia para pasar toda la eternidad.
¿Queréis que le eche un vistazo?
¡Te ayudo!

Efectivamente, Brex y Emmo echaron un vistazo al ordenador, pero desconocían totalmente la tecnología extraterrestre y no encontraron el problema.

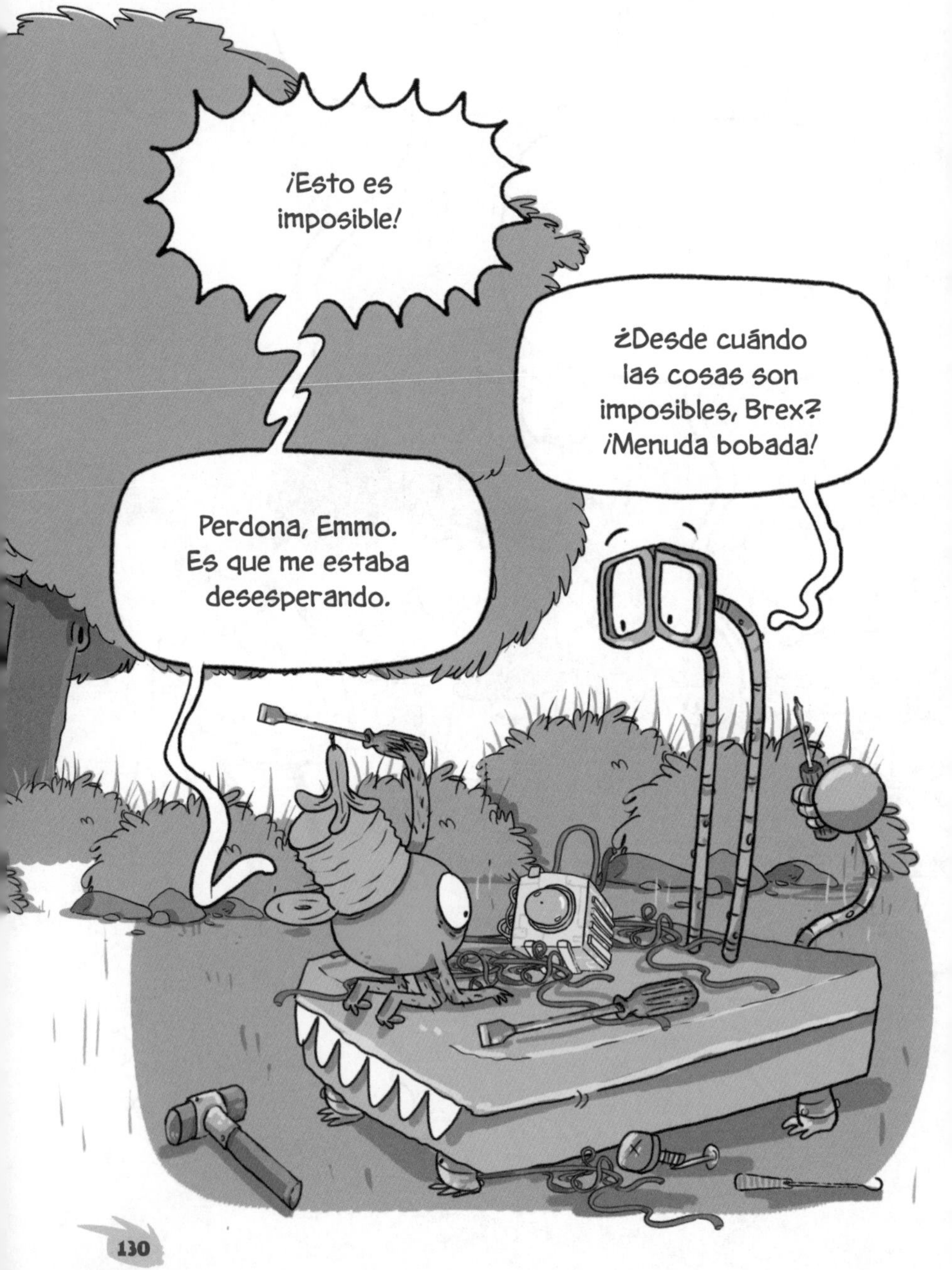

¡Esto es imposible!
¿Desde cuándo las cosas son imposibles, Brex? ¡Menuda bobada!
Perdona, Emmo. Es que me estaba desesperando.

Mientras Brex seguía intentando encontrar el problema del ordenador, uno de los elianos se desmayó. Fue una curiosa manera de desmayarse. Resultó que, cuando los elianos se desmayaban, se convertían en esferas, como pelotas.

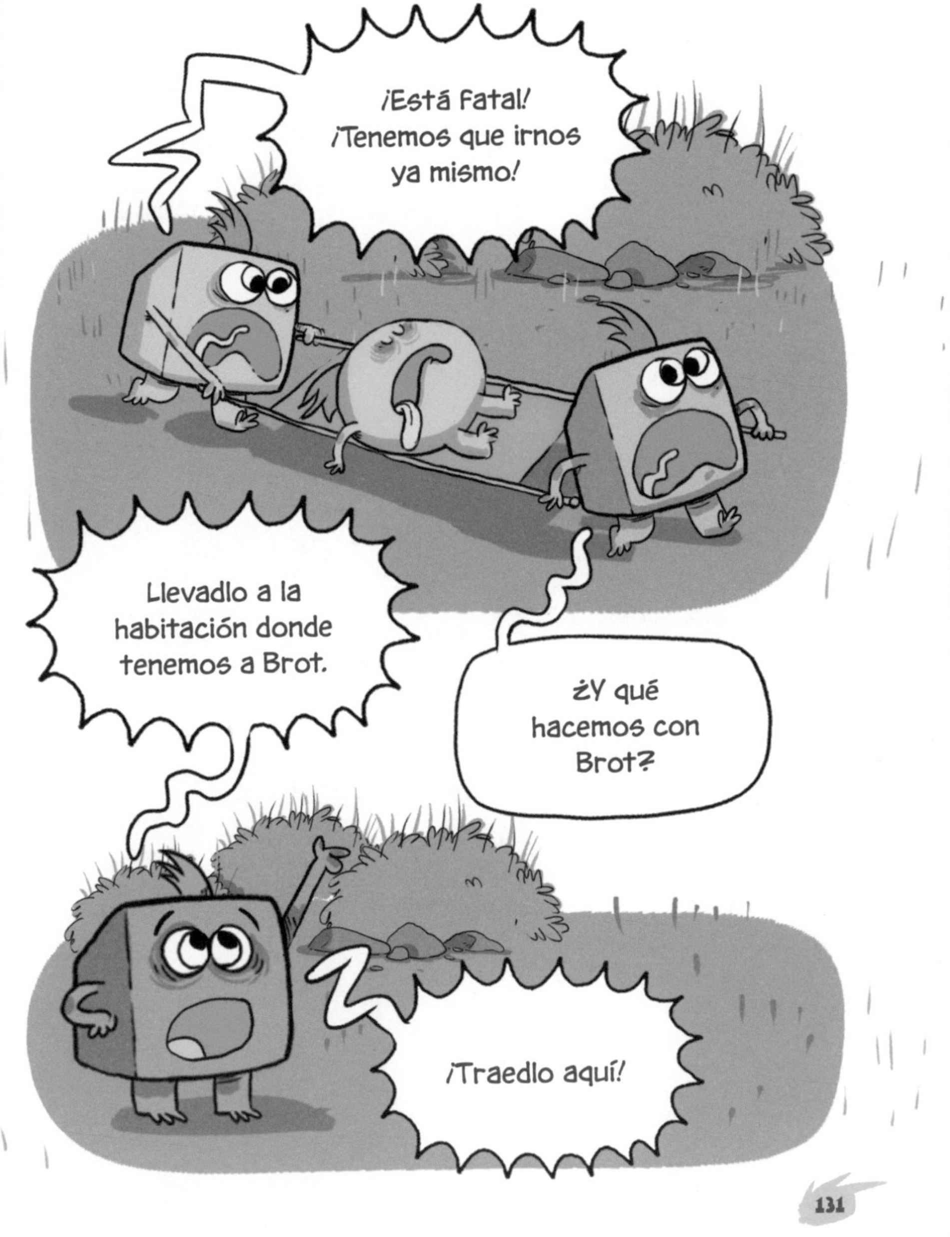

¡Está fatal! ¡Tenemos que irnos ya mismo!
Llevadlo a la habitación donde tenemos a Brot.
¿Y qué hacemos con Brot?
¡Traedlo aquí!

9

¡UNA!
¡UNA COSA BUENA!

Nos dimos cuenta de que además de ayudar al Dr. Brot era necesario ayudar a los extraterrestres, pero la tecnología del ordenador superaba claramente nuestros conocimientos.

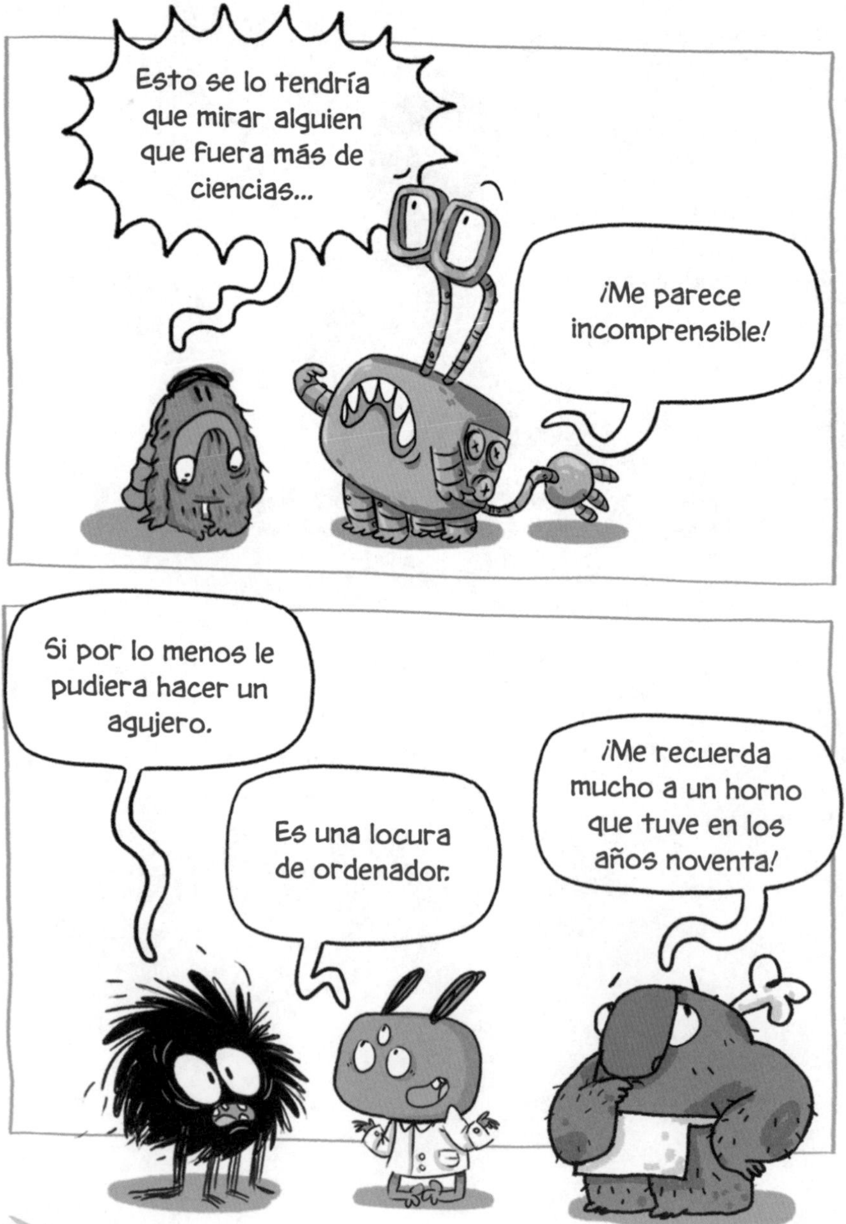
Esto se lo tendría que mirar alguien que fuera más de ciencias...
¡Me parece incomprensible!
Si por lo menos le pudiera hacer un agujero.
Es una locura de ordenador.
¡Me recuerda mucho a un horno que tuve en los años noventa!

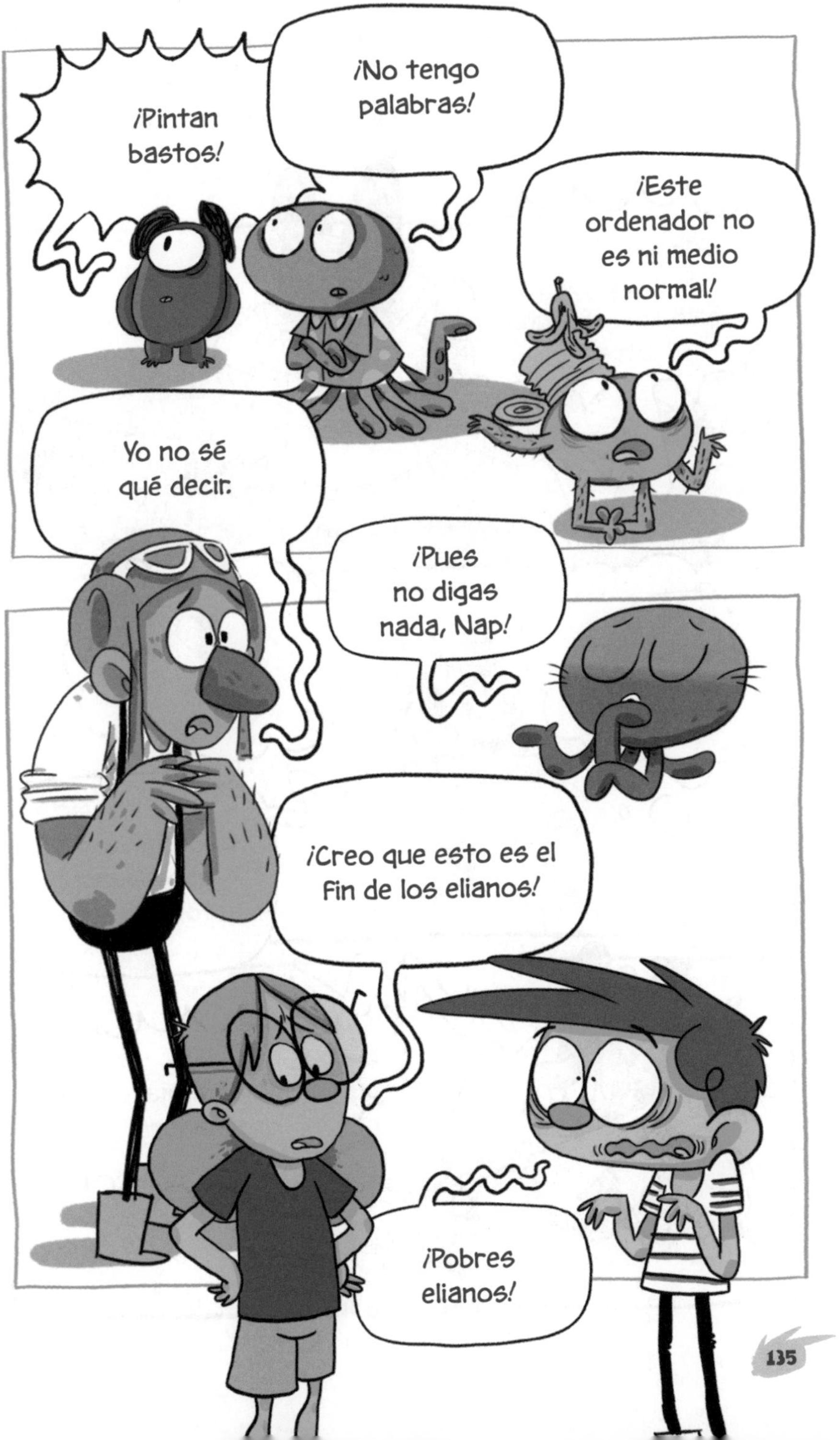
¡Pintan bastos!
¡No tengo palabras!
¡Este ordenador no es ni medio normal!
Yo no sé qué decir.
¡Pues no digas nada, Nap!
¡Creo que esto es el fin de los elianos!
¡Pobres elianos!

Y entre que nosotros no sabíamos que hacer y que los elianos cada vez se encontraban peor, nos despistamos y el Dr. Brot aprovechó para llevar a cabo una de sus maldades. Lo hizo a una velocidad vertiginosa, en tres tiempos.

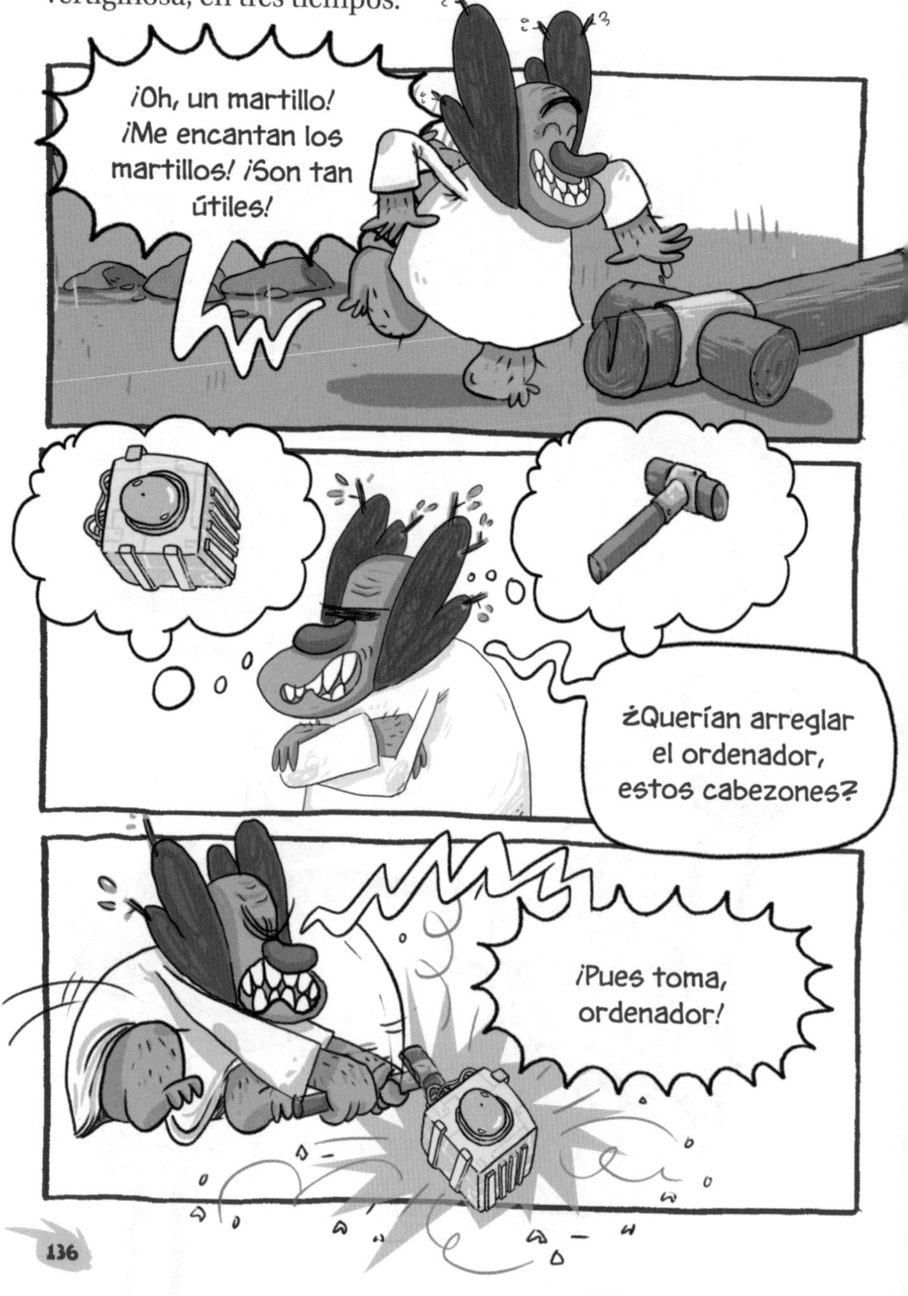
¡Oh, un martillo! ¡Me encantan los martillos! ¡Son tan útiles!
¿Querían arreglar el ordenador, estos cabezones?
¡Pues toma, ordenador!

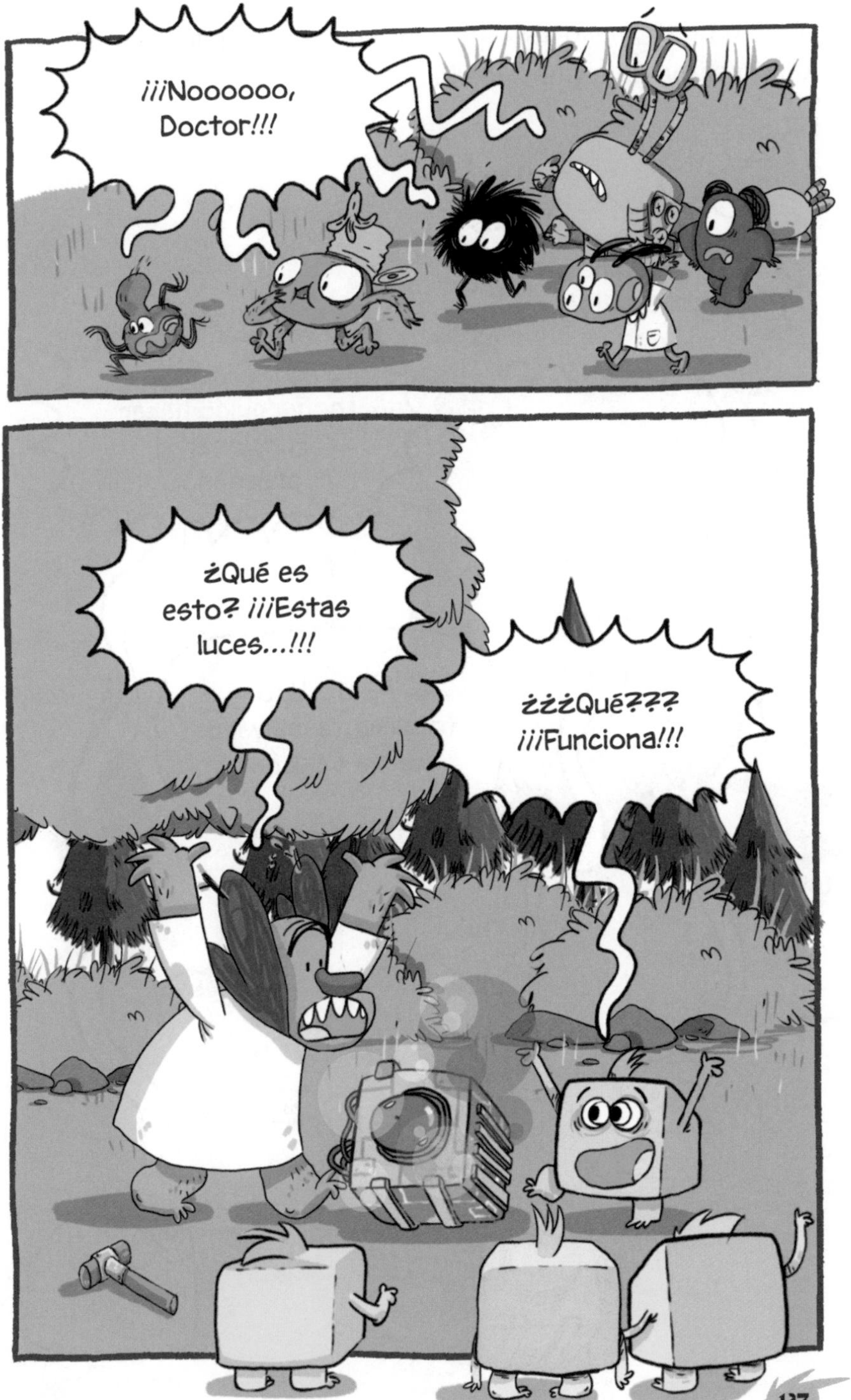
¡¡¡Noooooo, Doctor!!!
¿Qué es esto? ¡¡¡Estas luces...!!!
¿¿¿Qué??? ¡¡¡Funciona!!!

Y, de repente, pasó algo que ni en nuestros mejores sueños podíamos imaginar que sucediera.

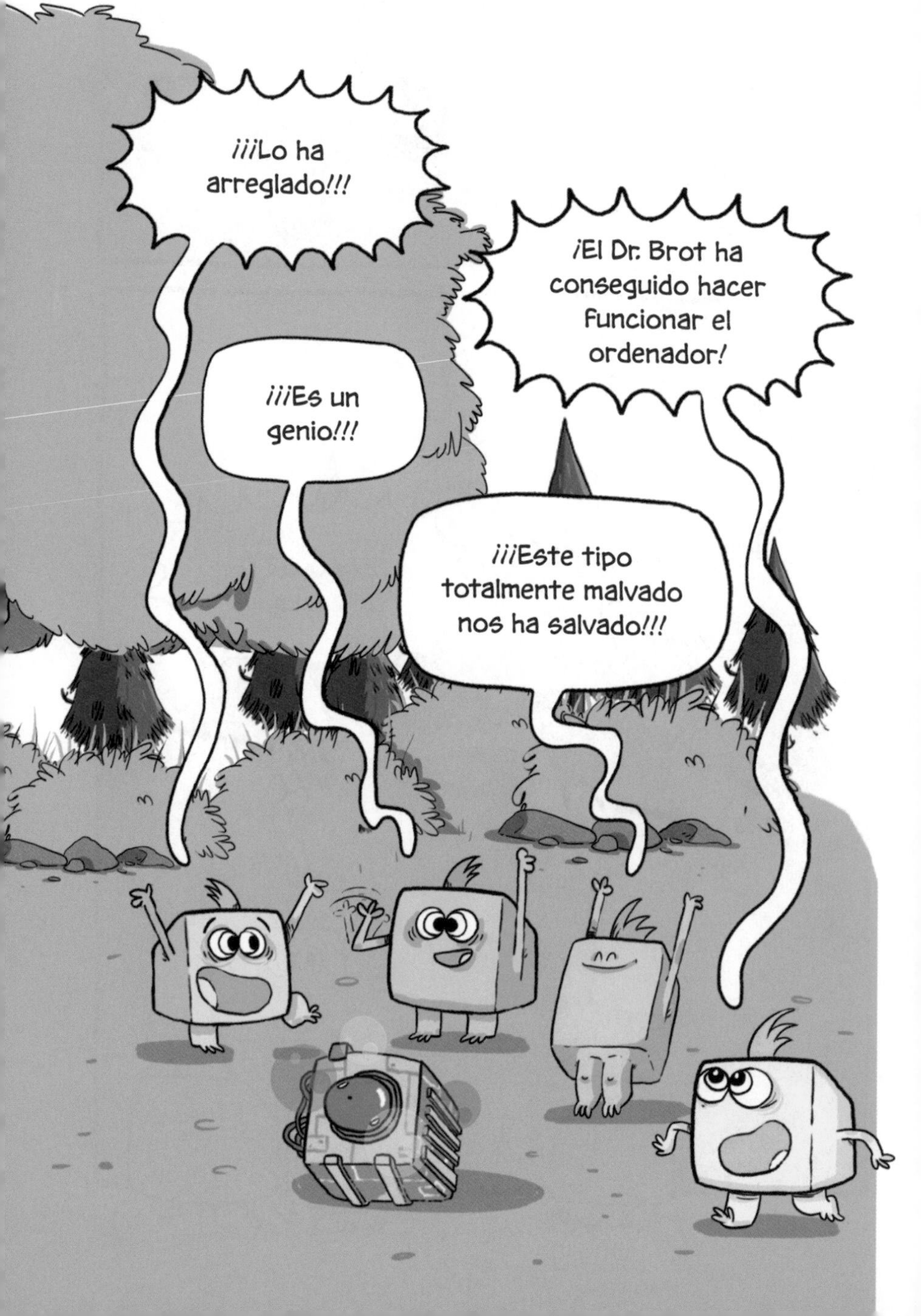
¡¡¡Lo ha arreglado!!!
¡El Dr. Brot ha conseguido hacer funcionar el ordenador!
¡¡¡Es un genio!!!
¡¡¡Este tipo totalmente malvado nos ha salvado!!!

Y entonces los elianos, aunque no disponían de mucho tiempo, y la mayor parte de ellos ya se habían convertido en pelotas, acordaron celebrar una cumbre para decidir qué debían hacer con el Dr. Brot.

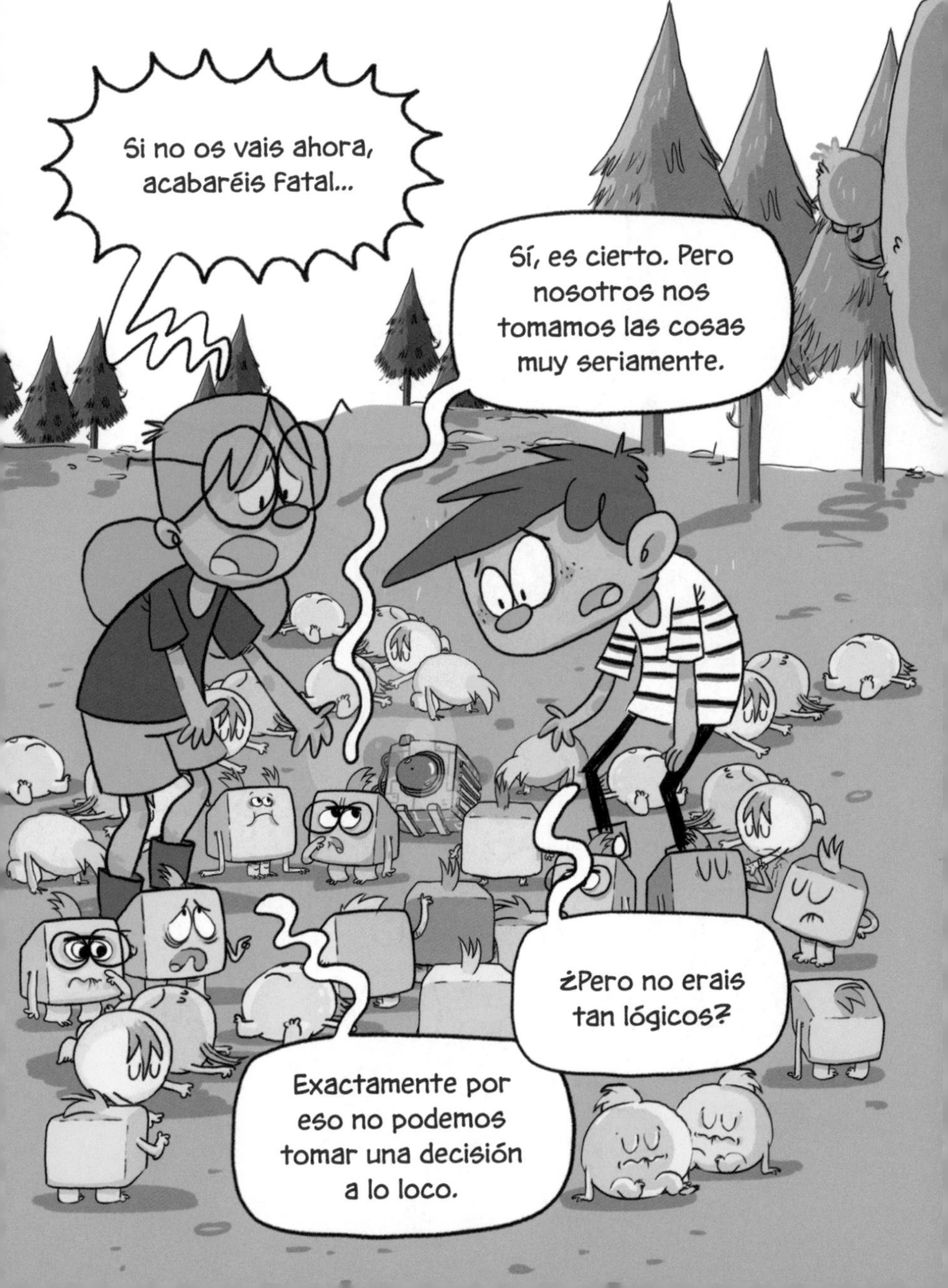
Si no os vais ahora, acabaréis fatal...
Sí, es cierto. Pero nosotros nos tomamos las cosas muy seriamente.
¿Pero no erais tan lógicos?
Exactamente por eso no podemos tomar una decisión a lo loco.

Tras una larga discusión, los elianos llegaron a un callejón sin salida: sabían perfectamente que el Dr. Brot había pretendido cargarse el ordenador, pero también era verdad que, por casualidad, gracias a él podrían volver a Eliana.

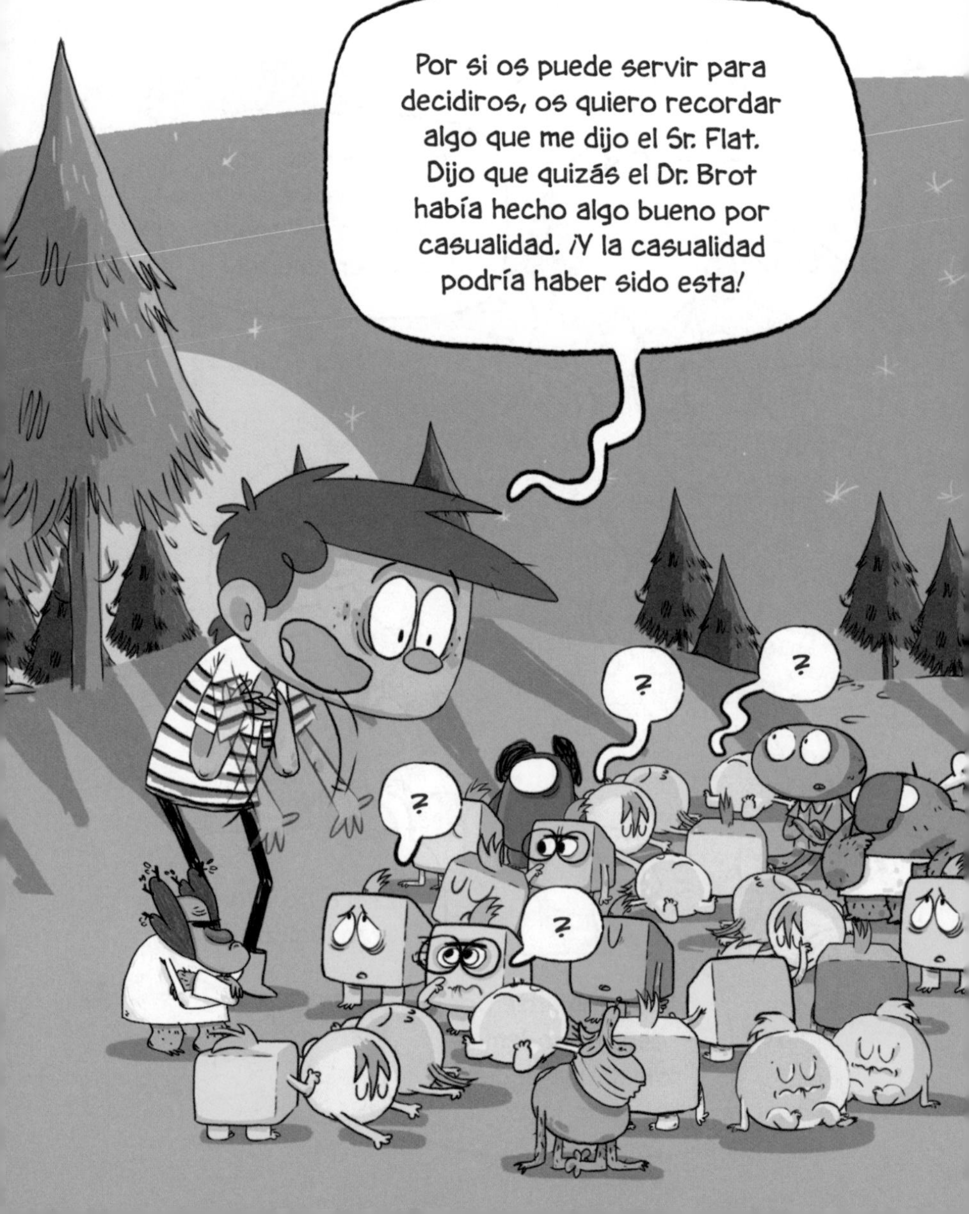
Por si os puede servir para decidiros, os quiero recordar algo que me dijo el Sr. Flat. Dijo que quizás el Dr. Brot había hecho algo bueno por casualidad. ¡Y la casualidad podría haber sido esta!
?
?
?
?

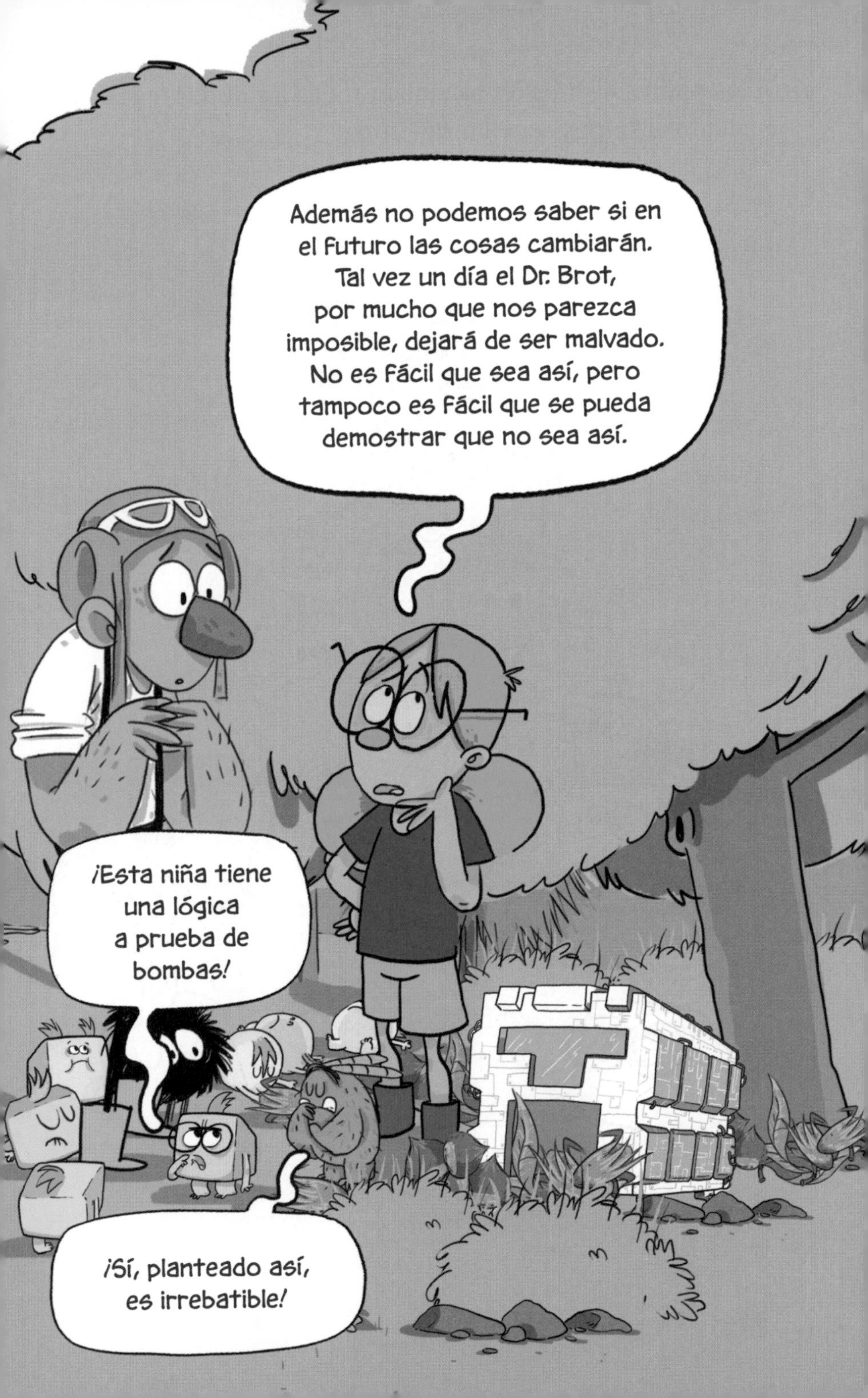
Además no podemos saber si en el futuro las cosas cambiarán. Tal vez un día el Dr. Brot, por mucho que nos parezca imposible, dejará de ser malvado. No es fácil que sea así, pero tampoco es fácil que se pueda demostrar que no sea así.
¡Esta niña tiene una lógica a prueba de bombas!
¡Sí, planteado así, es irrebatible!

A los pobres elianos les asaltaban todas las dudas, y entonces hicieron algo muy sencillo: votaron.

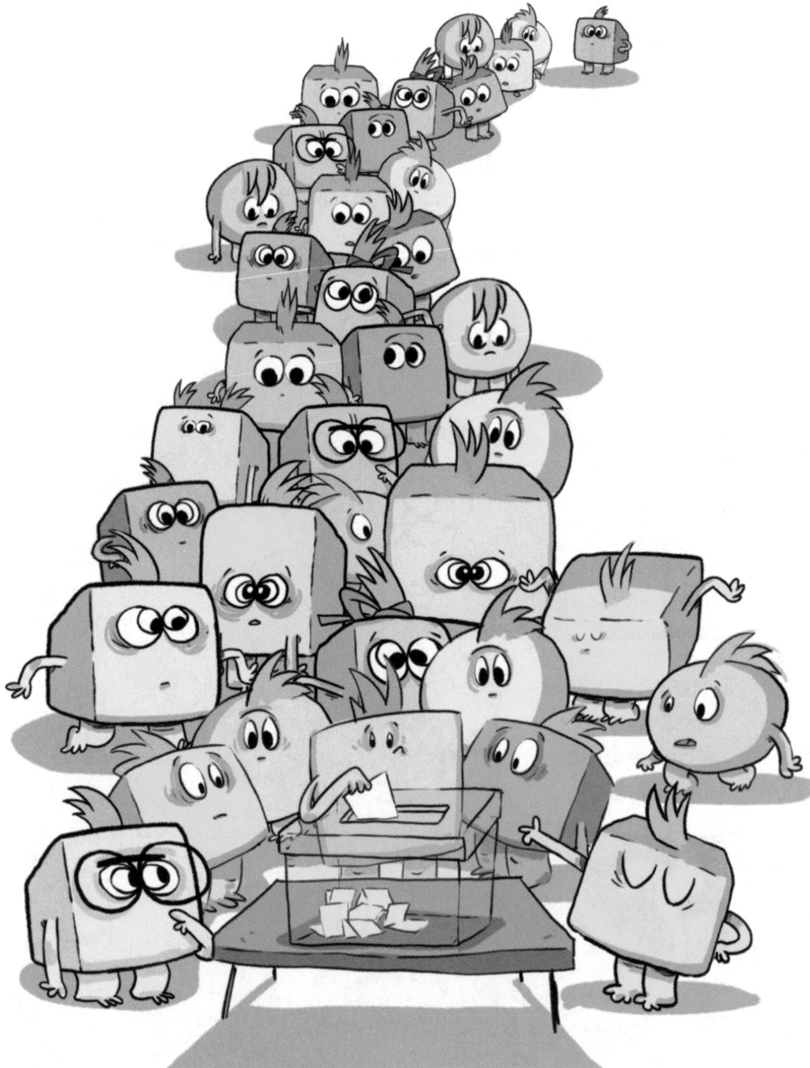

Tras la votación y el recuento de votos, los elianos nos comunicaron el resultado.

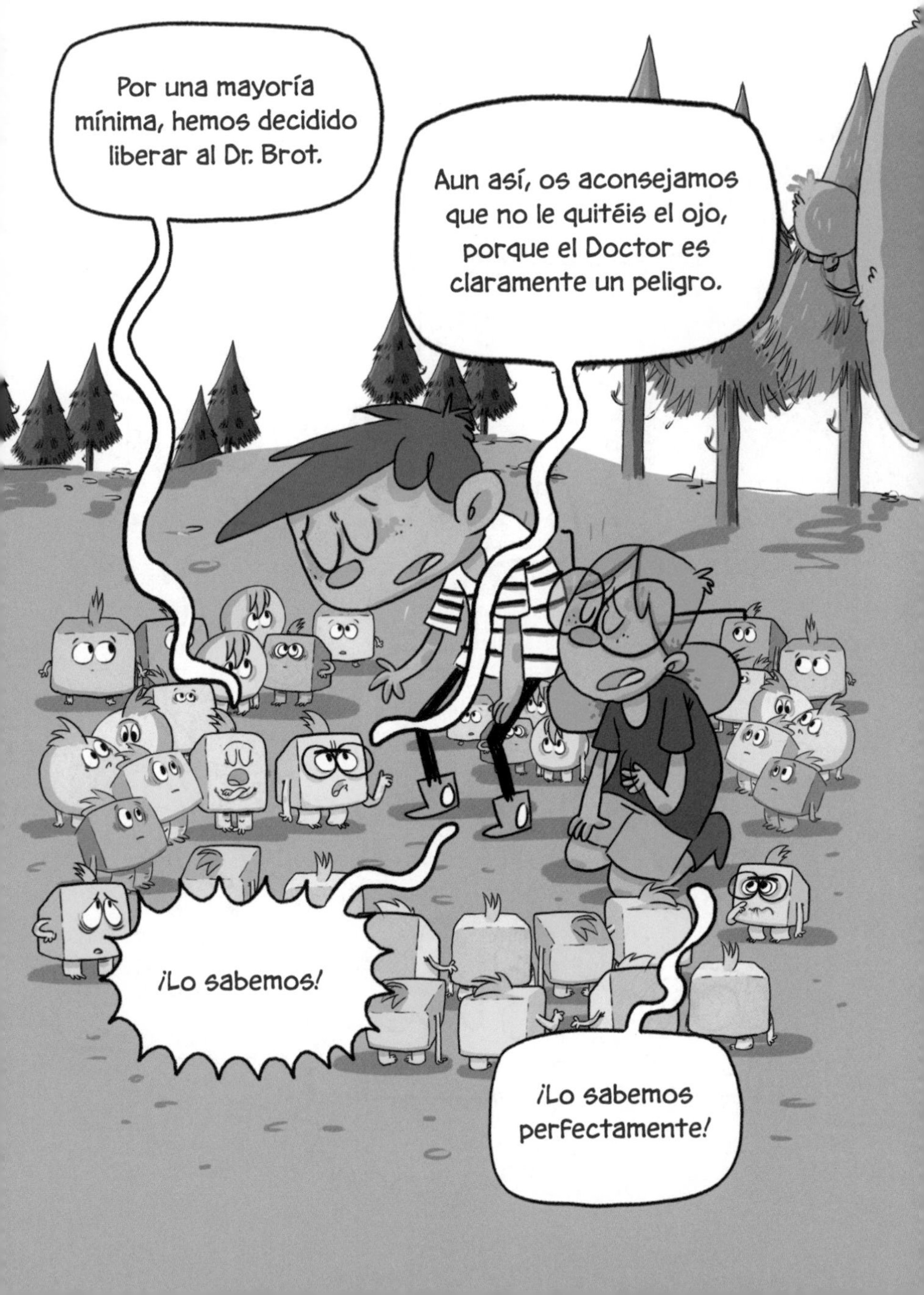
Por una mayoría mínima, hemos decidido liberar al Dr. Brot.
Aun así, os aconsejamos que no le quitéis el ojo, porque el Doctor es claramente un peligro.
¡Lo sabemos!
¡Lo sabemos perfectamente!

Acto seguido, los elianos nos entregaron al Dr. Brot. Bueno, nos entregaron su versión reducida al tamaño eliano.

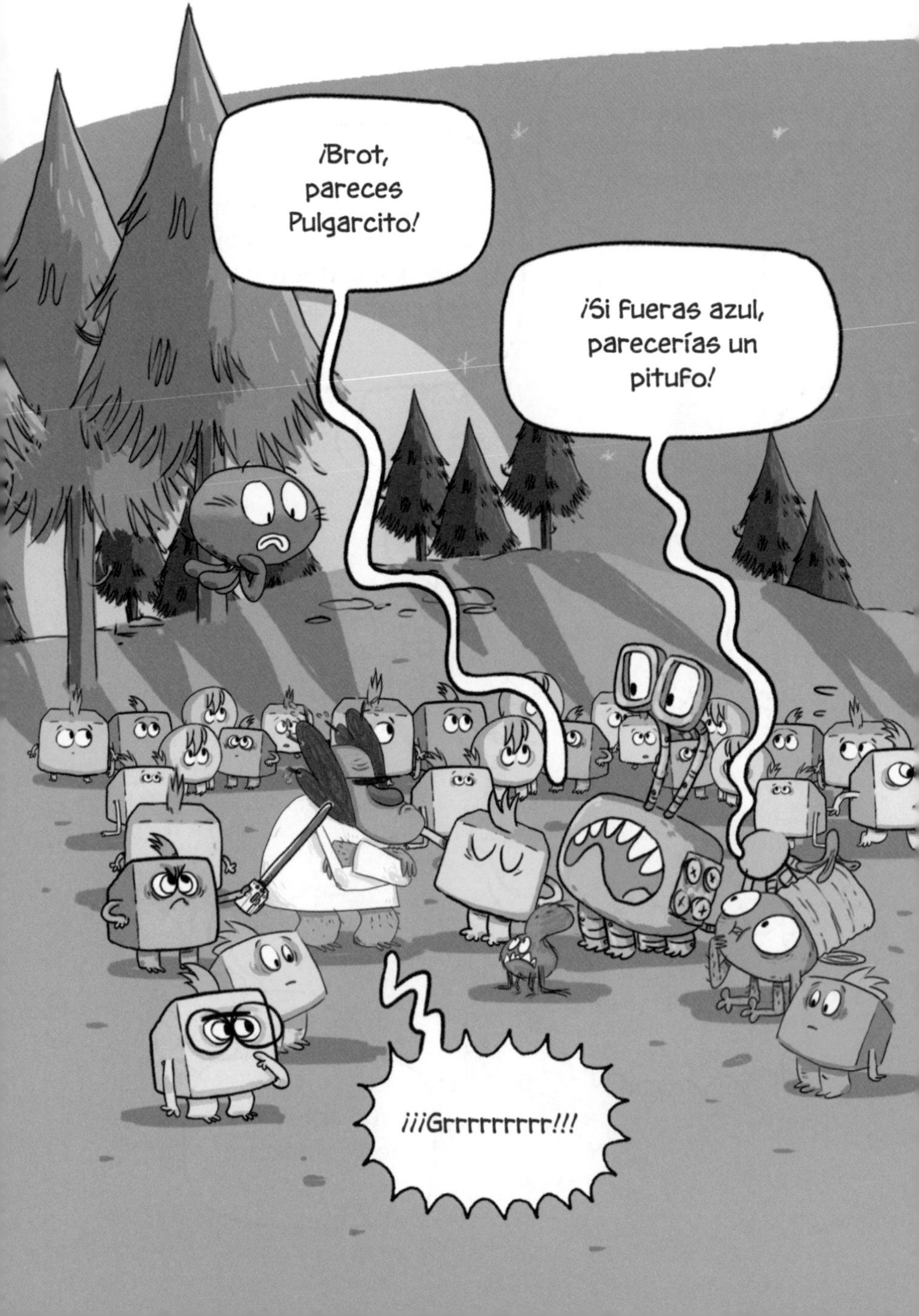
¡Brot, pareces Pulgarcito!
¡Si fueras azul, parecerías un pitufo!
¡¡¡Grrrrrrrrr!!!

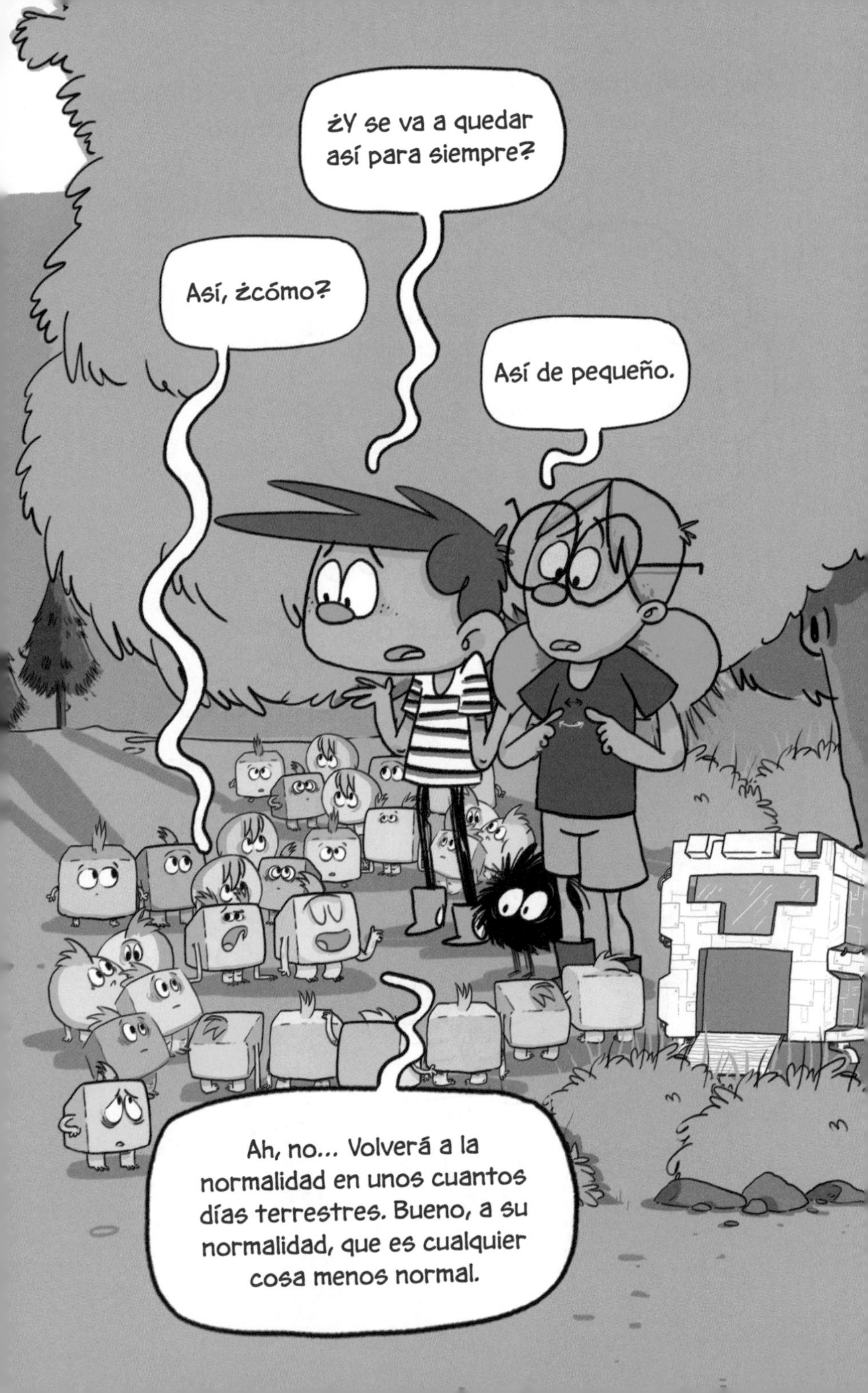
¿Y se va a quedar así para siempre?
Así, ¿cómo?
Así de pequeño.
Ah, no... Volverá a la normalidad en unos cuantos días terrestres. Bueno, a su normalidad, que es cualquier cosa menos normal.

Los elianos despegaron rumbo a su planeta y nosotros nos quedamos allí para desearles buen viaje y despedirnos.

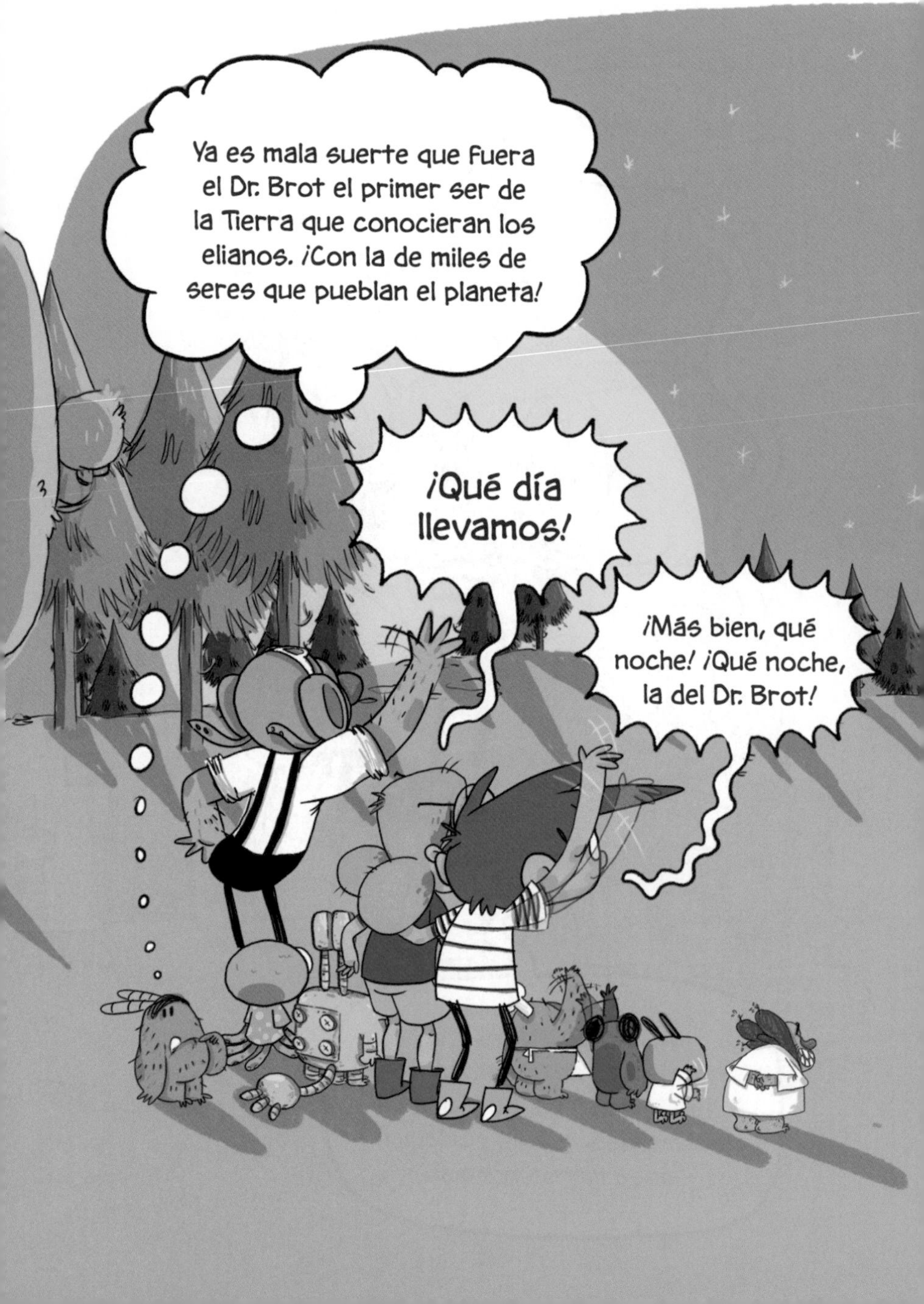
Ya es mala suerte que fuera el Dr. Brot el primer ser de la Tierra que conocieran los elianos. ¡Con la de miles de seres que pueblan el planeta!
¡Qué día llevamos!
¡Más bien, qué noche! ¡Qué noche, la del Dr. Brot!

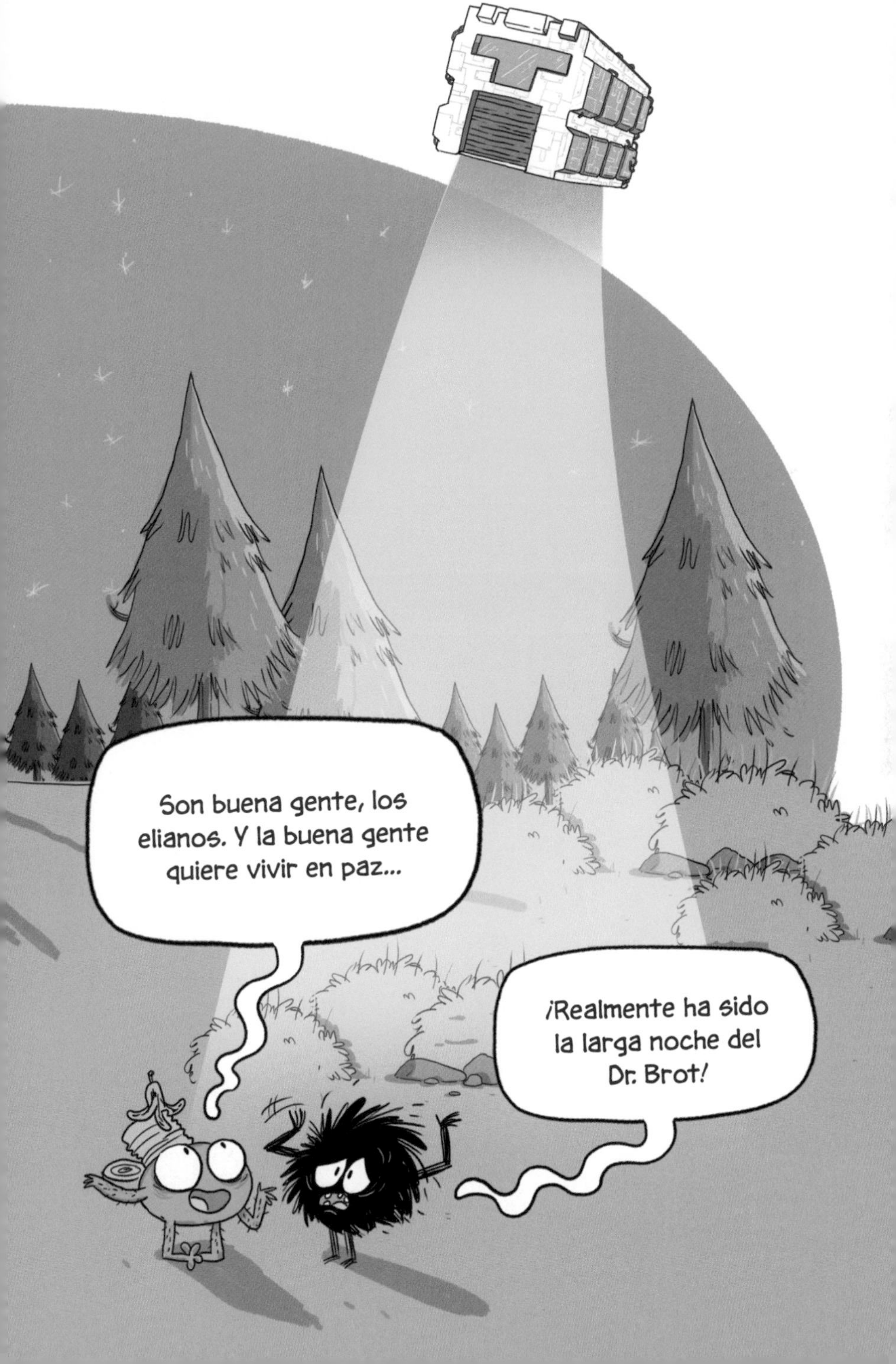
Son buena gente, los elianos. Y la buena gente quiere vivir en paz...
¡Realmente ha sido la larga noche del Dr. Brot!

10

AL FINAL, ¡TRANQUILIDAD!

Realmente habíamos pasado un montón de horas arriba y abajo, toda la noche, y estábamos destrozados. Por eso, tras dejar a Nap y al Dr. Brot en su casa, Hole hizo un agujero que nos llevó directamente a la nuestra.

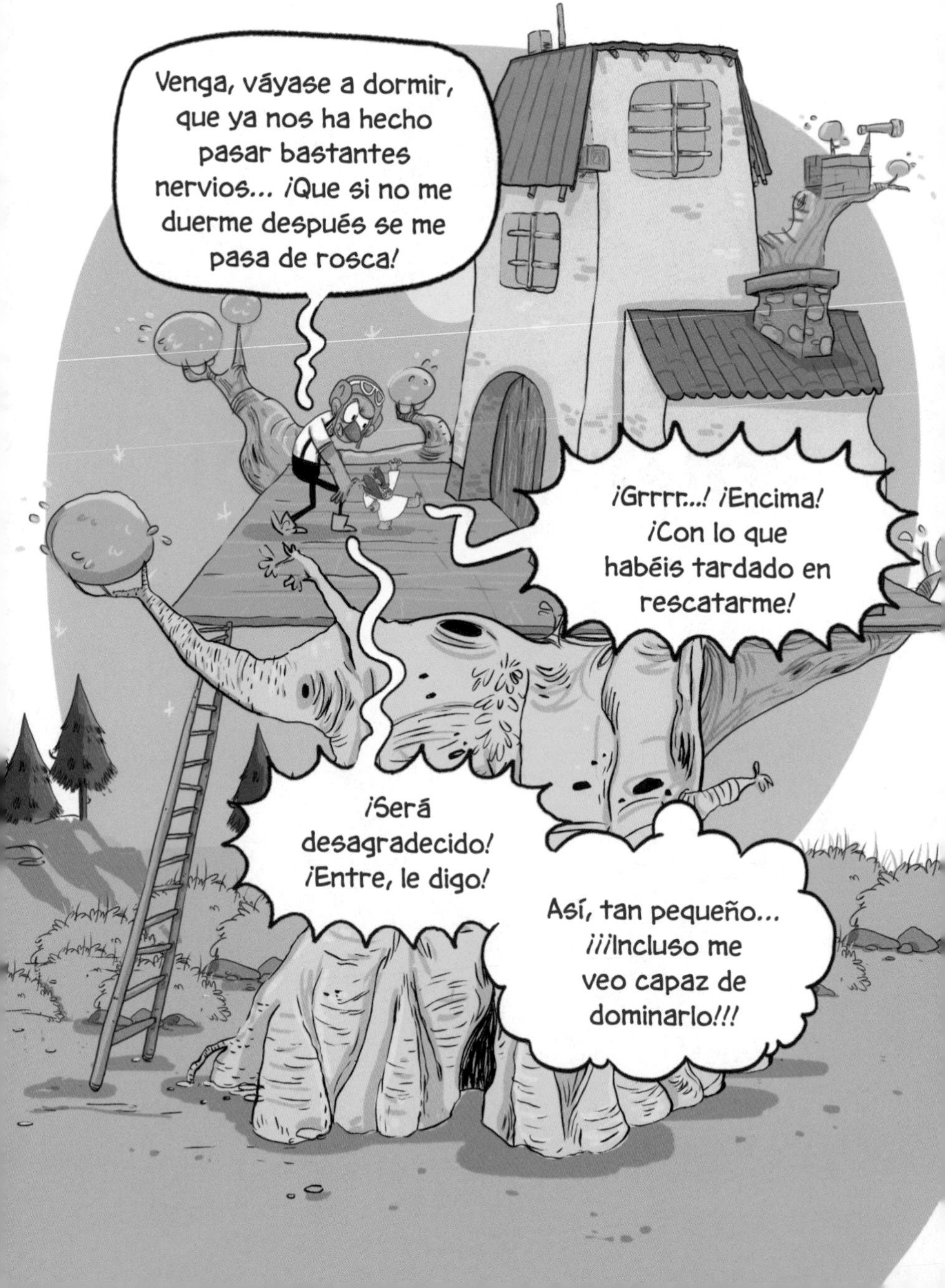
Venga, váyase a dormir, que ya nos ha hecho pasar bastantes nervios... ¡Que si no me duerme después se me pasa de rosca!
¡Grrrr...! ¡Encima! ¡Con lo que habéis tardado en rescatarme!
¡Será desagradecido! ¡Entre, le digo!
Así, tan pequeño... ¡¡¡Incluso me veo capaz de dominarlo!!!

Primero dejamos a Lidia en su casa y luego nos fuimos a dormir. Estábamos molidos y, justo cuando cerré los ojos, me vino a la cabeza cómo debía resolver los ejercicios de matemáticas que me tenían preocupado. Y después aún tuve un sueño muy extraño.

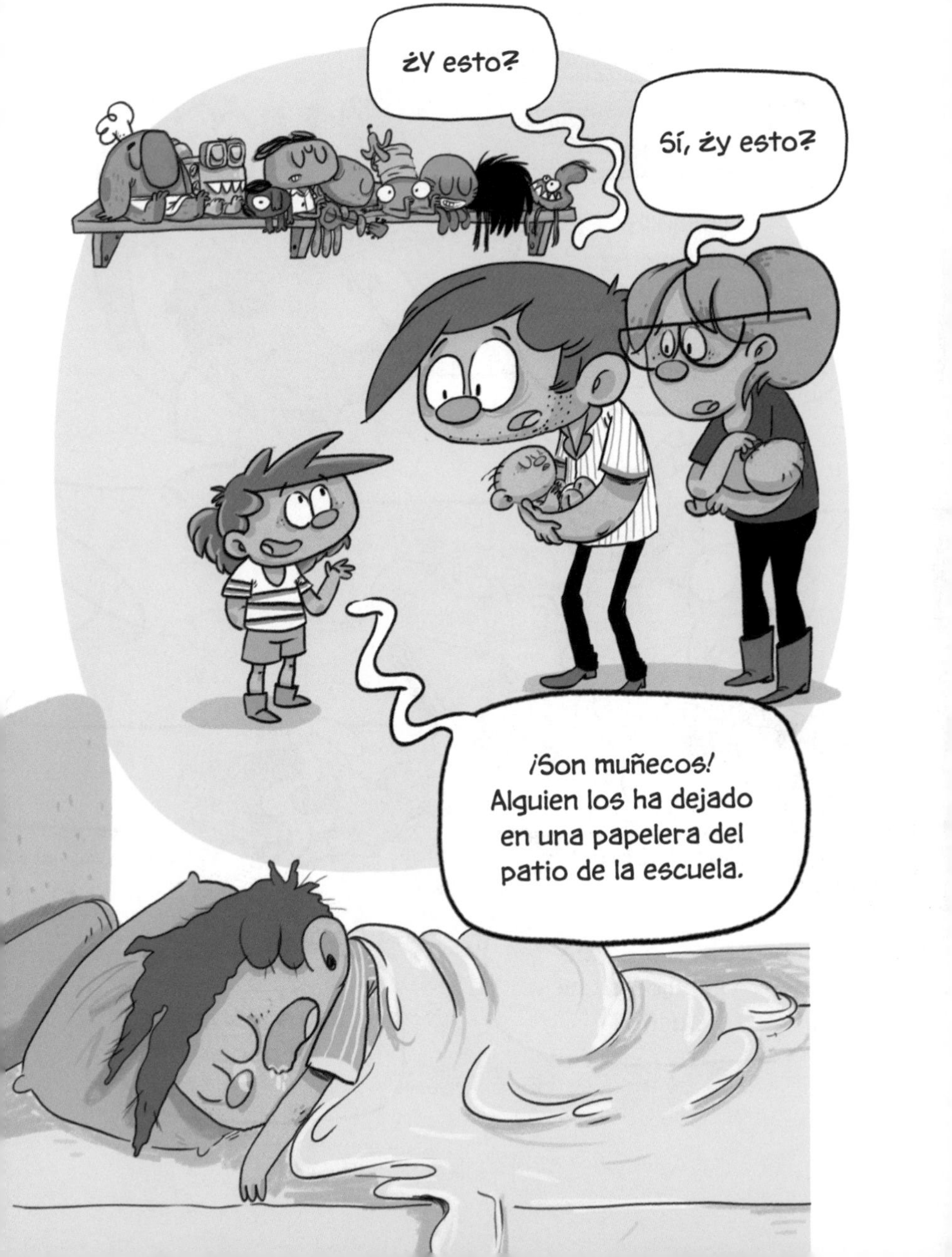
¿Y esto?
Sí, ¿y esto?
¡Son muñecos! Alguien los ha dejado en una papelera del patio de la escuela.

La verdad es que aquello de verme de mayor con Lidia y tres hijos me puso un poco nervioso y me desperté de golpe, alteradísimo.

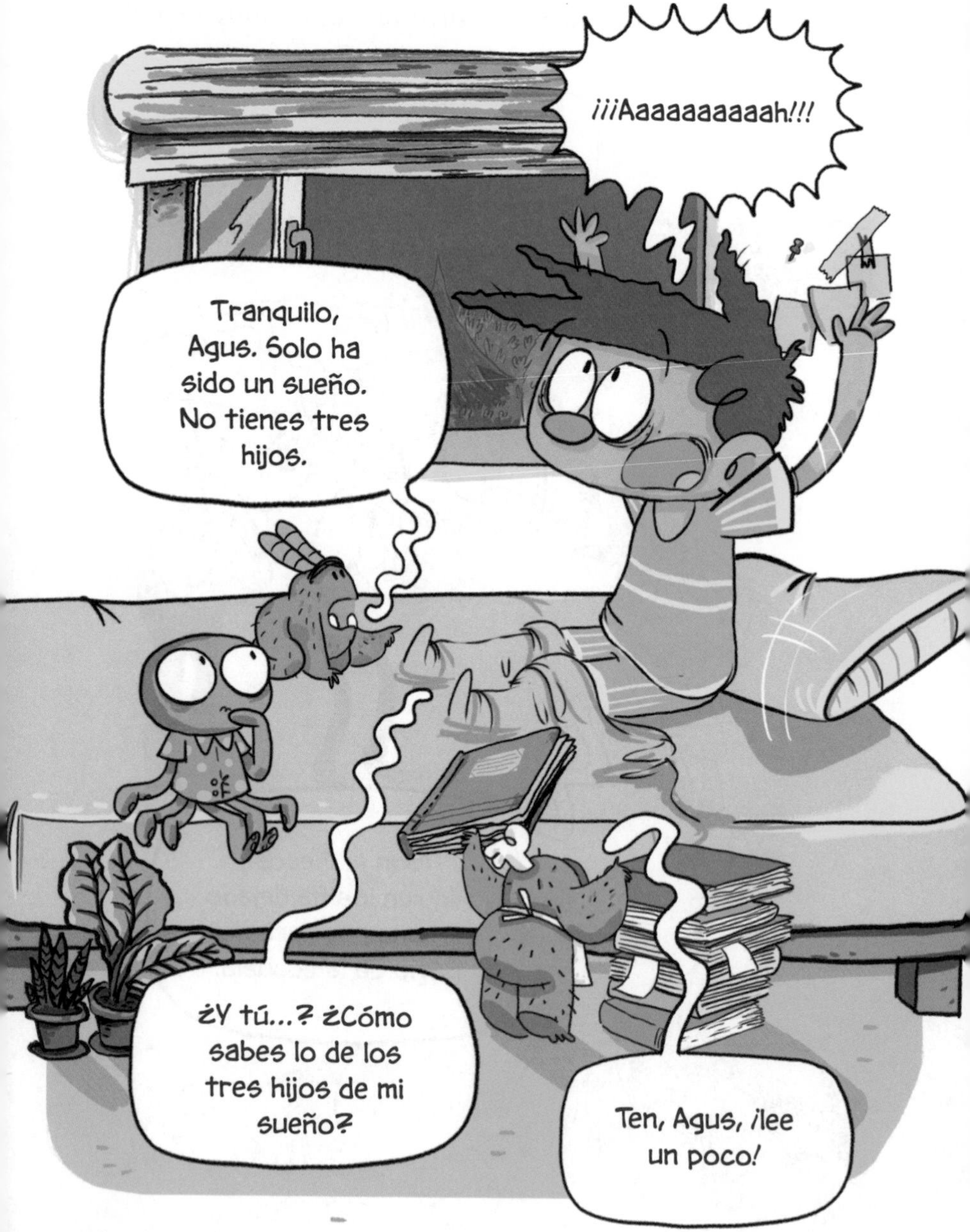
¡¡¡Aaaaaaaaaah!!!
Tranquilo, Agus. Solo ha sido un sueño. No tienes tres hijos.
¿Y tú...? ¿Cómo sabes lo de los tres hijos de mi sueño?
Ten, Agus, ¡lee un poco!

Por la mañana, como mis padres habían preparado chocolate para desayunar, invité a Lidia. Y mi madre, que leía el periódico, hizo que nos troncháramos de risa.

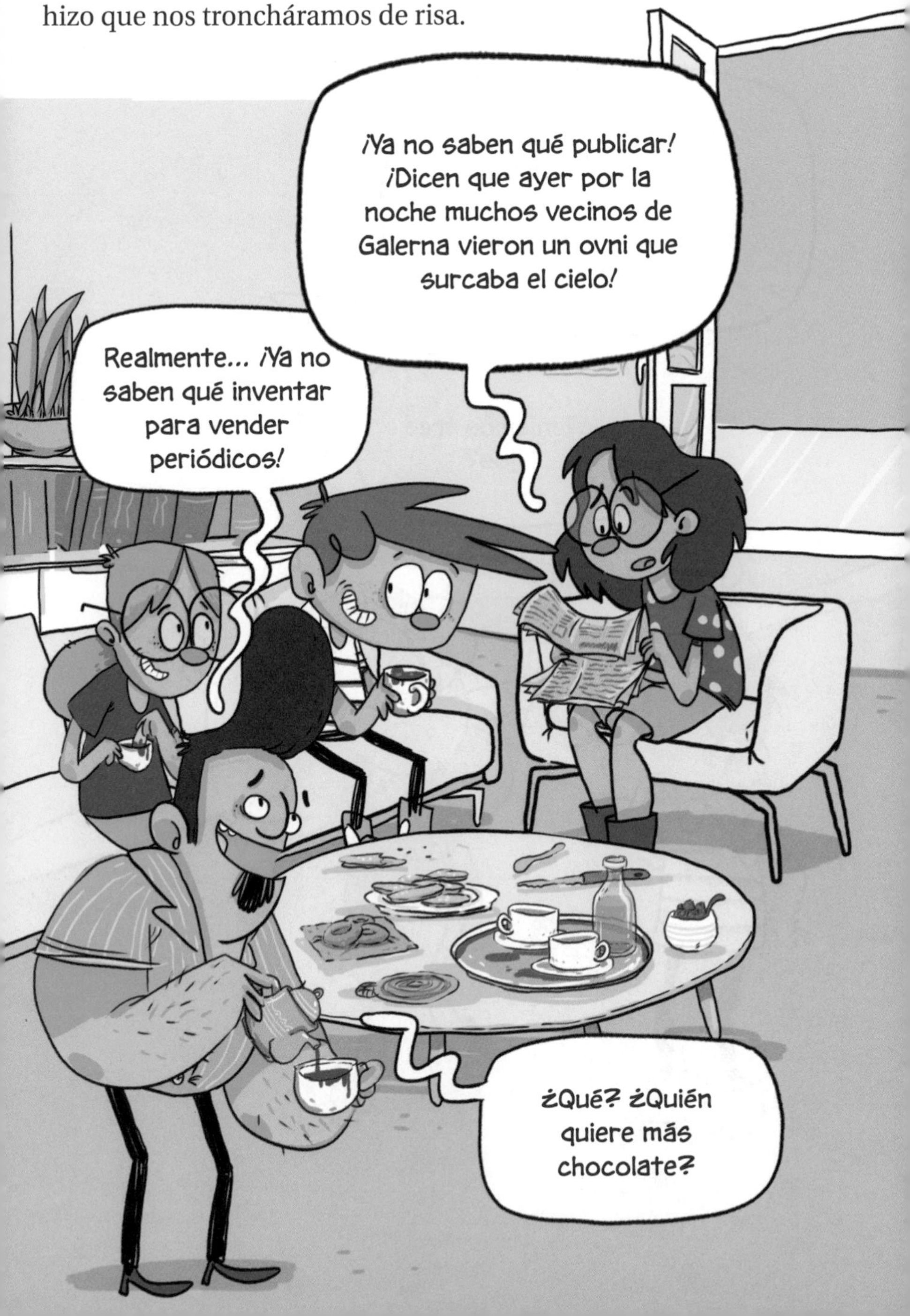
¡Ya no saben qué publicar! ¡Dicen que ayer por la noche muchos vecinos de Galerna vieron un ovni que surcaba el cielo!
Realmente... ¡Ya no saben qué inventar para vender periódicos!
¿Qué? ¿Quién quiere más chocolate?

Una vez terminado el chocolate, Lidia y yo fuimos a mi habitación, pero antes de entrar Lidia me contó algo que me inquietó un poco.

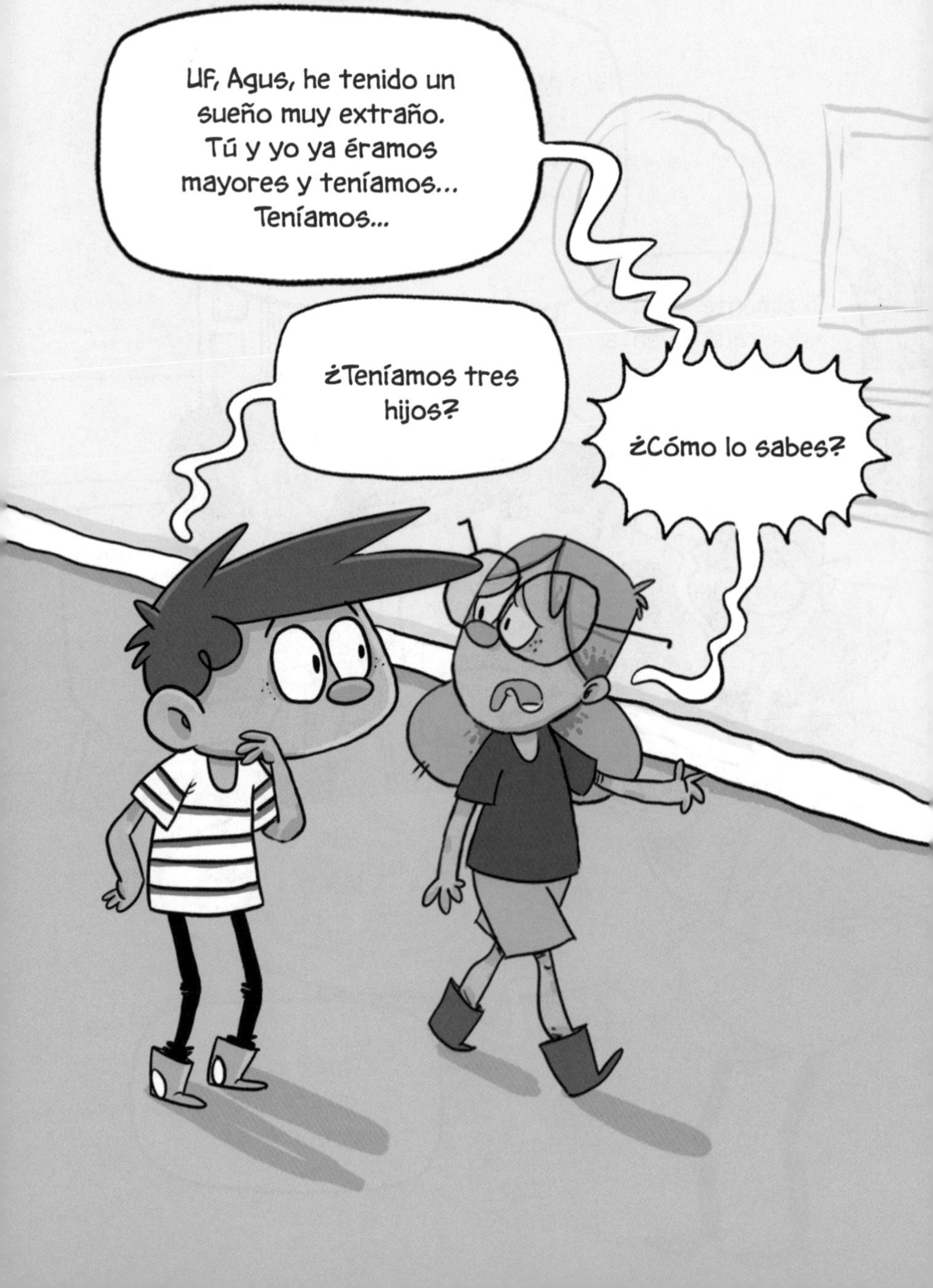

Uf, Agus, he tenido un sueño muy extraño. Tú y yo ya éramos mayores y teníamos... Teníamos...
¿Teníamos tres hijos?
¿Cómo lo sabes?

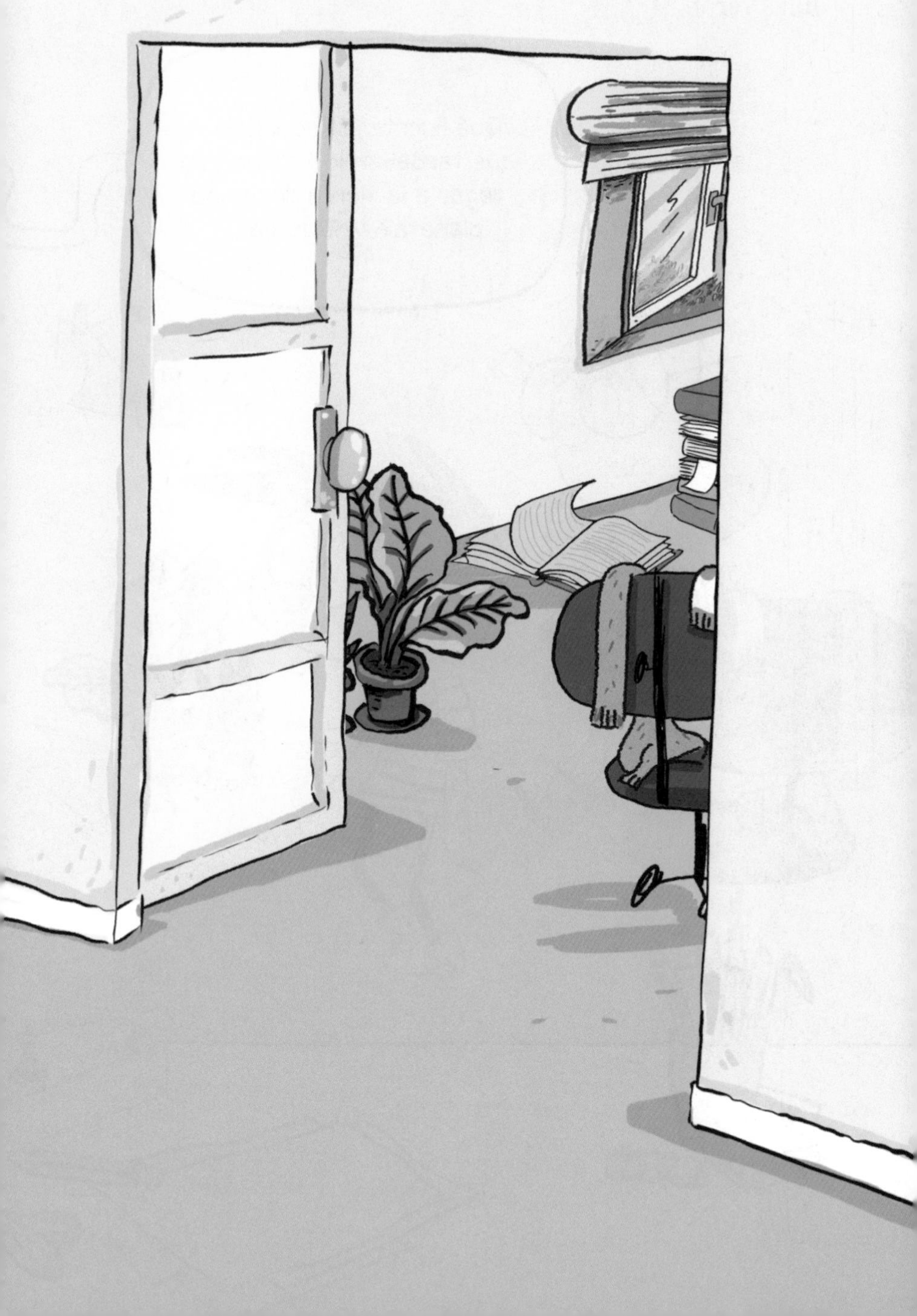

Los monstruos ya nos esperaban excitados porque dentro de la bolsa de los libros habían encontrado *De la Tierra a la Luna,* de Jules Verne.

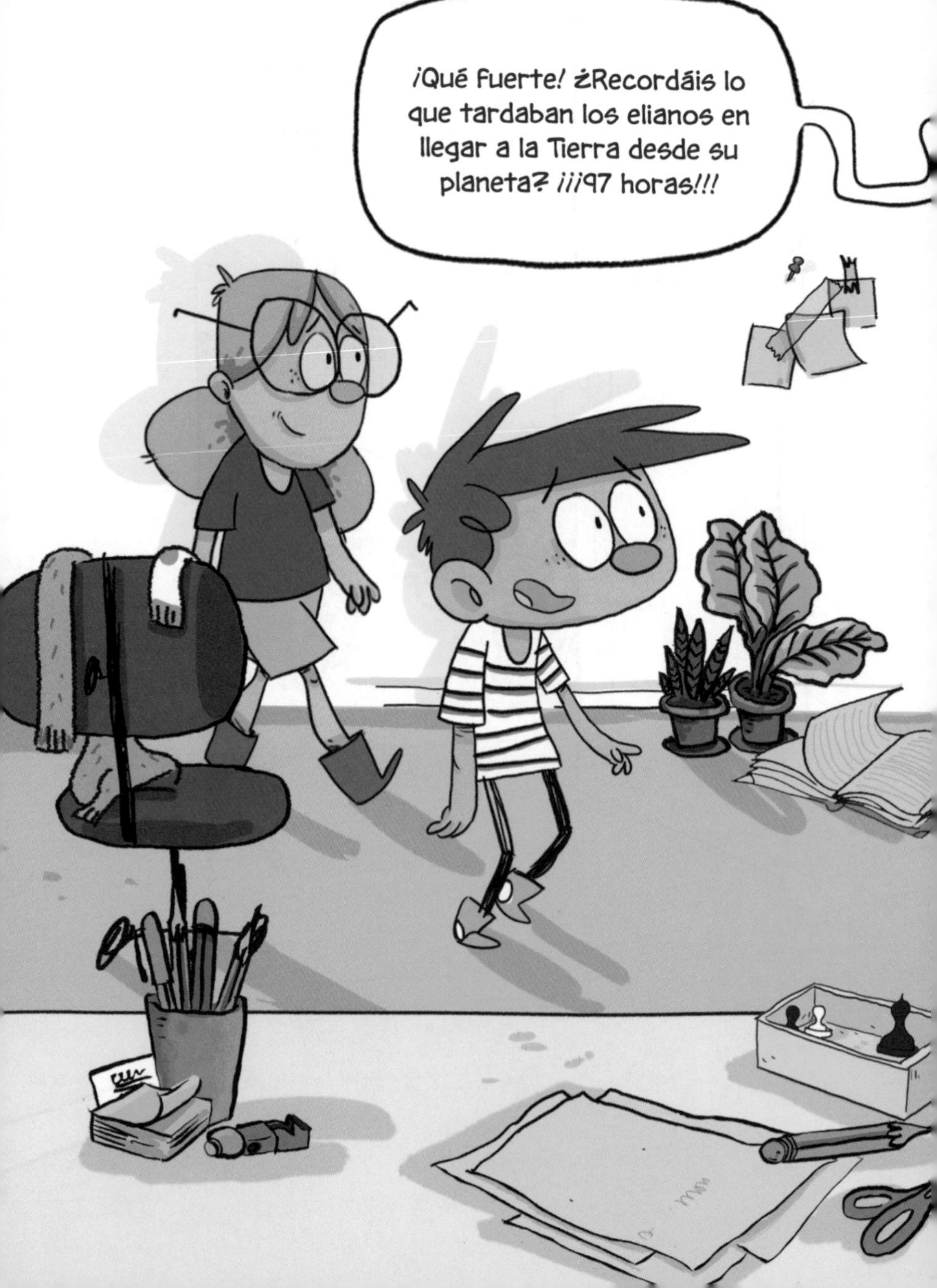
¡Qué fuerte! ¿Recordáis lo que tardaban los elianos en llegar a la Tierra desde su planeta? ¡¡¡97 horas!!!

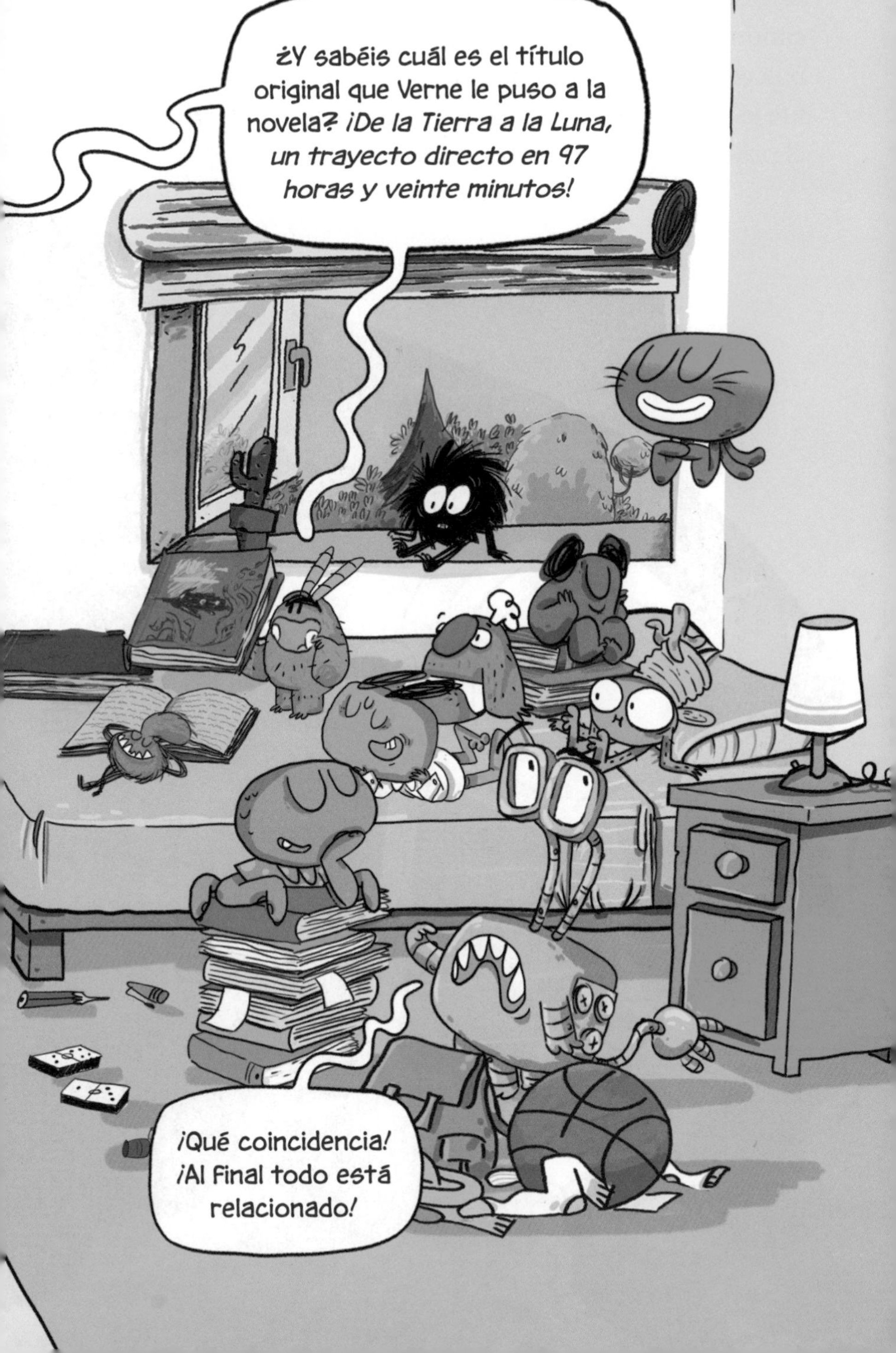
¿Y sabéis cuál es el título original que Verne le puso a la novela? *¡De la Tierra a la Luna, un trayecto directo en 97 horas y veinte minutos!*
¡Qué coincidencia! ¡Al final todo está relacionado!

Estuvimos leyendo *De la Tierra a la Luna,* y así supimos que un cañón enorme disparaba la nave que iba a la Luna. El Sr. Flat nos contó que el libro de Verne, junto con otro de H. G. Wells, fue la base para la película de Georges Méliès *El viaje a la Luna,* el primer filme de ciencia ficción de la historia.

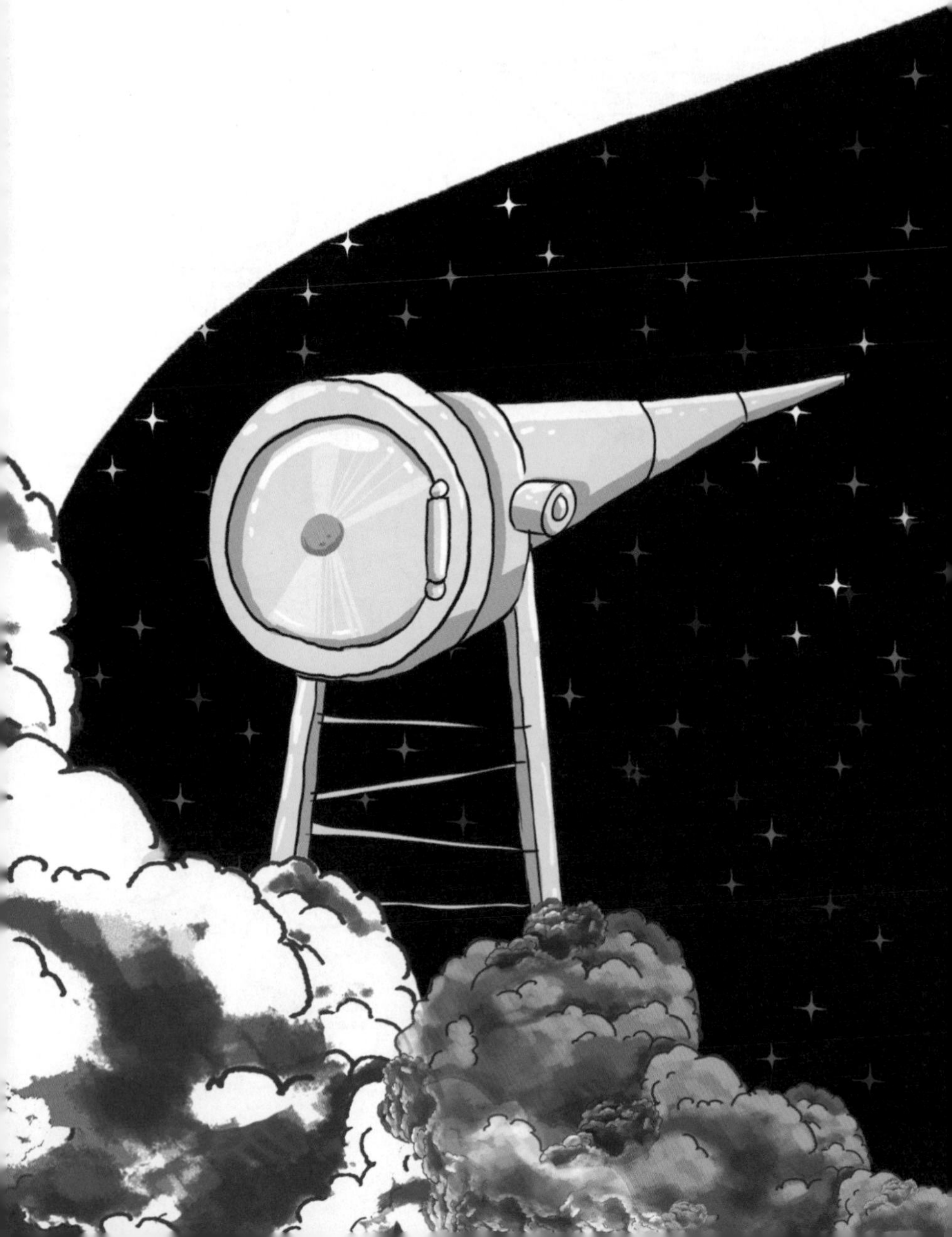

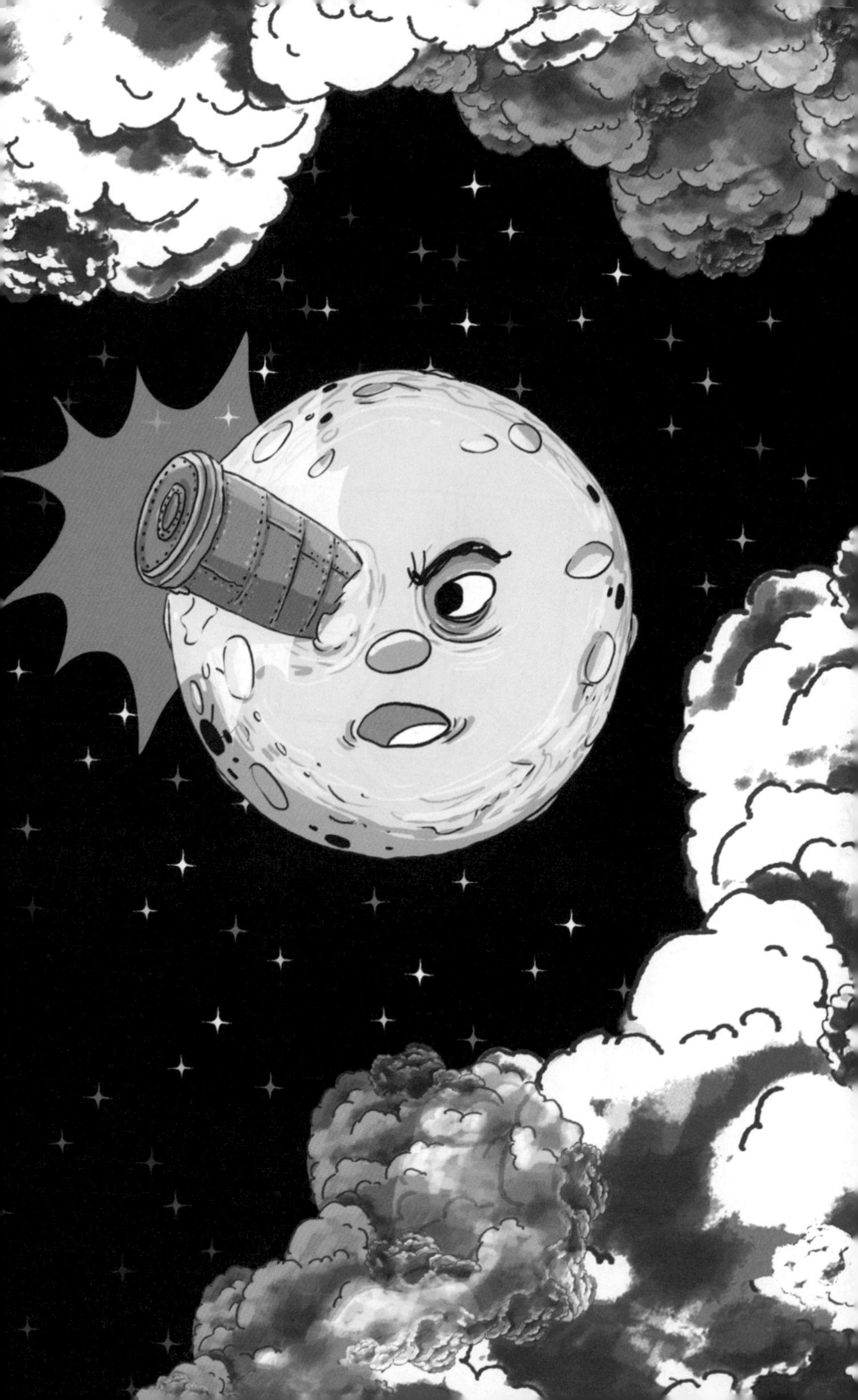

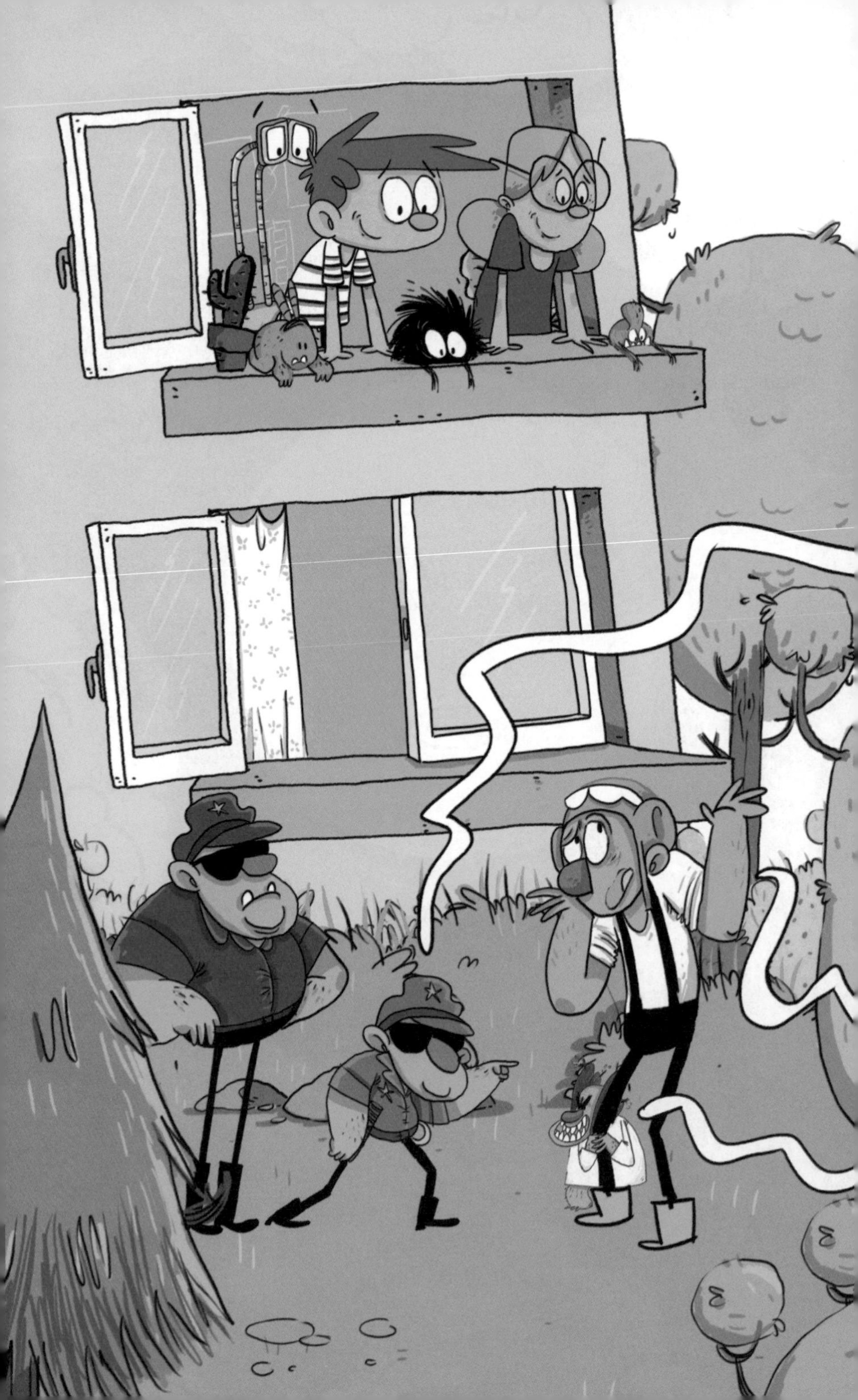

Estábamos acabando el libro de Verne, cuando oímos unos gritos en el parque. Y cuando miramos por la ventana vimos al minidoctor Brot y nos dimos un hartón de reír.

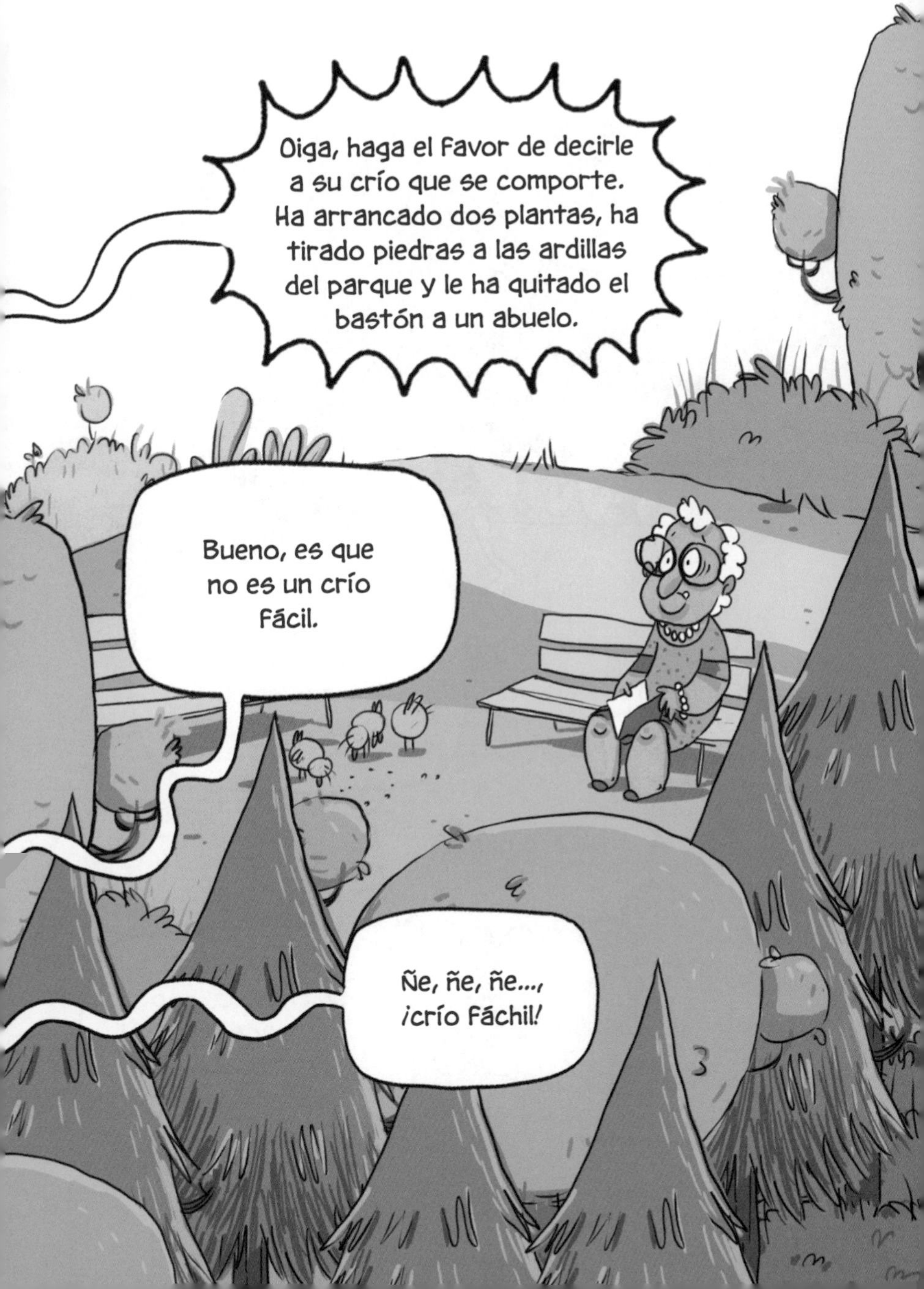
Oiga, haga el favor de decirle a su crío que se comporte. Ha arrancado dos plantas, ha tirado piedras a las ardillas del parque y le ha quitado el bastón a un abuelo.
Bueno, es que no es un crío fácil.
Ñe, ñe, ñe..., ¡crío fáchil!

Dedicamos todo el día a descansar. Leímos y Emmo nos proyectó la película *El viaje a la Luna*, de Georges Méliès. Y así fue como dejamos pasar las horas. Y aquella noche, como en las grandes ocasiones, subimos a la azotea. Y nos pareció que en el cielo había más estrellas que nunca.

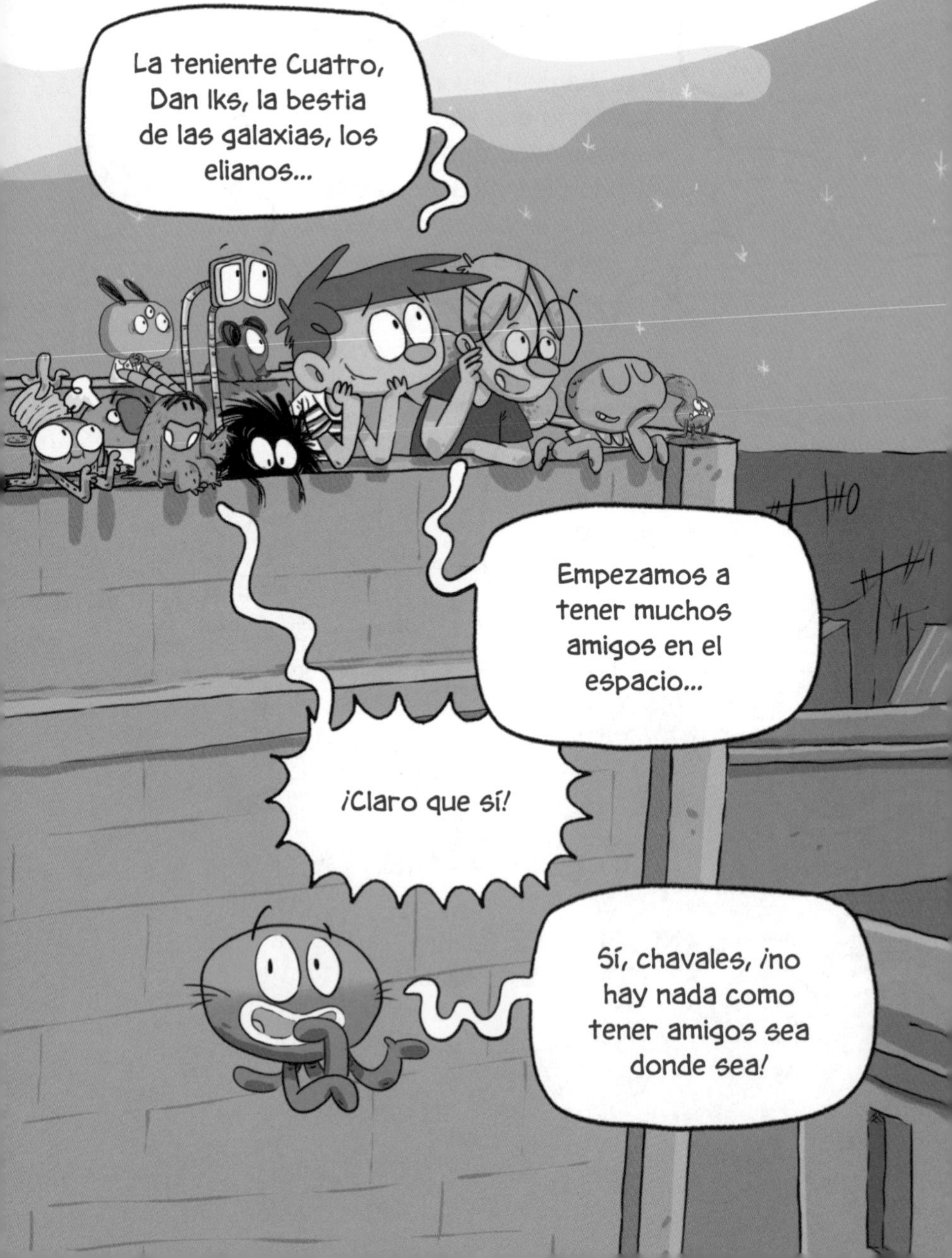

La teniente Cuatro, Dan Iks, la bestia de las galaxias, los elianos...
Empezamos a tener muchos amigos en el espacio...
¡Claro que sí!
Sí, chavales, ¡no hay nada como tener amigos sea donde sea!

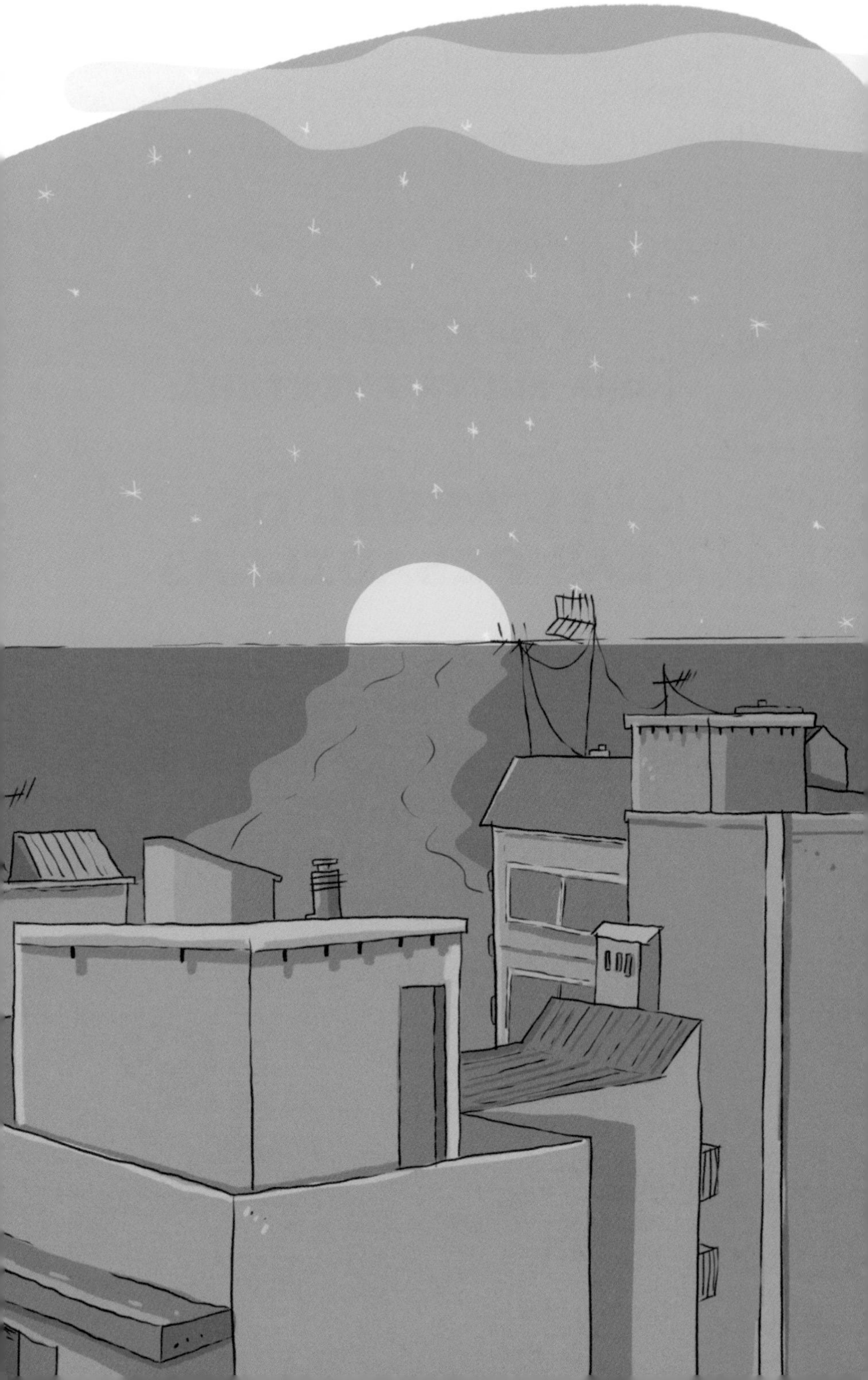

Y MUY PRONTO...
UNA NUEVA AVENTURA:

EL ÁRBOL DE
LAS PESADILLAS

Un árbol muy especial,
un sabio de la montaña muy extraño,
un mundo muy loco...,
¡Y UN MONTÓN DE LÍOS!

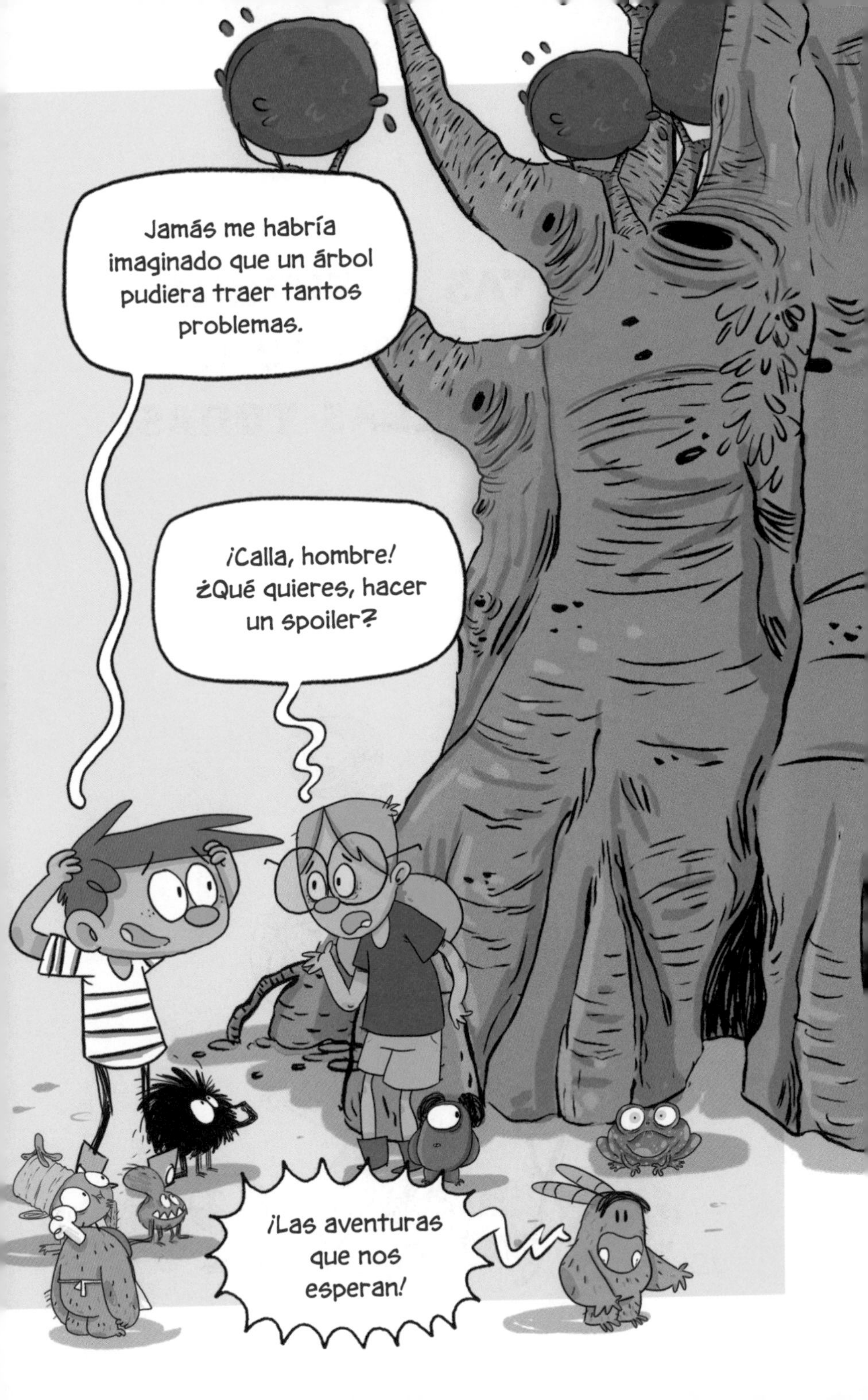
Jamás me habría imaginado que un árbol pudiera traer tantos problemas.
¡Calla, hombre! ¿Qué quieres, hacer un spoiler?
¡Las aventuras que nos esperan!

¡CUÁNTAS AVENTURAS HEMOS VIVIDO YA! ¡DESCÚBRELAS TODAS!

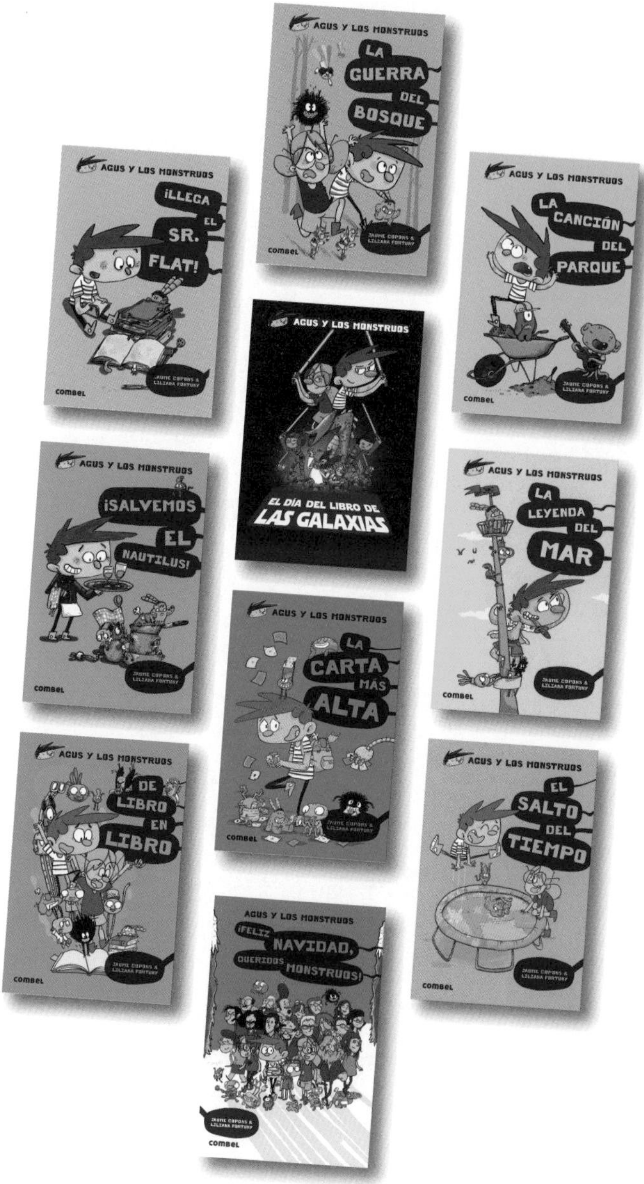
AGUS Y LOS MONSTRUOS
LA GUERRA DEL BOSQUE
JAUME COPONS & LILIANA FORTUNY
combel
AGUS Y LOS MONSTRUOS
¡LLEGA EL SR. FLAT!
JAUME COPONS & LILIANA FORTUNY
combel
AGUS Y LOS MONSTRUOS
LA CANCIÓN DEL PARQUE
JAUME COPONS & LILIANA FORTUNY
combel
AGUS Y LOS MONSTRUOS
EL DÍA DEL LIBRO DE LAS GALAXIAS
AGUS Y LOS MONSTRUOS
¡SALVEMOS EL NAUTILUS!
JAUME COPONS & LILIANA FORTUNY
combel
AGUS Y LOS MONSTRUOS
LA LEYENDA DEL MAR
JAUME COPONS & LILIANA FORTUNY
combel
AGUS Y LOS MONSTRUOS
LA CARTA MÁS ALTA
JAUME COPONS & LILIANA FORTUNY
combel
AGUS Y LOS MONSTRUOS
DE LIBRO EN LIBRO
JAUME COPONS & LILIANA FORTUNY
combel
AGUS Y LOS MONSTRUOS
EL SALTO DEL TIEMPO
JAUME COPONS & LILIANA FORTUNY
combel
AGUS Y LOS MONSTRUOS
¡FELIZ NAVIDAD, QUERIDOS MONSTRUOS!
JAUME COPONS & LILIANA FORTUNY
combel

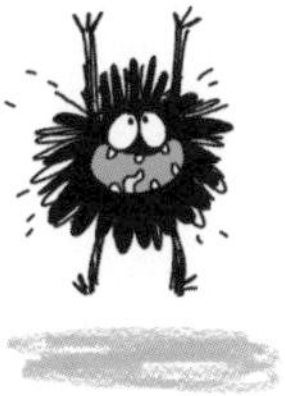